对标准答案说不
试卷中的周国平

周国平/著

长江出版传媒 长江文艺出版社

北京长江新世纪文化传媒有限公司
www.cjxinshiji.com
出品

目　录

课本中的周国平散文（选）

周国平论语文

附录

序

　　我的文章常被收进中学语文课本，更多被用于中学语文测试，这给我提供了一个机会，让我对中学语文教学有了一点近距离的观察。

　　首先要感谢语文教学界，承蒙其厚爱，我在中学生里有了许多读者。经常有人告诉我，说自己从中学开始就读我的作品了，我心知这主要缘于语文课。一个作家的作品能够由课堂这个最直接的途径，进入一代代少年人的视界乃至心田，这是怎样的福气，我感恩。在学生的心目中，进入课本也许就意味着进入历史，以至于有一回和某中学的学生见面，一个男生站起来说："周老师您还活着啊，我以为您是民国人物哩。"我愉快又惭愧地为我还活着向他道歉。

　　然而，我也常听见有中学生发出抱怨，说我的文章把他们害苦了。这大约有两种情况。一是文章难懂，对此我要检讨自己，我的有些文章有概念化的毛病，品质不高，本不该被选中的。二是试题难答，这就不能全怪我了，有必要检讨测试的方式。有一回，一个初三女生拿给我一份试卷，是以我的《人的高贵在于灵魂》为文本的测试，她让我自己做一下，然后按照标准答案打分，我得了69分。她十分得意，因为我比她分低，她还得了71分呢。当然不能说作者一定很理解自己的作品，但是，如果标准答案是作者自己也不容易猜中的，我们就有理由问：所谓标准答案的根据是什么？这种有标准答案的测试方式能否测出真实的理解能力？

　　现行测试方式对语文有一个似乎不言而喻的定位，即语文是一门知识。按照这个定位，理解一个文本，就是要把这个文本所包含的知识找出来，予以牢固的掌握。语文诚然包含知识，比如语法规则和修辞手法之类，但语文课的目的是培养阅读和写作的能力，而这种能力其实与是否牢记这类知识没有什么关系。这类知识是默会和实践性质的，没有人是因为牢记这类知识而成为一个好的文学鉴赏者或者一个好的作家的。本书中多有这样的试题，问某个句子运用了什么论证方法，我看了答案才知道，竟有道理论证、举例论证、对比论证、正反论证、比喻论证、引用论证等这么繁多的名目，而我写这些句子的时候哪里想得到。

按照语文是知识的定位，文本的内容也被归结为若干知识要点，无非是中心论点（主题思想）、段落大意以及文中某些关键语句的含义，而能够按照标准答案回答出这些要点就算是理解了文本。这是现行语文测试的一个基本模式，我认为它不但把理解简单化了，而且阻碍了真正的理解。我要郑重强调一个观点：语文绝不只是知识。这有两层意思。其一，即使你在逻辑上正确地归纳了文本的中心论点和段落大意（这在一定程度上可以看作知识），也不等于理解了文本，因为好的文本的意义远远大于这一点儿知识。其二，知识有标准答案，文本的意义则不可能有标准答案，好的文本的意义一定是开放的，因此真正的理解也一定是积极的而不是被动的。可是，标准答案的存在却逼迫学生只能做被动的理解，把注意力放在揣摩可能的答案上面，阻塞了主动的积极的理解过程。

真实的理解过程是怎样的？我们与一个文本相遇，它借文字符号表达了某种意义，在理解之前，这个意义是不明确的，唯有在理解中才会明确起来。所谓明确起来，并不是文本中有一个纯粹客观的东西，我们把它捕捉到了。一方面，文学作品传达的是作者的感受和思考，其意义是复杂而非单一的，从不同角度去看可以有不同的理解。另一方面，接受者面对一个文本的时候，心灵不是一片空白，他在以往的经历和阅读中也积累了感受和思考，一定会把他的积累带进理解之中。这个情况既不可避免，也十分必要，实在是理解的前提，因为倘若心灵一片空白，他是不可能读懂任何文本的。

根据这两个方面，德国哲学家伽达默尔提出了一个概念，叫作视域融合。

理解发生的时候，存在着两个不同的视域，一是文本的涵义，二是接受者的心灵积累，而理解的结果是这两个视域的融合。最后得出的东西，必定为文本和接受者所共有，你中有我，我中有你，其间的界限事实上无法明确区分。

换一个说法，理解是接受者与文本之间的对话，而成功的理解就是有效的对话。一方面，文本是好的文本，有丰富的内涵，有充分的开放性。另一方面，接受者是好的接受者，有丰富的心灵积累，有充分的理解力。因此，二者之间能够最充分地相互作用，实现最大限度的视域融合。经由这样高品质的理解，文本的意义和接受者的心灵积累都在增长。纵观人类的精神历程，优秀书籍的传播和优秀心灵的成长的确是同行并进的。

用这个观点来看语文课，无论课文阅读，还是文本测试，都应该把重点放在调动和增加学生的心灵积累上，以此促进学生的心灵生长。为此第一必须选择好的文本，不但要有值得去理解的内涵，而且要契合学生心灵积累的一般情况。务必杜绝假大空的文本，那种东西既没有可供理解的内涵，在学生的真实经验中又没有对应物，只会麻痹和败坏心灵。第二要改变教学和测试方式，总的精神是推动学生与文本对话。测试对文本的理解，我主张用两种方式，一是写评论或读后感，二是设计出能够激发独立思考的试题，这样的试题不可能有标准答案。在这两种方式下，评判的标准都是看有无真实感受和独立见解，能否言之成理。事实上，在自然的阅读状态中，学生哪里会去关注主题思想、段落大意之类的东西，他如果读得兴趣盎然，内心必有一种共鸣或者抗争，而这正是他的理解力得到了充分动员的表现。现行语文课的问题就在于违背了这种活泼的自然状态，人为设计一套死板的方式。

语文课有两项使命。一是母语的训练，让学生学会正确地读、想、写。二是人文素质的培养，亦即上文所说的心灵的生长。在实际的教学中，二者是不可分的。教材是基础，应该既是优秀的母语范文，又有纯正的人文内涵。无论母语的训练，还是人文素质的培养，都是通过阅读好作品受熏陶的过程。理解不是孤立的能力，它是在熏陶中不知不觉形成的，语文测试所测试的实际上就是熏陶的效果。

　　本书的主体部分是55份中学语文试卷，是一位有心的编辑替我搜集和汇编的。用作测试文本的我的文章，其中有相当一些，出题人做了删节，本书皆保持原样，不予复原。在每份试卷后面，我都写了评注。有些试卷甚合吾意，有些明显存在我所批评的弊病，我都如实写了我的看法。我的评注皆对事不对人，为此在写之前决不去看是哪个单位使用了这份试卷。我的看法不一定对，只是一种切磋，旨在探索合理的语文教学和测试体系。在这个探索中，我的文本只是方便的案例，用谁的文本都一样，不会影响我的判断。我期待本书能在语文教学界引起讨论，也欢迎有切身体会的中学生发表意见。

周国平

2016 年 12 月 31 日

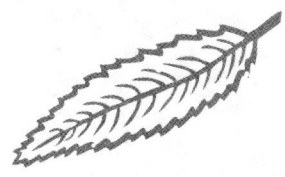

55份语文
试卷评注

1

成为你自己

　　童年和少年是充满理想的美好时期。如果我问你们，你们将来想成为怎样的人，你们一定会给我许多漂亮的回答。譬如说，想成为拿破仑那样的伟人，爱因斯坦那样的大科学家，曹雪芹那样的文豪，等等。这些回答都不坏，不过，我认为比这一切都更重要的是：首先要成为你自己。

　　姑且假定你特别崇拜拿破仑，成为像他那样的盖世英雄是你最大的愿望。好吧，我问你：就让你成为拿破仑，生长在他那个时代，有他那些经历，你愿意吗？你很可能会激动得喊起来：太愿意啦！我再问你：让你从身体到灵魂整个儿都变成他，你也愿意吗？这下你或许有些犹豫了，会这么想：整个儿变成了他，不就是没有自己了吗？对了，我的朋友，正是这样。那么，你不愿意了？当然喽，因为这意味着世界上曾经有过拿破仑，这个事实没有改变，唯一的变化是你压根儿不存在了。

　　由此可见，对于每一个人来说，最宝贵的还是他自己。无论他多么羡慕别的什么人，如果让他彻头彻尾成为这个别人而不再是自己，谁都不肯了。

也许你会反驳我：你说的真是废话，每个人都已经是他自己了，怎么会彻头彻尾成为别人呢？不错，我只是在假设一种情形，这种情形不可能完全按照我所说的方式发生。不过，在实际生活中，类似情形却常常在以稍微不同的方式发生着。世上有许多人，你可以说他是随便什么东西，一种职业、一种身份、一个角色，或别的什么，唯独不是他自己。如果一个人总是按照别人的意见生活，没有自己的独立思考，总是为外在的事务忙碌，没有自己的内在生活，那么，说他不是他自己就一点没有冤枉他。因为确确实实，从他的头脑到他的心灵，你在其中已经找不到丝毫真正属于他自己的东西了，他只是别人的一个影子或事务的一架机器罢了。

那么，怎样才能成为自己呢？这是真正的难题，我承认我给不出答案。我还相信，不存在一个适用于一切人的答案。我只能说，最重要的是每个人都要真切地意识到他的"自我"的宝贵，有了这个觉悟，他就会自己去寻找属于他的答案。在茫茫宇宙间，每个人都只有一次生存的机会，都是一个独一无二、不可重复的存在。正像卢梭所说的，上帝把你造出来后，就把那个属于你的特定的模子打碎了。名声、财产、知识等等都是身外之物，人人都可求而得之，但你对人生的独特感受是没有人能够替代的。你死之后，没有人能够代替你再活一次。如果你真正意识到这一点，你就会明白，活在世上，最重要的就是活出你自己的特色和滋味来。你的人生是否有意义，衡量的标准不是外在的成功，而是你对积极人生的独特领悟和坚守。坚持这一标准，你的自我才能闪放出个性的光华。

在历史上，每当世风腐败之时，人们就会盼望救世主出现。其实，救世主就在每个人的心中。

试题：

1. 本文的中心论点是什么？（2分）

2. 第3自然段中"由此可见"中的"此"指代的内容是什么？请概括。（3分）

3. 作者论述的"你自己"具有怎样的特点？怎样才能成为"你自己"？（4分）

4. 文章运用了大量的问答句式进行说理，有何作用？（4分）

参考答案：

1. 成为你自己。

2. "此"指代的内容是人们不愿意从身体到灵魂都是拿破仑。
（答到大意即可）

3. "你自己"具有的特点：①有自己的独立思考；②有自己的
内心生活。
怎样成为"你自己"：①意识到"自我"的宝贵；②活出自
己的特色和滋味。

4. 显得亲切自然，使读者易于接受；能激发读者阅读兴趣，引
发读者思考；使说理层层递进，条理清晰。（答到其中两点
即给满分）

（江西省会昌县 2015～2016 学年九年级语文上册 第三单元综合检测试卷）

周国平评注：

1. 第 2 题，"由此可见"是常用的短语，用于由上文所
述内容推导或概括出下文的结论。其中的"此"指代的内容
是什么？我自己决不会想这个问题，如果一定要回答，我会
说是指代整个第 2 自然段的内容。这样回答不知能打几分？

2. 第 3 题，作者论述的"你自己"具有怎样的特点？怎
样才能成为"你自己"？这两个问题是最应该鼓励各抒己见的，
不宜有标准答案。尤其后一个问题，作者自己承认给不出答案，
并且强调不存在一个适用于一切人的答案，参考答案所列的

两点，其实都不是对怎样才能成为"你自己"的回答。

3. 本文的重点是论述"自我"的价值，倘若深入探究，可讨论的问题颇多。比如，一、怎样处理"成为你自己"与对社会负责任的关系？二、怎样处理独立思考与听取他人意见的关系？如果是我，就会出这样的试题，在本文中找不到答案，但又能够看出学生对本文内容的理解程度。

智慧的诞生

2

①在世人眼里，哲学家是一种可笑的人物，每因其所想的事无用、有用的事不想而加嘲笑。有趣的是，当历史上出现第一个哲学家时，这样的嘲笑即随之发生。柏拉图记载："据说泰勒斯仰起头来观看星象，却不慎跌落井内，一个美丽温顺的色雷斯侍女嘲笑说，他急于知道天上的东西，却忽视了身旁的一切。"

②我很喜欢这个故事。由一个美丽温顺的女子来嘲笑哲学家的不切实际，倒是合情合理的。这个故事必定十分生动，以致被若干传记作家借去安在别的哲学家头上，成了一则关于哲学家形象的普遍性寓言。

③事实上，早期哲学家几乎个个出身望族，却蔑视权势财产。赫拉克利特、恩培多克勒拒绝王位，阿那克萨戈拉散尽遗产，此类事不胜枚举。德谟克利特的父亲是波斯王的密友，而他竟说，哪怕只找到一个原因的解释，也比做波斯王好。

④据说"哲学"（philosophia）一词是毕达哥拉斯的创造，他嫌"智慧"（sophia）之称自负，便加上一个表示"爱"的词头（Philo），成了"爱智慧"。不管希腊哲人对于何为智慧有什么不同的看法，爱智慧胜于爱世上一切却是他们相同

的精神取向。在此意义上，柏拉图把哲学家称作"一心一意思考事物本质的人"，亚里士多德指出哲学是一门以求知而非实用为目的的自由的学问。遥想当年泰勒斯因为在一个圆内画出直角三角形而宰牛欢庆，毕达哥拉斯因为发现勾股定理而举行百牛大祭，我们便可约略体会希腊人对于求知本身怀有多么天真的热忱了。这是人类理性带着新奇的喜悦庆祝它自己的觉醒。直到公元前三世纪，希腊人的爱智精神仍有辉煌的表现。当罗马军队攻入叙拉古城的时候，他们发现一个老人正蹲在沙地上潜心研究一个图形。他就是赫赫有名的阿基米德。军人要带他去见罗马统帅，他请求稍候片刻，等他解出答案，军人不耐烦，把他杀了。剑劈来时，他只来得及说出一句话："不要踩坏我的圆！"

⑤凡是少年时代迷恋过几何解题的人，对阿基米德大约都会有一种同情的理解。刚刚觉醒的求知欲的自我享受实在是莫大的快乐，令人对其余一切视而无睹。当时的希腊，才告别天人浑然不分的童稚的神话时代，正如同一个少年人一样惊奇地发现了头上的星空和周遭的万物，试图凭借自己的头脑对世界做出解释。不过，思维力的运用至多是智慧的一义，且是较不重要的一义。神话的衰落不仅使宇宙成了一个陌生的需要重新解释的对象，而且使人生成了一个未知的有待独立思考的难题。至少从苏格拉底开始，希腊哲人们更多地把智慧视作一种人生觉悟，并且相信这种觉悟乃是幸福的唯一源泉。

⑥苏格拉底，这个被雅典美少年崇拜的偶像，自己长得像个丑陋的脚夫，秃顶，宽脸，扁阔的鼻子，整年光着脚，裹一条褴褛的长袍，在街头游说。走过市场，看了琳琅满目的货物，他吃惊地说："这里有多少东西是我用不着的！"

⑦是的，他用不着，因为他有智慧，而智慧是自足的。若问何为智慧，我发现希腊哲人们往往反过来断定自足即智慧。在他们看来，人生的智慧就在于自觉限制对于外物的需要，过一种简朴的生活，以便不为物役，保持精神的自由。人已被神遗弃，全能和不朽均成梦想，惟在无待外物而获自由这一点上尚可与神比攀。苏格拉底说得简明扼要："一无所需最像神。"柏拉图理想中的哲学王既无恒产，又无妻室，全身心沉浸在哲理的探究中。亚里士多德则反复

论证哲学思辨乃唯一的无所待之乐，因其自足性而成为人惟一可能过上的"神圣的生活"。

⑧但万事不可过头，自足也不例外。犬儒派哲学家偏把自足推至极端，把不待外物变成了拒斥外物，简朴变成了苦行。最著名的是第欧根尼，他不要居室食具，学动物睡在街面，从地上拣取食物，乃至在众目睽睽下排泄。自足失去向神看齐的本意，沦为与兽认同，哲学的智慧被勾画成了一幅漫画。当第欧根尼声称从蔑视快乐中所得到的乐趣比从快乐本身中所得到的还要多时，再粗糙的耳朵也该听得出一种造作的意味。难怪苏格拉底忍不住要挖苦他那位创立了犬儒学派的学生安提斯泰说："我从你外衣的破洞可以看穿你的虚荣心。"

⑨学者们把希腊伦理思想划分为两条线索，一是从赫拉克利特、苏格拉底、犬儒派到斯多葛派的苦行主义，另一是从德谟克利特、昔勒尼派到伊壁鸠鲁派的享乐主义。其实，两者的差距并不如想象的那么大。德谟克利特和伊壁鸠鲁都把灵魂看作幸福的居所，主张物质生活上的节制和淡泊，只是他们并不反对享受来之容易的自然的快乐罢了。至于号称享乐学派的昔勒尼派，其首领阿里斯底波同样承认智慧在大多数情况下能带来快乐，而财富本身并不值得追求。当一个富翁把他带到家里炫耀住宅的华丽时，他把唾沫吐在富翁脸上，轻蔑地说道，在铺满大理石的地板上实在找不到一个更适合于吐痰的地方。垂暮之年，他告诉他的女儿兼学生阿莱特，他留下的最宝贵的遗产乃是"不要重视非必需的东西"。

⑩对于希腊人来说，哲学不是一门学问，而是一种以寻求智慧为目的的生存方式，质言之，乃是一种精神生活。我相信这个道理千古不易。一个人倘若不能从心灵中汲取大部分的快乐，他算什么哲学家呢？

试题：

1. 下列对作品分析概括不正确的两项是（　　　）（4分，两项都选对给4分，只选一项且正确给2分，有错项给0分）

A. 德谟克利特说，哪怕只找到一个原因的解释，也比做波斯王好。这句话表明早期哲学家热衷求知，蔑视权势。

B. 阿基米德的临终话语"不要踩坏我的圆！"道出哲学家爱智慧胜过爱生命的精神追求。

C. 苏格拉底的感慨"这里有多少东西是我用不着的！"道出哲学家对物质主义和享乐主义的艳羡。

D. "哲学的智慧被勾画成了一幅漫画"，采用明喻修辞，意在讽刺犬儒派哲学家歪曲哲学智慧的勾当。

E. "我从你外衣的破洞可以看穿你的虚荣心"，一针见血，辛辣地讽刺犬儒派哲学家以苦行来沽名钓誉的行径。

2. "泰勒斯仰观星象"为什么会成为哲学家形象的普遍寓言？请结合文章思想内容加以分析。（4分）

3. 哲学的智慧表现在哪些方面？请结合全文加以分析。（4分）

4. 本文是一篇以说理为主的文化散文，蕴含着丰富深刻的哲理，读来却饶有情趣，试对文章的趣味性加以探究。（8分）

参考答案：

1. C项应是"鄙弃"而非"艳羡"；D项应是暗喻而非明喻。

2. 泰勒斯仰观星象却跌倒在水井里，表明哲学家以求知为快乐，爱智慧胜过爱功利，（1分）这反映了哲学家的普遍特质；（1分）泰勒斯受到侍女的嘲笑，表明世人并不理解哲学家的精神追求，因为他们生活在物质和功利的世界当中，（1分）泰勒斯的遭遇反映了哲学家的普遍境遇。（1分）

3. ①求知以获取心灵的快乐。②智慧是一种人生觉悟，而这种觉悟能获致幸福。③自足即智慧。自觉限制对于外物的需要，过一种简朴的生活，以便不为物役，保持精神的自由。④万事不可过头，中庸是重要的智慧。（每个要点1分）

4. ①讲述故事以增加趣味，引人入胜。文章开头讲述了泰勒斯仰观星象的故事，勾勒出哲学家的一般图式，总领下文。文章中间还讲述了阿基米德的故事、苏格拉底的故事、第欧根尼的故事、阿里斯底波的故事，他们的特立独行、奇言妙语，精警动人，启人哲思。②概述事例以增强具体感和可读性。文章列举了大量事例，既使观点得到有力论证，又增强了文章的可读性和趣味性。③描述人物以增强形象性和感染力。第六段对苏格拉底的外貌做了详细的描述，使我们对这个形同乞丐的哲学家印象深刻，也反衬出哲学家心灵世界的富有和精神境界的崇高。④语言富有魅力。如第五段开头一句"凡是少年时代迷恋过几何解题的人，对阿基米德大约都会有一种同情的理解"，亲切有味；第八段"哲学的智慧被勾画成

了一幅漫画"含蓄有味，"我从你外衣的破洞可以看穿你的
虚荣心"一针见血。

（湖北省部分重点中学 2015 届高三 第一次联考语文试题）

周国平评注：

    1. 第 1 题挑错，答案是 C 项：苏格拉底的感慨"这里有
多少东西是我用不着的！"道出哲学家对物质主义和享乐主
义的艳羡。错得这么赤裸裸，把学生都当笨宝宝了。

    2. 第 2、3 题出得比较好，能够推动学生思考，参考答
案所归纳的要点也比较靠谱。

    3. "试对文章的趣味性加以探究"，这是一件多么无趣
的工作，看到这个题目，哪个学生不会暗暗叫苦？参考答案
说了一大堆话，除了"讲述故事"这一点外，其他都比较空洞。
其实很简单，古希腊哲人是一些生动有趣的人，这是本文趣
味性的真正来源。

给成人读的童话 3

①最近又重读了圣埃克絮佩里的《小王子》，还重读了安徒生的一些童话。和小时候不一样，现在读童话的兴奋点不在故事，甚至也不在故事背后的寓意，而是更多地感受到童话作家的心境。我发现，好的童话作家一定是极有真性情的人，因而在俗世中极为孤独，甚是悲凉。他们之所以要给孩子们讲故事绝不是为了劝喻，而是为了寻求在成人世界中不易得到的理解和共鸣。也正因为此，他们的童话同时又是写给与他们性情相通的成人的，或者用圣埃克絮佩里的话说，是献给还记得自己曾是孩子的少数成人的。

②童话的主人公是一个小王子，他住在只比他大一点儿的一颗星球上，这颗星球的编号是 B612。圣埃克絮佩里写道，他之所以谈到编号，是因为成人们的缘故——

③大人们喜欢数目字。当你对他们说起一个新朋友的时候，他们从不问你最本质的东西。他们从不会对你说："他的声音是什么样的？他爱玩什么游戏？他搜集蝴蝶吗？"他们问你的是："他几岁啦？他有几个兄弟？他的父亲挣多少钱呀？"这样，他们就以为了解他了。假如你对大人说："我看见了一所美丽的粉红色砖墙的小房子，窗上爬着天竺葵，屋顶上还有鸽子……"他们是想

象不出这所房子的真实模样的。然而，要是对他们说："我看到一所值十万法郎的房子。"他们就会高呼："那多好看呀！"

④圣埃克絮佩里告诉孩子们："大人就是这样的，不能强求他们是别种样子。孩子们应该对大人非常宽容大度。"他自己也这样对待大人。遇到被生活外在光环所蒙蔽的大人，"我对他既不谈蟒蛇，也不谈原始森林，更不谈星星了。我就使自己回到他的水平上来。我与他谈桥牌、高尔夫球、政治和领带什么的。那个大人便很高兴他结识了这样正经的一个人。"

⑤在这巧妙的讽刺中浸透着怎样的辛酸啊。我敢断定，正是为了摆脱在成人世界中感到的异乎寻常的孤独，圣埃克絮佩里才孕育出小王子这个形象的。他透过小王子的眼睛来看成人世界，发现大人们全在无事空忙，为占有物质、拥有权力、炫耀虚荣之类莫名其妙的东西活着。他得出结论：大人们不知道自己到底要什么。相反，孩子们是知道的，就像小王子所说的："只有孩子们知道他们在寻找些什么，他们会为了一个破布娃娃而不惜让时光流逝，于是那布娃娃就变得十分重要，一旦有人把它们拿走，他们就哭了。"孩子们看重的是它在自己生活中的意义，而不是它能给自己带来多少实际利益，所以他们并不问破布娃娃值多少钱。它当然不值钱啦，可是，他们天天抱着它，和它说话，便对它有了感情，它就比一切值钱的东西更有价值了。这种对待事物的态度就是真性情。许多成人之可悲，就在于失去了孩子时期曾经拥有的这样的真性情。

⑥安徒生也流露出这样的真性情。在一篇童话中，他让一些成人依次经过一条横在大海和树林之间的公路。对于这片美丽的景致，一个地主谈论着把那些树砍了可以卖多少钱，一个小伙子盘算着怎样把磨坊主的女儿约来幽会，一辆公共马车上的乘客全都睡着了，一个画家自鸣得意地画了一幅刻板的风景画。最后来了一个穷苦的女孩子，"她惨白的美丽面孔对着树林倾听。当她望见大海上的天空时，她的眼珠忽然发亮，她的双手合在一起"。虽然她自己并不懂得这时渗透了她全身的感觉，但是，唯有她懂了眼前的这片风景。

⑦无须再引证著名的《皇帝的新装》，在那里面，也是一个孩子说出了所

有大人都视而不见的真相，这当然不是偶然的。也许每一个优秀的童话作家对于成人的看法都相当悲观。不过，安徒生并未丧失信心，他曾说，他写童话时顺便也给大人写点东西，"让他们想想"。我相信，凡童话佳作都是值得成人想想的，它们如同镜子一样照出了我们身上业已习以为常的庸俗，但愿我们能够因此回想起湮没已久的童心。

试题：

1. 第①段中，作者感受到了童话作家怎样的心境？请简要概括。
   （4分）

2. 下面句子中加线部分的内容表现了大人们什么样的特点？（4分）
   （1）大人们喜欢数目字。

   （2）我与他谈桥牌、高尔夫球、政治和领带什么的。

3. 第⑥段中，作者为什么说读懂这片风景的只是女孩子而不是其他人？（4分）

4. 作者对写童话给成人读的这类作家持有怎样的态度？本文列举的给成人读的这类童话具有怎样的特点？（6分）

参考答案：

1. ①作者感受到童话作者多是极有真性情的人，因而在俗世中极其孤独，甚是悲凉。

②他们渴望在成人世界中找到性情相通的人，以求得到理解和共鸣。

2. （1）"数目字"表现出大人们感知事物依赖于用数字去判断，并不关心事物本质内涵；喜欢用数字来衡量事物能给他们带来多少的实际价值，也突出大人想象力的匮乏。

（2）"谈桥牌、谈高尔夫、政治和领带什么的"这些是大人所看重的，是他们所渴望的生活光环的一部分，突显出大人们的唯利、唯名渴求，生动形象的表现了大人们以价值为追求，体会不到生活的美。

3. 当面对这片风景时，地主、小伙子、画家等人都是从唯我、唯利的角度出发，看到的只是占有物质、拥有权力和炫耀虚荣这些莫名其妙的东西，而那个女孩与这眼前的风景有了感情，她尊重自己所看到的风景，用心去领会、用真性情去对待自己所看到的风景。

4.（1）作者对写童话给成人读者这类作家持赞美和同情的态度，作者"赞美"是因为他能够给成人以警醒，怀着真性情来生活；"同情"是因为作者认为这类作家创作童话并不是为了劝喻孩子，而是为了寻求在成人世界中不易得到的理解和共鸣，他们的童话也是写给成人中那些与他们性情相通的人看的。

（2）这类童话的特点：

①是写给性情相通的人看的；

②对现实生活中为权力、占有欲和物质而活的大人的讽刺；

③值得成人思考，像镜子一样照出人身上的庸俗；

④能帮助我们找回淹没已久的童心。

（武汉市 2015 年 中考语文试卷）

周国平评注：

1. 第 2 题，参考答案欠准确。"喜欢数目字"表现了大人们概念化或功利化思维的特点，丧失了感性直观和审美感知的能力。"我与他谈桥牌、高尔夫球、政治和领带什么的"，请注意下一个句子："那个大人便很高兴他结识了这样正经的一个人"。大人们把桥牌、高尔夫球、政治、领带等视为"正经"事，对蟒蛇、原始森林、星星等毫无兴趣，表现了趣味受时尚、习俗、公共性支配的特点，丧失了好奇心和真性情。

2. 第 3 题，"她惨白的美丽面孔对着树林倾听。当她望见大海上的天空时，她的眼珠忽然发亮，她的双手合在一起。"安徒生对这个穷苦女孩子的描绘多么有诗意，经参考答案一分析，就索然无味了。"作者为什么说读懂这片风景的只是女孩子而不是其他人？"这样提问题，回答必然是陈词滥调。不妨这样提问题：细心体会安徒生的描写，想象一下女孩子听见和望见了什么？这样就可以调动学生自己所积累的感受，从中看出其丰富或贫乏了。

3. 今天应试教育的特征正是概念化功利化，通过这个教育体制，孩子们受大人世界的价值观和思维模式支配，过早地失去了童心和童趣。如果本文能够激发师生们反省这个问题，理解就真正有深度了。

留住那个心智觉醒的时刻

①一个 5 岁的男孩对指南针不停转动，最后总是指向同一个方向充满惊奇：没有一只手去拨动，怎么会发生这样的事呢？从这个时刻起，他相信事物中一定藏着某种秘密，等待着他去发现。爱因斯坦之成为伟大的科学家，就是从这个时刻开始的。

②在所有孩子的成长过程中，都会出现这样的时刻：好奇心觉醒了，面对成年人习以为常的世界，他们提出了绝大部分成年人没想到也回答不了的问题。和好奇心一起，还有想象力和理解力，荣誉感和自尊心，心灵的快乐和痛苦，总之，人类精神的一切高贵禀赋也先后觉醒了。假如每个孩子生命中的这个时刻在日后都能延续下去，人类会拥有多少托尔斯泰、爱因斯坦、海德格尔啊！

③当然，这是不可能的，由于心智的惰性、教育的愚昧、功利的驱迫、生活的磨难等原因，对于大多数人来说，儿童时代的这个时刻仿佛注定只是昙花一现，然后不留痕迹地消失了。但是，趁现在的孩子们正拥有着这个时刻，我们能否帮助他们尽可能多地留住它呢？

④《诺贝尔奖获得者与儿童对话》所做的也许就是这样一件有意义的工作。不妨说，获奖者们正是一些幸运地留住了那个心智觉醒时刻的人。从那以后，

他们没有停止提问和思考，终于找出了隐藏在事物中的某些重大秘密。比如物理学奖得主宾尼希，小时候父母不让他随便打电话，他就自己想办法，用两个罐头盒和一根紧绷的长绳子制作了一部土电话。当孩子们能够用它在相邻房间清楚地通话时，他品尝到了成功的巨大快乐。后来他因研制可以拍摄到原子结构的光栅隧道显微镜而得奖，我相信这一成果与那部土电话之间一定存在着某种联系。

⑤为什么天空是蓝的？为什么有男孩和女孩？为什么1＋1＝2？为什么会有战争？……这些诺贝尔奖获得者所回答的问题似乎都属于《十万个为什么》的水平，可是，又有多少大人能够说清楚这些貌似简单的问题？他们每个人的特殊贡献往往就建立在解决某一简单问题的基础之上，是那个简单问题的延伸和深化。

⑥关于科学家工作的性质，化学奖得主波拉尼有一个生动的说法：和小说家一样，科学家也是讲故事的人，他们用自己讲的故事来为看似杂乱的事物寻找一种联系，为原因不明的现象提供一种解释。譬如说，自然科学是针对自然界的问题讲故事，社会科学是针对社会的问题讲故事，文学艺术是针对人生的问题讲故事。因此，我们不但要鼓励孩子提问题，而且要鼓励他们针对自己提的问题讲故事。是对是错无所谓，只要动脑筋，就能使他们的思考力和想象力得到有效的锻炼。

⑦请诺贝尔奖获得者与儿童对话，这是一个有趣的构想。对诺贝尔奖获得者自己来说，这是向童年的回归，不管这些大师们所发现的秘密在理论上多么复杂，现在都必须还原成儿童所能提出的原初的、看似简单的问题，仿佛要向那个儿童时代的自己做一个明白的交代。对读这本书的孩子们来说，这是很及时的鼓励，他们也许会发现，那些在成年人世界里备受敬仰的大师离他们非常近，其实都是一些喜欢想入非非的大孩子。这本书当然未必能指导哪一个孩子在将来获得诺贝尔奖，但它可能会帮助许多孩子获得比诺贝尔奖更加宝贵的东西。有了这些东西，他们就能够成长为拥有内在的富有和尊严的真正的人。

试题：

1. 文章第①段用爱因斯坦的事例开头，有什么作用？（2分）

2. 阅读第③段，说说加线词语"昙花一现"的含义。（3分）

3. 文章第④段中，作者说"我相信这一成果与那部土电话之间一定存在着某种联系"，你认为二者之间存在怎样的联系？（4分）

4. 结合全文，说说文章结尾画线句中"更加宝贵的东西"具体指什么？（3分）

参考答案：

1. 用名人事例开头，可以激发读者阅读兴趣，引出文章的核心观点。

2. 比喻美好的事物出现不久就消失，这里指儿童心智觉醒时刻非常短暂，易于消失，因而格外宝贵。（或：指儿童心智觉醒时刻像昙花开放一样非常短暂，易于消失，因而格外宝贵。）

3. 宾尼希制作土电话正是他心智觉醒的时刻，在此基础上，他没有停止提问和思考，对问题不断延伸和深化，终于找出了隐藏在事物中的某些重大秘密，最终获得了巨大的成功。

4. 答案示例：强烈的好奇心，丰富的想象力，永不枯竭的求知欲，对提问权利的坚持，对真理的热爱。（言之成理即可，任选3点即可）

（山东淄博市 2015年 语文中考试题）

周国平评注：

1. 第2题，"昙花一现"的含义其实是很清楚的，更值得问的问题是：儿童心智觉醒的时刻为什么往往会昙花一现？好奇心有哪些敌人？怎样才能成为好奇心的幸存者？围绕这个问题让孩子们讨论，就有意思了。

2. 第4题是好问题，好在具有开放性。不要设标准答案，"言之成理即可"，把"任选3点"删去。

5 爱与孤独

爱和孤独是人生最美丽的两支曲子，两者缺一不可。无爱的心灵不会体味孤独，未曾体味过孤独的人也不可能懂得爱。由于怀着爱的希望，孤独才是可以忍受的，甚至是甜蜜的。

不止一位先贤指出，一个人无论看到怎样的美景奇观，如果他没有机会向人讲述，他就决不会感到快乐。人终究是离不开同类的。一个无人分享的快乐绝非真正的快乐，而一个无人分担的痛苦则是最可怕的痛苦。所谓分享和分担，未必要有人在场。但至少要有人知道。永远没有人知道，绝对的孤独，痛苦便会成为绝望，而快乐——同样也会变成绝望！

交往为人性所必需，为人生之常态，而它的分寸却不好掌握。帕斯卡尔说："我们由于交往而形成了精神和感情，但我们也由于交往而败坏着精神和感情。"我相信，前一种交往是两个人之间的心灵沟通，它是马丁·布伯所说的那种"我与你"的相遇，既充满爱，又尊重孤独；相反，后一种交往则是熙熙攘攘的利害交易，它如同尼采所形容的"市场"，既亵渎了爱，又羞辱了孤独。

相遇是人生莫大的幸运，在此时刻，两颗灵魂仿佛同时认出了对方，惊喜地喊出："是你！"人一生中只要有过这个时刻，爱和孤独便都有了着落。

试题：

1. 本文第③自然段运用了哪两种论证方法？论证了什么内容？
（3分）

2. 请用自己的话概括本文的中心论点。（2分）

参考答案：

1.（3分）引用论证、对比论证；论证了交往分寸的难于把握（要正确把握交往的分寸）。

2.（2分）包含爱的孤独是可以忍受的，甜蜜的。（若答"爱和孤独是人生的必须，缺一不可"者，得1分）

（江苏省江阴初级中学 2015 届九年级语文 12 月月考试题）

周国平评注：

1. 第1题，我承认我答不出，不知道"引用论证"和"对比论证"这两个术语。

2. 第2题，我也答不出。这篇短文是出题人摘取我的四则随感拼成的，表达了不同论点，很难说有一个中心论点。如果我出题，会让学生谈自己对孤独和爱的关系的理解。

精神栖身于茅屋

①如果你爱读人物传记，你就会发现，许多优秀人物生前都非常贫困。就说说那位最著名的印象派画家凡·高吧，现在他的一幅画已经卖到了几千万美元，可是，他活着时，他的一张画连一餐饭钱也换不回，经常挨饿，一生穷困潦倒，终致精神失常，在三十七岁时开枪自杀了。要论家境，他的家族是当时欧洲最大的画商，几乎控制着全欧洲的美术市场。作为一名画家，他有得天独厚的便利条件，完全可以像那些平庸画家那样迎合时尚以谋利，成为一个富翁，但他不屑于这么做。他说，他可不能把他唯一的生命耗费在给非常愚蠢的人画非常蹩脚的画上面，做艺术家并不意味着卖好价钱，而是要去发现一个未被发现的新世界。确实，凡·高用他的作品为我们发现了一个全新的世界，一个万物在阳光中按照同一节奏舞蹈的世界。另一个荷兰人斯宾诺莎是名垂史册的大哲学家，他为了保持思想的自由，宁可靠磨镜片的收入维持最简单的生活，谢绝了海德堡大学以不触犯宗教为前提要他去当教授的聘请。

②我并不是提倡苦行僧哲学。问题在于，如果一个人太看重物质享受，就必然要付出精神上的代价。人的肉体需要是很有限的，无非是温饱，超于此的便是奢侈，而人要奢侈起来却是没有尽头的。温饱是自然的需要，奢侈的欲望

则是不断膨胀的市场刺激起来的。你本来习惯于骑自行车，不觉得有什么欠缺，可是，当你看到周围不少人开上了汽车，你就会觉得你缺汽车，有必要也买一辆。富了总可以更富，事实上也必定有人比你富，于是你永远不会满足，不得不去挣越来越多的钱。这样，赚钱便成了你的唯一目的。即使你是画家，你哪里还顾得上真正的艺术追求；即使你是学者，你哪里还会在乎科学的良心？

③所以，自古以来，一切贤哲都主张一种简朴的生活方式，目的就是为了不当物质欲望的奴隶，保持精神上的自由。古罗马哲学家塞涅卡说得好："自由人以茅屋为居室，奴隶才在大理石和黄金下栖身。"柏拉图也说："胸中有黄金的人是不需要住在黄金屋顶下面的。"或者用孔子的话说："君子居之，何陋之有？"我非常喜欢关于苏格拉底的一个传说，这位被尊称为"师中之师"的哲人在雅典市场上闲逛，看了那些琳琅满目的货摊后惊叹："这里有多少我用不着的东西呵！"的确，一个热爱精神事物的人必定是淡然于物质的奢华的，而一个人如果安于简朴的生活，他即使不是哲学家，也相去不远了。

试题：

1. 本文题目中的"精神"是指代 _____ ，"茅屋"象征 _____ ；中心论点是 _____ 。（6分）

2. 第①段中的凡·高和斯宾诺莎都为了"保持思想上的自由"而过着贫困、简单的生活，但他们又分别为什么而"保持思想上的自由"？（2分）

3. 第②段中划线句"我并不是提倡苦行僧哲学"能否删去，为什么？（4分）

4. 第③段中划线部分运用了什么论证方法？请你补充一个相同类型的论据。（4分）

参考答案：

1.（6分）那些热爱精神事物的人（2分）清贫的物质生活（2分）一个热爱精神事物的人必定是淡然于物质的奢华的（2分）

2.（2分）凡·高为了追求真正的艺术；（1分）斯宾诺莎因为在乎科学的良心。（1分）

3.（4分）不能。这句话将作者"安于清贫的生活"的观点与"苦行僧的哲学"区分开来，避免造成读者误解。（2分）使论证更加严密。（1分）同时有承上启下的作用。（1分）

4.（4分）道理论证。

（山东省滕州市党山中学 2015 年第一学期九年级 期中考试语文试题）

周国平评注：

1. 第3题，这样提问不是不可以，但比较拘泥于技术层面。一个更有内涵的提问：你认为"安于清贫生活"与"苦行僧哲学"的区别是什么？

2. 第4题，我不懂"道理论证"是什么，难道一切论证不都是在讲道理，不都是道理论证吗？

7 经典和我们

①读什么书，取决于为什么读。人之所以读书，无非有三种目的。一是为了实际的用途，例如因为职业的需要而读专业书籍，因为日常生活的需要而读实用知识。二是为了消遣，用读书来消磨时光，可供选择的有各种无用而有趣的读物。三是为了获得精神上的启迪和享受，如果是出于这个目的，我觉得读人文经典是最佳选择。

②认真地说，并不是随便读点什么都能算是阅读的。譬如说，我不认为背功课或者读时尚杂志是阅读。真正的阅读必须有灵魂的参与，它是一个人的灵魂在一个借文字符号构筑的精神世界里的漫游，是在这漫游途中的自我发现和自我成长，因而是一种个人化的精神行为。什么样的书最适合于这样的精神漫游呢？当然是经典，只要我们翻开它们，便会发现里面藏着一个个既独特又完整的精神世界。

③一个人如果并无精神上的需要，读什么倒是无所谓的，否则就必须慎于选择。也许没有一个时代拥有像今天这样多的出版物，然而，很可能今天的人们比以往任何时候都阅读得少。在这样的时代，一个人尤其必须懂得拒绝和排除，才能够进入真正的阅读。这是我主张坚决不读二三流乃至不入流读物的理由。

④古往今来，书籍无数，没有人能够单凭一己之力从中筛选出最好的作品来。幸亏我们有时间这位批评家，虽然它也未必绝对智慧和公正，但很可能是一切批评家中最智慧和最公正的一位，多么独立思考的读者也不妨听一听它的建议。所谓经典，就是时间这位批评家向我们提供的建议。

⑤作为普通人，我们如何读经典？我的经验是，不妨就把经典当作闲书来读。也就是说，阅读的心态和方式都应该是轻松的。千万不要端起做学问的架子，刻意求解。读不懂不要硬读，先读那些读得懂的、能够引起自己兴趣的著作和章节。这里有一个浸染和熏陶的过程，所谓人文修养就是这样熏染出来的。在不实用而有趣这一点上，读经典的确很像是一种消遣。事实上，许多心智活泼的人正是把这当作最好的消遣的。能否从阅读经典中感受到精神的极大愉悦，这差不多是对心智质量的一种检验。不过，也请记住，经典虽然属于每一个人，但永远不属于大众。我的意思是说，读经典的轻松绝对不同于读大众时尚读物的那种轻松。每一个人只能作为有灵魂的个人，而不是作为无个性的大众，才能走到经典中去。如果有一天你也陶醉于阅读经典这种美妙的消遣，你就会发现，你已经距离一切大众娱乐性质的消遣多么遥远。

试题：

1. 用简洁的语言概括本文作者的观点。（4分）

2. 文章围绕"经典和我们"从哪三个方面进行了论述？请将其写作思路写在下面。（3分）

3. 理解文末两个"消遣"的不同含义。（4分）

      如果有一天你也陶醉于阅读经典这种美妙的消遣，你就会发现，你已经距离一切大众娱乐性质的消遣多么遥远。

4. 阅读下面的链接材料，结合你所读过的作品，谈谈你对"经典"的理解。（4分）

      唯有今天仍然活着的经典才配叫作经典，它们不但属于历史，而且超越历史，仿佛有一颗不死的灵魂在其中永存。正因为如此，在阅读它们时，不同时代的个人都可能感受到一种灵魂觉醒的惊喜。（周国平）

      经典作品是产生某种特殊影响的书，它们要么自己以遗忘的方式给我们的想象力打下印记，要么乔装成个人或集体的无意识隐藏在深层记忆中。（意大利·卡尔维诺）

参考答案：

1. 我们应当阅读经典（2分），并且把经典当作闲书来读，用轻松的心态和方式去阅读（2分）。

2. 首先指出人们阅读的三种目的；接着论述了只有阅读被时间筛选出来的经典，才能获得自我发现和成长，才算真正的阅读；最后提议普通人要用一种轻松的心态阅读经典。（每点1分，计3分）

3. 第一个"消遣"的意思是作为灵魂的个人，而不是作为无个性的大众，走到经典中，获得精神的极大愉悦；第二个"消遣"的意思是消闲解闷，消磨、排遣、打发时光。（4分）

4. 经典就是那些我们阅读之后，也许会遗忘其中的具体情节和人物，却能激发我们的想象力，滋养我们的灵魂，使我们获得某种精神的启迪，给我们的人生、性格打下了深深烙印的作品，这些作品将唤起一代又一代人的精神共鸣。举例略。（2分+2分，计4分）

（江苏省盐城一中 2015届九年级上学期 第一次调研检测语文试卷）

周国平评注：

 1. 第1、2题实际上是重复的，作者的观点和论述无法分开，二题的参考答案也证明了这一点，只是表述详略不同而已。我自己会把本文的观点或论述概括为这三个方面：一、真正的阅读必须有灵魂的参与，是个人化的精神行为；二、经典是时间这位最智慧最公正的批评家选出的作品，最适合于真正的阅读；三、不妨把经典当作闲书来读，阅读的心态和方式都应该是轻松的。

2. 第3题（理解文末两个"消遣"的不同含义）是好题，有助于学生思考精神快乐的不同层次。

3. 第4题也是好题，但不宜有标准答案。

8 父亲的死

　　一个人无论多大年龄上没有了父母，他都成了孤儿。他走入这个世界的门户，他走出这个世界的屏障，都随之塌陷了。父母在，他的来路是眉目清楚的，他的去路则被遮掩着。父母不在了，他的来路就变得模糊，他的去路反而敞开了。

　　我的这个感觉，是在父亲死后忽然产生的。我说忽然，因为父亲活着时，我丝毫没有意识到父亲的存在对于我有什么重要。从少年时代起，我和父亲的关系就有点疏远。那时候家里子女多，负担重，父亲心情不好，常发脾气。每逢这种情形，我就当他面抄起一本书，头不回地跨出家门，久久躲在外面看书，表示对他的抗议。后来我到北京上学，第一封家信洋洋洒洒数千言，对父亲的教育方法进行了全面批判。听说父亲看了后，只是笑一笑，对弟妹们说："你们的哥哥是个理论家。"

　　年纪渐大，子女们也都成了人，父亲的脾气是愈来愈温和了。然而，每次去上海，我总是忙于会朋友，很少在家。就是在家，和父亲好像也没有话可说，仍然有一种疏远感。有一年他来北京，一个天气晴朗的日子，他突然提议和我一起去游香山。我有点惶恐，怕一路上两人相对无言，彼此尴尬，就特意把一个小侄子也带了去。

我实在是个不孝之子，最近十余年里，只给家里写过一封信。那是在妻子怀孕以后，我知道父母一直盼我有个孩子，便把这件事当作好消息报告了他们。我在信中说，我和妻子都希望生个女儿。父亲立刻给我回了信，说无论生男生女，他都喜欢。他的信确实洋溢着欢喜之情，我心里明白，他也是在为好不容易收到我的信而高兴。谁能想到，仅仅几天之后，就接到了父亲的死讯。

父亲死得很突然。他身体一向很好，谁都断言他能长寿。那天早晨，他像往常一样提着菜篮子，到菜场取奶和买菜。接着，步行去单位处理一件公务。然后，因为半夜里曾感到胸闷难受，就让大弟陪他到医院看病。一检查，广泛性心肌梗塞，立即抢救，同时下了病危通知。中午，他对守在病床旁的大弟说，不要大惊小怪，没事的。他真的不相信他会死。可是，一小时后，他就停止了呼吸。

父亲终于没能看到我的孩子出生。如我所希望的，我得到了一个可爱的女儿。谁又能想到，我的女儿患有绝症，活到一岁半也死了。每想到我那封报喜的信和父亲喜悦的回应，我总感到对不起他。好在父亲永远不会知道这幕悲剧了，这于他又未尝不是件幸事。但我自己做了一回父亲，体会了做父亲的心情，才内疚地意识到父亲其实一直有和我亲近一些的愿望，却被我那么矜持地回避了。

短短两年里，我被厄运纠缠着，接连失去了父亲和女儿。父亲活着时，尽管我也时常沉思死亡问题，但总好像和死还隔着一道屏障。父母健在的人，至少在心理上会有一种离死尚远的感觉。后来我自己做了父亲，却未能为女儿做好这样一道屏障。父亲的死使我觉得我住的屋子塌了一半，女儿的死又使我觉得我自己成了一间徒有四壁的空屋子。我一向声称一个人无须历尽苦难就可以体悟人生的悲凉，现在我知道，苦难者的体悟毕竟是有着完全不同的分量的。

试题：

1. 请结合语境，理解下面句子的含义。（4分）

　　　　父母在，他的来路是眉目清楚的，他的去路则被遮掩着。

2. 父亲死后，特别是在"我"做了一回父亲后，"我"产生了"内疚"的意识，联系全文，请分要点归纳作者对父亲有哪些内疚。（6分）

3. 作者说："父亲的死使我觉得我住的屋子塌了一半，女儿的死又使我觉得我自己成了一间徒有四壁的空屋子。"请联系生活实际，从"父亲于我重要、我于父亲重要"的角度，解读"屋子的一半"和"徒有四壁的空屋子"。（6分）

参考答案：

1. 答案：父亲在，忽视了父亲于我的重要，忽视了思考，做出了许多糊涂的事而不醒悟，将过去的路遮掩；父亲死后，内疚之心将"我"刺醒，对自己走过的路有了清醒的认识。（两个要点，每个2分）

2. 答案：①小时候，曲解父亲发脾气因而采取离家的反抗方式；②工作了，每次父亲光临"我"的居处，总是疏远他，冷淡他；③成家了，多年不给父亲写信，成了不孝之子；④父亲突然去世，没有尽儿子的义务，给父亲送终；⑤没能让父亲有生之年实现见到"我"的孩子的愿望。（五点5分，少一个点扣1分）

3. 答案：父母是儿女的庇护神，他们共同架起房屋，为儿女遮风挡雨，他们中失去一个，房屋就失去了一半。儿女是父母的财富，失去了儿女，也就失去了一切，屋子就像徒有四壁。（两点各2分，表达1分）

（广东省广州市执信中学 2015届高三上学期 期中考试语文试卷）

周国平评注：

我不得不说，试卷提供的答案非常离谱。以第1题为例，"父母在，他的来路是眉目清楚的，他的去路则被遮掩着。"这个句子的含义是什么？"答案：父亲在，忽视了父亲于我的重要，忽视了思考，做出了许多糊涂的事而不醒悟，将过去的路遮掩；父亲死后，内疚之心将'我'刺醒，对自己走过的路有了清醒的认识。"我倒想知道，"忽视了父亲于我的重要，忽视了思考，做出了许多糊涂的事而不醒悟"怎么"将过去的路遮掩"了，"内疚之心"又怎么让来路眉目清楚了？原句的意思本来很明白："来路"指出生，"去路"指死亡，父母在，生我的人还在，所以来路清楚，通常情况下早我而死的人尚未死，所以去路被遮掩着，父母不在了，来路就变得模糊而去路反而敞开了。这说的是人生的基本境况，和内疚哪里有一丝一毫的关系？

可以看出，出题人很下功夫，但下错了方向。

9 读书的癖好

①人的癖好五花八门，读书是其中之一。但凡人有了一种癖好，也就有了看世界的一种特别眼光，甚至有了一个属于他的特别的世界。不过，和别的癖好相比，读书的癖好能够使人获得一种更为开阔的眼光，一个更加丰富多彩的世界。

②根据我的经验，人之有无读书的癖好，在少年甚至童年时便已见端倪。那是一个求知欲汹涌勃发的年龄，不必名篇佳作，随便一本稍微有趣的读物就能点燃对书籍的强烈好奇。回想起来，使我发现书籍之可爱的不过是上小学时读到的一本普通的儿童读物。那里面讲述了一个淘气孩子的种种恶作剧，逗得我不停地捧腹大笑。从此以后，我对书不再是视若不见，我眼中有了一个书的世界，看得懂、看不懂的书都会使我眼馋心痒，我相信其中一定藏着一些有趣的事情，等待我去见识。现在我觉得，<u>一个人读什么书诚然不是一件次要的事情，但前提还是要有读书的爱好，而只要真正爱读书，就迟早会找到自己的书中知己的。</u>

③读书的癖好与所谓"刻苦学习"是两回事，它讲究的是趣味。所以，一个认真做功课和背教科书的学生，一个埋头从事专业研究的学者，都称不上是

有读书癖的人。有读书癖的人所读之书必不限于功课和专业，毋宁说更爱读功课和专业之外的书籍，也就是所谓闲书。当然，这并不妨碍他对自己的专业发生浓厚的兴趣，做出伟大的成就。英国哲学家罗素便是一个在自己的专业上取得了伟大成就的人，然而，正是他最热烈地提倡青年人多读"无用的书"。其实，读"有用的书"即教科书和专业书固然有其用途，可以获得立足于社会的职业技能；但是读"无用的书"也并非真的无用，那恰恰是一个人精神生长的领域。从中学到大学到研究生，我从来不是一个很用功的学生。我相信许多人在回首往事时会和我有同感：一个人的成长基本上得益于自己读书，相比之下，课堂上的收获显得微不足道。

④那么，一个人怎样才算养成了读书的癖好呢？我觉得倒不在于读书破万卷，一头扎进书堆，成为一个书呆子。重要的是一种感觉，即读书已经成为生活的基本需要，不读书就会感到欠缺和不安。有一句名言："三日不读书，便觉语言无味，面目可憎。"如果你有这样的感觉，你就必定是个有读书癖的人了。

⑤有一些爱读书的人，读到后来，有一天自己会拿起笔来写书，我也是其中之一。我承认我从写作中也获得了许多快乐，但是，这种快乐并不能代替读书的快乐。有时候我还觉得，写作侵占了我的读书的时间，使我蒙受了损失。我向自己发愿，今后要少写多读。人生几何？我不该亏待了自己。

试题：

1. 结合全篇，说说"癖好"一词的含义。

2. 联系上下文，理解第②段画线句的含义。

3. 作者在第③段中提及英国哲学家罗素的事例，其用意何在？

4. 试分析第④段首句在结构上的作用。

5. 联系实际，谈谈你对第③段中"一个人的成长基本上得益于自己读书，相比之下，课堂上的收获显得微不足道"一句的理解。

参考答案：

1. 文中指对读书的特别爱好。

2. 养成爱好读书的习惯，做到真正爱读书远比读什么书更重要。

3. 示例：采用了举例论证。以罗素的例子说明"有读书癖的人更爱读'无用'的闲书，而这并不妨碍他对专业的兴趣"的道理。

4. 由上文谈读书的癖好与刻苦学习的区别过渡到谈读书癖好养成的标准。（意近即可）

5. 要点：从此句看来，作者并未完全否认课堂学习的作用，此处更强调课外的读书对人成长的益处。能结合自己的学习经历，就"课内学习"与"课外阅读"之间的关系或作用谈出自己的看法即可。

（新人教版 2015 年秋九年级语文上册 15《短文两篇》同步练习［新版］）

周国平评注：

　　1. 前 4 题好像都太简单了一点吧，而且对理解本文或者提高语文水平都无甚意义。

　　2. 第 5 题比较好。不妨鼓励学生就课内学习与课外阅读的关系各抒己见。

10 幸福的哲学

　　有人会说，幸福这个东西很难说，好像是很主观的感觉，很难有统一的标准。确实是这样，每个人对幸福的理解是不一样的。但是，你若深入地问为什么会不一样，其实还是有标准的。一个人对幸福的理解，从大的方面来说，其实是体现了价值观的，就是你究竟看重什么。

　　古希腊哲学家亚里士多德曾经说过：幸福是我们一切行为的终极目标，我们做所有的事情其实都是手段。一个人想要赚钱赚得多一点，这本身并不是目的，他是为了因此可以过上幸福的生活。有人可能就要反驳了：我不要那么多钱，也可以幸福，比如说我读几本好书，就会感到很幸福。其实对后一种人来说，读书就是他获得幸福的手段。

　　对于什么是幸福，西方哲学史上主要有两种看法、两个派别。一派叫作"快乐主义"，其创始人是古希腊哲学家伊壁鸠鲁。近代以来，英国的一些哲学家，如亚当·斯密、约翰·穆勒、休谟，对此也有所阐发。这一派认为，幸福就是快乐。但什么是快乐？快乐就是身体的无痛苦和灵魂的无烦恼。身体健康、灵魂安宁就是快乐，就是幸福。他们还特别强调一点，人要从长远来看快乐，要理智地去寻求快乐。你不能为了追求一时的、眼前的快乐，而给自己埋下一个痛苦的祸根，结果得到的可能是更大的痛苦。另一派叫作"完善主义"。完善主义认为，幸福就是精神上的完善，或者说道德上的完善。他们认为人身上最高贵的部分，是人的灵魂，是人的精神。你要把这部分满足了，那才是真正的幸福。这一派的代表人物是苏格拉底、康德、黑格尔等，包括马克思，他们强调的是人的精神满足。

这两派有一个共同之处，就是都十分强调精神上的满足。如伊壁鸠鲁强调，物质欲望的满足本身不是快乐，物质欲望和生命本身的需要是两码事。生命需要得到满足那是一种快乐，但是超出生命需要的那些欲望反而是造成痛苦的根源。约翰·穆勒则强调，幸福就是快乐，但是快乐是有质量和层次的区别的。一个人只有各种快乐都品尝过了，他才知道哪一种快乐更深刻、更持久、更强烈、更美好。

在中国哲学里，我觉得道家比较接近"快乐主义"，尤其是庄子强调生命本身的快乐，还强调精神自由的快乐，与天地精神相往来的快乐。儒家比较接近"完善主义"，儒家认为人生的理想境界、最高的享受就是道德上的完善。

也有哲学家认为，幸福是根本不可能的。最典型的就是德国哲学家叔本华。他说人是受欲望支配的，欲望就意味着匮乏，你缺什么往往就对什么有欲望，而匮乏意味着痛苦。所以，欲望没有满足的时候你是痛苦的，但是欲望满足以后，人是不是就快乐了呢？非也。欲望满足以后是无聊。叔本华说，人生就像钟摆一样，在痛苦和无聊之间摇摆，幸福是不可能的。

如果我们仅仅从满足身体的、物质的欲望层面来理解的话，幸福确实是不可能的。但是如果我们超越欲望层面来看幸福，这个观点就不成立了。比如你非常爱读书，你渴望去读那些好书，你知道一些好书在等着你读，那个时候你会痛苦吗？你不会。读完了以后你会无聊吗？不会。你感到丰富了自己的精神，你会因此快乐。这就进一步说明，我们谈幸福问题，一定要超越纯粹欲望的层面，要从价值观角度去谈。

试题：

1. 下列有关"幸福"的表述，不符合原文意思的一项是（ ）

A. 有人说，幸福好像是很主观的个人感觉。每个人对幸福的理解不尽相同，对幸福的认识也就很难有统一的标准。

B. 按照古希腊哲学家亚里士多德的观点，幸福是一切行为的终极目标，我们做各种事情其实都是获得幸福的手段。

C. 亚当·斯密、约翰·穆勒一派认为幸福是身体无痛苦和灵魂无烦恼，而黑格尔等人乃至马克思的主张则与之相反。

D. 西方"完善主义"认为，幸福就是精神上的完善，人们在满足自身灵魂、精神的需求后才能感受到真正的幸福。

2. 下列理解，不符合原文意思的一项是（ ）

A. 近代以来，英国哲学家休谟等人认为，幸福就是快乐，但你若只追求一时的、眼前的快乐，最终你得到的也许是更大的痛苦。

B. 伊壁鸠鲁认为，物质欲望的满足不能使人快乐，只有满足了生命本身需要的那种快乐才会更深刻、更持久、更强烈、更美好。

C. 叔本华认为人生充满着痛苦和无聊，人受欲望支配，欲望没满足的时候你是痛苦的，而满足以后则无聊，幸福是根本不可能的。

D. 在幸福这个问题上之所以众说纷纭，是因为每个人看重的不同。我们若仅从满足身体和物质欲望的层面理解，就不会有幸福感。

3. 根据原文的内容，下列理解和分析不正确的一项是（ ）

A. 西方"快乐主义"认为，身体健康、灵魂安宁让人们感到很快乐很幸福，人们应该从长远的角度看待快乐，并理智地去寻求快乐和幸福。

B. 中国哲学强调生命本身的快乐，也强调精神自由的快乐，以庄子为代表的道家思想属于"快乐主义"，庄子认为与天地精神往来快乐无限。

C. 中国的儒家思想认为人生的理想境界、最高享受就是道德上的完善，这种思想和西方哲学家苏格拉底、康德等人强调的精神满足比较接近。

D. 人们渴望得到幸福，但是想获得真正的幸福，一定要树立正确的价值观，摆脱纯粹物质欲望的支配，丰富精神的世界，寻求心灵的满足。

参考答案：

1. C

    C 项信息在第三、四段。"黑格尔等人乃至马克思的主张则与之相反"错。

2. B

    B 项信息在第四段，"只有满足了生命本身需要的那种快乐才会更深刻、更持久、更强烈、更美好"不符合文意。

3. B

    B 项信息在第五段，"中国哲学强调生命本身的快乐，也强调精神自由的快乐"不当。

（2014 年高考 辽宁卷 语文试题）

周国平评注：

　　本文可能摘自作者的某个讲座，文字表达粗糙，不宜作为试卷。

苦难的精神价值 11

①维克多·弗兰克是意义治疗法的创立者，他的理论已成为弗洛伊德、阿德勒之后维也纳精神治疗法的第三学派。第二次世界大战期间，他曾被关进奥斯维辛集中营，受尽非人的折磨，九死一生，只是侥幸地活了下来。在《活出意义来》这本小书中，他回顾了当时的经历。作为一名心理学家，他并非像一般受难者那样流于控诉纳粹的暴行，而是尤能细致地捕捉和分析自己的内心体验以及其他受难者的心理现象，许多章节读来饶有趣味，为研究受难心理学提供了极为生动的材料。不过，我在这里想着重谈的是这本书的另一个精彩之处，便是对苦难的哲学思考。

②对生命意义的寻求是人的最基本的需要。当这种需要找不到明确的指向时，人就会感到精神空虚，弗兰克称之为"存在的空虚"。这种情形普遍地存在于当今西方的"富裕社会"。当这种需要有明确的指向却不可能实现时，人就会有受挫之感，弗兰克称之为"存在的挫折"。这种情形发生在人生的各种逆境或困境之中。

③寻求生命意义有各种途径，通常认为，归结起来无非：一是创造，以实现内在的精神能力和生命的价值；二是体验，藉爱情、友谊、沉思、对大自然

和艺术的欣赏等美好经历获得心灵的愉悦。那么，倘若一个人落入了某种不幸境遇，基本上失去了积极创造和正面体验的可能，他的生命是否还有一种意义呢？在这种情况下，人们一般是靠希望活着的，即相信或者至少说服自己相信厄运终将过去，然后又能过一种有意义的生活。然而，第一，人生中会有一种可以称作绝境的境遇，所遭遇的苦难是致命的，或者是永久性的，人不复有未来，不复有希望。如果苦难本身毫无价值，则一旦陷入此种境遇，我们就只好承认生活没有任何意义了。第二，不论苦难是否暂时的，如果把眼前的苦难生活仅仅当作一种虚幻不实的生活，就会忽略了苦难本身所提供的机会，并因此而放弃内在的精神自由和真实自我，意志消沉，一蹶不振，彻底成为苦难环境的牺牲品。

④所以，在创造和体验之外，有必要为生命意义的寻求指出第三种途径，即肯定苦难本身在人生中的意义。一切宗教都很重视苦难的价值，但认为这种价值仅在于引人出世，通过受苦，人得以救赎原罪，进入天国（基督教），或看破红尘，遁入空门（佛教）。与他们不同，弗兰克的思路属于古希腊以来的人文主义传统，他是站在肯定人生的立场上来发现苦难的意义的。他指出：即使处在最恶劣的境遇中，人仍然拥有一种不可剥夺的精神自由，即可以选择承受苦难的方式。一个人不放弃他的这种"最后的内在自由"，以尊严的方式承受苦难，这种方式本身就是"一项实实在在的内在成就"，因为它所显示的不只是一种个人品质，而且是整个人性的高贵和尊严，证明了这种尊严比任何苦难更有力，是世界任何力量不能将它剥夺的。正是由于这个原因，在人类历史上，伟大的受难者如同伟大的创造者一样受到世世代代的敬仰。也正是在这个意义上，陀思妥耶夫斯基说了这句耐人寻味的话："我只担心一件事，就是怕我配不上我所受的苦难。"

⑤我无意颂扬苦难，如果允许选择，我宁要平安的生活。但是，我赞同弗兰克的见解，相信苦难的确是人生的必含内容，一旦遭遇，它也的确提供了一种机会。人性的某些特质，惟有藉此机会才能得到考验和提高。一个人通过承

受苦难而获得的精神价值是一笔特殊的财富，由于它来之不易，就绝不会轻易丧失。而且我相信，当他带着这笔财富继续生活时，他的创造和体验都会有一种更加深刻的底蕴。

试题：

1. 下列说法，符合文意的两项是（　　　　）（5分）

A. 当对生命意义的寻求找不到明确的指向时，人就会感到精神空虚。

B. 人只有通过创造以实现内在的精神能力和生命的价值，才能找到生命的意义。

C. 倘若一个人落入了某种不幸境遇，他仍有可能过一种有意义的生活。

D. 所有的苦难都是暂时的，因为苦难的生活是虚幻的生活。

E. 一切宗教都很重视苦难的价值，即在立足现世人生的立场上使人得以救赎原罪。

2. 根据文意，下列推断中合理的一项是（　　）（3分）

A. 处于最恶劣的境遇中，人一定拥有一种不可剥夺的精神自由。

B. 人陷入绝境的境遇，我们就只好承认生活没有任何意义了。

C. 宗教把苦难生活仅仅当作一种虚幻不实的生活，让人彻底成为苦难环境的牺牲品。

D. 当人带着承受苦难而获得的精神价值继续生活时，他的创造和体验更有深刻的底蕴。

3. 请具体阐释文中画线句子中"最后的内在自由"这一短语的内涵。（4分）

4. 廖智是一名美丽的舞蹈教师，有着和睦的家庭和热爱的事业。汶川地震，她在废墟被埋30多小时，经受了严峻的生死考验之后又遭受了失去幼女和肉体截肢的痛楚，最终还被丈夫离弃，但她积极治疗，坚强地活下来并舞出精彩人生。依据文意，试对苦难在廖智不幸生活中所发挥的精神价值作简要解析。（4分）

参考答案：

1. （5分）AC（本题考查归纳内容要点和分析概括作者在文中观点的能力。B绝对化，原文是：寻求生命意义有各种途径：创造，体验，肯定苦难本生在人生中的意义；D强加因果；E一切宗教都很重视苦难的价值，但认为这种价值仅在于引人出世。）

2. （3分）D（A绝对化；B曲解文意，原文是"如果苦难本身毫无价值，则一旦陷入此种境遇，我们就只好承认生活没有任何意义了"，错；C无中生有，原文并没有此种说法。）

3. （4分）答案要点：①人拥有的一种不可剥夺的精神自由，即可以选择承受苦难的方式。（2分）②既显示个人品质，又展示整个人性的高贵和尊严。（2分）

4. （4分）答案要点：①遭遇苦难，当个人失去了创造和正面体验的可能，有必要肯定苦难本身在人生中的意义。以尊严的形式承受苦难，显示的不只是一种个人品质，而且是整个人性的高贵和尊严。廖智遭遇身体的残缺和情感的缺失，积极治疗，以尊严的形式承受苦难。

②个人带着承受苦难而获得的精神价值继续生活时，他的创造和体验都会有一种更加深刻的底蕴。带着承受苦难带来的精神价值，廖智找到了人生目标，舞出人生，实现内在的精神能力和生命的价值，体验美好经历，获得心灵的愉悦。（文中观点2分，结合廖智事例分析2分。）

（广东省肇庆市 2014 届高三毕业班 第一次模拟考试语文）

周国平评注：

1. 第1.2题是判断选项的正误，这种题型适用于知识测试，我本人认为在语文测试中不宜使用，因为容易失之简单，或者如果出题人故意模棱两可，就会沦为无聊的猜谜。

2. 第3题，关于"最后的内在自由"这个短语的内涵，应该强调"最后"和"内在"之涵义。"最后"，就是在失去了创造和正面体验的可能之情况下仍然拥有的自由。"内在"，就是任何外部力量不可剥夺的自由。

3. 第4题通过现实事例来加深对本文的理解，是好题目。

做人和做事 12

①做人最重要的是诚实地面对自己，在自己良心的法庭上公正地审视自己，既不护己之短，也不疑己之长，从而对自己有一个清楚的认识。这是一种巨大的精神力量，足以使他哪怕在全世界面前坦然承认自己的错误，也淡然面对哪怕来自全世界的误解和不实的责骂。

②做事即做人。人生在世，无论做什么事，都注重做事的精神意义，通过做事来提升自己的精神世界，始终走在自己的精神旅程上，只要这样，无论做什么事都是有意义的，而所做之事的成败则变得不很重要了。

③做事有两种境界。一是功利的境界，事情及相关的利益是唯一的目的，于是做事时必定会充满焦虑和算计。二是道德的境界，无论做什么事，都把精神上的收获看得更重要，做事只是灵魂修炼和完善的手段，真正的目的是做人。因此，做事时反而有了一种从容的心态和博大的气象。

④人生在世，既能站得正，又能跳得出，这是一种很高的境界。跳得出是站得正的前提，唯有看轻沉浮荣枯，才能不计利害得失，堂堂正正做人。如果说站得正是做人的道德，那么，跳得出就是人生的智慧。人为什么会堕落？往往是因为陷在尘世一个狭窄的角落里，心不明，眼不亮，不能抵挡眼前的诱惑。

佛教说"无明"是罪恶的根源，基督教说堕落的人生活在黑暗中，说的都是这个道理。相反，一个人倘若经常跳出来看一看人生的全景，就不太会被那些渺小的事物和次要的价值绊倒了。

　　⑤权力是人品的试金石。恶人几乎本能地运用权力折磨和伤害弱者。比如一个办事员，手里有了一点小小的权力，即使办一个正常的手续，他也会百般刁难，以显示他的重要。而善人几乎本能地运用权力造福和帮助弱者。他们都从中获得了快乐，但这不同的快乐，体现了多么不同的人品啊。一切世俗的价值，包括权力、财富、名声等，都具有这样的效应，能彰显其拥有者的善和恶。

　　⑥天赋，才能，眼光，魄力，<u>这一切都还不是伟大，必须加上真实，才成其伟大。</u>真实是一切伟人的共同特征，它源自对人性的真切了解，并由此产生一种面对自己、面对他人的诚实和坦然。精神上的伟人必定是坦诚的，他们足够富有，无须隐瞒自己的欠缺，也足够自尊，不屑于用做秀、演戏、不懂装懂来贬低自己。

试题：

1. 请根据文章内容简要概括"做人与做事"的关系。（6分）

2. 请简要分析第⑤段的论证思路。（6分）

3. 结合文本，请说说你对文章第⑥段画线句子的理解。（6分）

参考答案：

1. （6分）①做事真正的意义是做人；②做人的境界决定了做事的心态；③做事的方式体现了做人的品性。（每点2分）

2. （6分）首先提出"权力是人品的试金石"的观点；接着对比论证，阐述恶人和善人在权力面前表现出的不同人品；最后总结拓展，一切世俗的价值都能彰显其拥有者的善和恶。（每点2分）

3. （6分）①天赋、才能、眼光、魄力等属世俗价值范畴，单方面不能构成伟大；②真实源自对人性的真切了解，并由此产生一种面对自己、面对他人的诚实和坦然；③真实是构成伟大的最重要的条件。（每点2分）

（江苏南京金陵中学河西分校 2014 届高三 第四次模拟考试语文试卷）

周国平评注：

我对这份试卷比较欣赏，三个试题都是鼓励思考的，三个参考答案也都相当靠谱，而且表述得简明扼要。

13

坚守

①现代世界是商品世界，我们不能脱离这个世界求个人的生存和发展，这是一个事实。但是，这不是全部事实。我们同时还生活在历史和宇宙中，生活在自己唯一的一次生命过程中。所以，我们不能只用交换价值来衡量，在投入现代潮流的同时，我们要有所坚守，坚守那些永恒的人生价值。

②生活在现代商业社会里，文人弃文从商也好，亦文亦商也好，卖文为生也好，都无可非议。我们应做到的是，在卷入商品大潮的同时有所坚持。

③自从商业化浪潮席卷中国大陆以来，关于"文化失落""人文精神失落""知识分子失落"的悲叹不绝于耳。对于此类谈论，我始终感到比较隔膜。我相信，一个够格的文化人，不论他是学者还是作家艺术家，他必定是出于自身生命的根本需要而非物质利益从事精神文化创造的。在精神文化领域内，他不会没有困惑，毋宁说正因为在人类精神生活和生存意义问题上他比常人有更深刻的困惑，所以才在此领域内比常人有更执著的探索。然而，也正因为此，在是否要关注精神价值和从事精神创造这一点上，他决不会因为世态的变迁而发生动摇。如果一个人知道自己的志业所在并且一如既往地从事着这一志业，如果他在此过程中感觉到了自己的生命意义与历史责任的某种统一，那么，应该说他在精

神上是充实自足的。信念犹在，志业犹在，安身立命之本犹在，何尝失落？他的探索和创造原本是出于他的性情之必然，而不是为了获取虚名浮利，种瓜得瓜，何失落之有？

④一个人一旦省悟人生的底蕴和限度，他在这个浮华世界上就很难成为一个踌躇满志的风云人物了。不过，如果他对天下事仍有一份责任心，他在世上还是可以找到他的合适的位置的，"守望者"便是为他定位的一个确切名称。以我之见，"守望者"的职责是，与时代潮流保持适当的距离，守护人生的那些永恒的价值，瞭望和关心人类精神生活的基本走向。

⑤在历史的进程中，我们同样需要守望者。你不妨投身到任何一种潮流中去，去经商，去从政，去称霸学术，统帅文化，叱咤风云，指点江山，去充当各种名目的当代英雄。但是，在所有这些显赫活跃的身影之外，还应该有守望者的寂寞的身影。守望者是这样一种人，他们并不直接投身于时代的潮流，毋宁说往往与一切潮流保持着一个距离。但他们也不是旁观者，相反对于潮流的来路和去向始终怀着深深的关切。他们关心精神价值甚于关心物质价值，在他们看来，无论个人还是人类，物质再繁荣，生活再舒适，如果精神流于平庸，灵魂变得空虚，就绝无幸福可言。所以，他们虔诚地守护着他们心灵中那一块精神的园地，其中珍藏着他们所看重的人生最基本的精神价值，同时警惕地瞭望着人类前方的地平线，注视着人类精神生活的基本走向。

⑥休说精神永存，我知道万有皆逝，精神也不能幸免。然而，即使岁月的洪水终将荡尽地球上一切生命的痕迹，一种不怕徒劳仍要闪光的精神岂不超越了时间的判决，因而也超越了死亡？

⑦所以，我仍然要说：万有皆逝，唯有精神永存。

⑧世纪已临近黄昏，路上的流浪儿多了。我听见他们在焦灼地发问：物质的世纪，何处是精神的家园？我笑答：既然世上还有如许关注着精神命运的心灵，精神何尝无家可归。

⑨世上本无家，渴望与渴望相遇，便有了家。

试题：

1. 文章第②～⑤段从哪两个方面进行论述"坚守"的？（6分）

2. 第三段中，作者反对"文化失落""人文精神失落""知识分子失落"这些论调，理由是什么？（6分）

3. 文章最后一段说"渴望与渴望相遇，便有了家"，请谈谈你对这句话的理解。（6分）

参考答案：

1. 从两个层面：第一层是②～④段，在现代商业社会里，人要有所坚守；第二层是第⑤段，在历史的进程中，只有守护精神家园，人类及精神生活才不会迷失方向。（一点3分）

2. 一个够格的文化人，从事精神文化创造是出于自身生命的需要而非物质利益；即使有困惑，他们也不会动摇；他们的探索和创造非虚名浮利，精神上充实自足。（一点2分，答出三点即满分6分）

3. 现代社会丢失精神家园的人很多，他们渴望寻求心灵归宿；而守望者始终在为这些无家可归的人们建立并坚守精神家园；有人坚守家园，有人渴望回归，人们便有了精神栖息地。（前两层每层3分）

（江苏省徐州市 2014 届高三上学期 期中考试语文试题）

周国平评注：

1. 第1题：文章第②～⑤段从哪两个方面论述"坚守"？我认为答案应该是：②③段论述在现代商业社会里要有所坚守；④⑤段论述要与时代潮流保持距离。参考答案把④归入前一方面，内容上不合。

2. 第2题是好问题，但参考答案也不甚适当。"失落"之论调起于世态的变迁，即商业化浪潮席卷中国，因此陈述反对的理由，要着重阐明此种变迁并未使得精神探索和创造失去价值，因此一个够格的文化人不会在关注精神价值和从事精神创造这一点上发生动摇。这里的潜台词是：悲叹"失落"是因为发生了动摇，不是够格的文化人。参考答案罗列了三个理由，但未抓住重点。

　　3. 第3题也是好问题，但答案应是开放的，不该有标准答案。我也许会这样回答：只要有人和你一样坚持精神追求，你就并不孤独，精神家园就存在于志同道合者共同的追求之中。

14

爱还是被爱?

①与幸福有关的各种因素中，爱无疑是幸福的最重要的源泉之一。

②说到爱的时候，我们往往更多想到的是被爱。这并不奇怪。从小到大，我们渴望得到许多的爱。遇到困难时，我们希望有人一伸援助之手。经受痛苦时，我们希望有人与我们分担。我们自觉不自觉地把自己的幸福系于被他人所爱的程度：如果我们得到的爱太少，就会觉得这个世界很冷酷，自己在这个世界上很孤单。的确，对于我们的幸福来说，被爱是重要的。

③然而，与是否被爱相比，有无爱心却是更重要的。一个缺少被爱的人是一个孤独的人，这样的人只要具有爱心，他仍会有孤独中的幸福，如雪莱所说，当他的爱心在不理解他的人群中无可寄托时，便会投向花朵、小草、河流和天空，并因此而感到心灵的愉悦。而一个没有爱心的人，无论他表面上的生活多么热闹，幸福的源泉已经枯竭，他那颗冷漠的心是决不可能真正快乐的。

④一个只想被人爱而没有爱人之心的人，真正在乎的也不是被爱，而是占有。爱是与占有欲相反的东西，它本质是一种给予，爱的幸福就在这给予之中。一个明显的证据是亲子之爱，有爱心的父母在照料和抚育孩子的过程中便感受到了极大的满足。相反，丧失爱心，也便失去了感受和创造幸福的能力。所以，

对于个人来说，最可悲的事情不是在被爱方面受挫，而是爱心的丧失。

⑤当然，爱的给予既不是谦卑的奉献，也不是傲慢的施舍，它应该是出于内在的丰盈的自然而然的流溢。爱心如同光源，爱者的幸福就在于光照万物。爱心又如同甘泉，爱者的幸福就在于泽被大地。

⑥对于一个社会来说，爱心的普遍丧失会使世界变得冷如冰窟，荒如沙漠。在这样的环境中，善良的人们不免寒心，但也不要因此趋于冷漠，而是要在学会保护自己的同时，仍葆有一颗爱心，用爱心唤起爱心。不论个人还是社会，只要爱心犹存，就有希望！

试题：

1. 针对"爱无疑是幸福的最重要的源泉之一"，作者提出了哪两种看法？（2分）

2. 简要分析第④段的论证过程。（4分）

3. 请用一个短语概括下面连环画的主要内容，并判断这个故事适合放在文中哪个段落（4分）。

参考答案

1. ①对于我们的幸福而言，被爱是重要的。②有爱心是更重要的。（共 2 分。每个要点 1 分）

2. ①指出只想被爱而没有爱心的人在乎的是占有。②引出爱的本质是一种给予。③从正反两方面阐明爱与幸福的关系。④结论：对于个人而言，最可悲的事情是丧失爱心。（共 4 分。每个要点 1 分）

3. 嗟来之食（不食嗟来之食）。第⑤段。（共 4 分。短语 2 分，段落 2 分）

（2014 年 北京各区 议论文阅读［二模］）

周国平评注：

前 2 题皆局限于对本文内容的重复叙述。此文最好的测试方式是让学生结合自身经历和感受，谈自己对爱与被爱的关系以及二者与幸福的关系的看法。

15 尊重生命

①讲人文精神，讲尊重人的价值，第一条就应该是尊重生命的价值。为什么呢？因为生命是最基本的价值，是人生其他一切价值的前提和基础。对于每一个人来说，生命是最珍贵的，没有了生命什么都谈不上。这个道理应该说是不言而喻的。一个最简单的道理是，每个人只有一条命，在无限的时空中，在宇宙的永恒运动中，每个人只有一次机会活到这个世界上来。认真说来，其实每一个人在这个宇宙间产生的机会几乎等于零。我有时想，我能够生到这个世界上来，这真是一件不可思议的事情。如果我的父亲和母亲不认识就不会有我，他们认识了没有结婚也不会有我，他们结了婚不在某个特定的时刻做爱还是不会有我。一直往上推，母亲的父亲和母亲，父亲的父亲和母亲，一直推到最早的老祖宗，里面只要有一个因素改变，就不会有我。你说这个机会是多么小，几乎等于零。但是，我总算生出来了，可是，我如此偶然地来到这个世界，却又必然地要离开这个世界，我死了以后，这个宇宙间再也不可能第二次把我产生出来了。这么一想，你可能觉得生命是一种非常虚幻的东西，也可能觉得生命是一种非常珍贵的东西。不管怎么说，人珍惜自己的这个只有一次的生命，我认为是最正常的，是特别可以理解的。那么，我们应该将心比心，对于别人

的生命，对于每一个生命，我们都要想到他只有一次机会，如果他失去了生命，他就再也没有第二次机会了。所以，我们每个人对自己的生命要珍惜，对别人的生命要关爱。

②生命不但是珍贵的，而且是神圣的，因为生命的来源是神秘的。自然科学有三大难题，第一个是宇宙的起源，第二个是生命的起源，第三个是大脑的起源。这三样恰恰最要紧的东西，它们是真正的创世秘密，自然科学并没有揭示谜底，最多只能提出假说，而且是很不圆满的假说。比如说，关于宇宙的起源，霍金用大爆炸理论来解释，现在这个宇宙产生于大爆炸，大爆炸把以前的信息全部吸收了，大爆炸以前的宇宙历史等于不存在了，我们所了解的宇宙是从大爆炸以后开始的。那么，实际上他所说的是我们认识所能达到的范围内的这个宇宙的起源，大爆炸把以前的信息全部吸收了，并不等于以前的宇宙不存在，那个宇宙的起源仍然是一个谜。当然，如果宇宙是永恒存在的，就无所谓起源的问题，但是，对于人类思维来说，这个没有开端、没有起源的宇宙更是一个不可思议的大谜。关于生命的起源，我们也只有各种各样的假说，有一种猜测是来自外星，可是问题依然存在，外星上的生命又来自哪里。你说基因、脱氧核糖核酸是生命的基础，但基因的起源又是一个难解的谜。还有一个难题是人脑的起源，达尔文用进化论来解释人的产生，但是他自己承认，人的大脑、人的理性是怎么形成的，这是进化论中一个"缺失的环节"，进化论无法解释。所以，我倾向于认为，这三个大问题可能是大自然的永恒秘密，它们不是科学问题，而是哲学问题、信仰问题，自然科学恐怕永远提供不了最后的谜底。按照基督教的说法，这些问题是人的理性不能解决的，你就不要绞尽脑汁去思考了，你相信上帝就行了。世界和生命都是上帝创造的，所以生命是神圣的，你对生命要有敬畏之心。按照佛教的看法呢，每一个生命都是很偶然地产生的，是一种缘，因缘而起，因缘而灭，很偶然的因素凑在一起产生了生命，这些偶然的因素消散了，生命也就不存在了。而且，生命如此偶然地产生了以后，它的整个经历是受苦。所以，佛教提倡对生命要有一种慈悲的心怀。我想，你可

以从不同角度来看生命，可以对生命怀有人道主义的博爱，可以怀有佛教的慈悲，可以怀有基督教的敬畏，都可以，共同之点是尊重生命。事实上，很多非宗教人士，包括一些哲学家和诗人，一些科学家，都认为生命的来源是神秘的，生命是神圣的。泰戈尔有一句诗："我的主，你的世纪，一个接着一个，来完成一朵小小的野花。"他表达的就是生命神秘的感觉，无论多么微小的生命，它的来源都是神秘的。人的生命当然更是如此，我是我爸爸妈妈生的，但是单凭他们两人的能力能生出我来吗？肯定不能，实际上大自然不知道运作了多少个世纪才产生了我这么一个人。当然不仅仅是我，每一个人，地球上的每一个生命，都是这样，都是我们不知道的某种神秘力量作用的结果。

③尊重生命的价值，包括尊重自己的生命和尊重别人的生命。一个人如果不懂得尊重自己的生命，实际上就不可能懂得尊重别人的生命。尊重自己的生命，一个是要珍惜生命，养成健康的生活方式，不做损害生命的事，比如过度疲劳等。珍惜生命这个道理似乎很简单，其实真正做到并不容易。我们对于拥有生命这件事情实在是太习惯了，而习惯了的东西我们往往是不知珍惜的。可能我们平时会做很多损害自己生命的事情，但是直到最后恶果暴露出来的时候，我们才追悔莫及。很多科学家、企业家英年早逝，往往是因为过于疲劳，如果他们早知道是这个结果，就一定会有所节制。

④另一个是要享受生命。凡是自然赋予人的欲望都是无罪的，都有权利得到满足。但是，享受生命不应该停留在满足生理性的欲望，这个层次还太低。我们应当经常倾听一下自己的生命在说什么，它的真正的需要是什么。在我们这个时代，人们纷纷把生命都用于追求物质的东西，然后又来消费这些物质的东西，把生命完全用来满足物欲。这其实是在使用生命，甚至是在糟蹋生命，决不是在真正享受生命。事实上，物欲是社会刺激起来的，决不是生命本身的需要。希腊许多哲人都指出一点，就是生命对物的需要其实是十分有限的，中国道家也强调"不以物累形"，这些哲人是生命真正的知音，他们的话值得我们好好想一想。

⑤尊重自己的生命，最重要的是要对自己的生命负责。人生有很多责任，对家人负责任，对社会负责任，但最根本的责任是要对自己的人生负责任。这是一个人在世界上其他一切责任心的根源。你对自己的人生不负责，会对其他的事真正负起责任吗？会对别人的事情真正认真吗？相反，如果你对自己的人生有强烈的责任心，那么，你对你该做什么事、不该做什么事一定会有严肃的考虑，对于你认为应该做的事情，你就一定会负起责任。所以，对自己的人生负责任，这是对自己生命的最大尊重。

试题：

1. 通读全文，请指出本文的主要观点是什么？（2分）

2. 文中第③段加线的词语"似乎"和"实在"在表意上分别有什么作用？（2分）

3. 文中第⑤段主要运用了什么论证方法？有什么作用？（3分）

4. 请分析文中第④段"这些哲人是生命真正的知音"这句话的含义。（2分）

参考答案：

1. 尊重自己的生命。（或"尊重生命"）意思对即可。（2分）

2. "似乎"指揣测，表示不确定语气；"实在"指确实，起强调作用。意思对即可。

   （要突出词语在表意上的作用，而不是单独解释其意思，两个词语各1分）

3. 对比论证（正反论证）（1分），拿对自己负责的人和对自己不负责任的人对比，强调了对自己的人生负责任，才是对自己生命的最大尊重。意思对即可。（2分）

4. 把生命都用于追求物质的东西，然后又来消费这些物质的东西，把生命完全用来满足物欲，这其实是在使用生命，甚至是在糟蹋生命，决不是在真正享受生命。（这些哲人明白生命对物的需要其实是十分有限的，如果把生命都用于追求物质的东西，这决不是在真正享受生命。）（核心点：真正享受生命就不能过分追求物质。）（2分）

（广东省深圳市坪山新区2014年初三 5月教学质量调研考试语文试卷）

周国平评注：

1. 本文摘自作者的一篇讲座稿，文字比较粗糙，不宜作为语文试卷。

2. 第1题太简单，如果标题即主要观点，就不要出这样的试题了。如果想让学生掌握本文的主要观点，其实可以这么出题：通读全文，尊重自己的生命表现在哪些方面？

3. 第 4 题，分析"这些哲人是生命真正的知音"这句话的含义，参考答案的表述嫌模糊。"生命真正的知音"就是懂得生命的人，按照本文中的叙述，重点是他们懂得生命本身的需要与物欲的区别，强调不可用物欲损害生命。

16 内在生命的伟大

①小时候，也许我也曾经像那些顽童一样，尾随一个盲人，一个瘸子，一个驼背，一个聋哑人，在他们的背后指指戳戳，嘲笑，起哄，甚至朝他们身上扔石子。如是我那样做过，现在我忏悔，请求他们的原谅。

②即使我不曾那样做过，现在我仍要忏悔。因为在很长的时间里，我多么无知，竟然以为残疾人和我是完全不同的种类，在他们面前，我常常怀有一种愚蠢的优越感，一种居高临下的怜悯。

③现在，我当然知道，无论是先天的残疾，还是后天的残疾，这厄运没有落到我的头上，只是侥幸罢了。遗传，胚胎期的小小意外，人生任何年龄都可能突发的病变，车祸，地震，不可预测的飞来横祸，种种造成了残疾的似乎偶然的灾难原是必然会发生的，无人能保证自己一定不被选中。

④被选中诚然是不幸，但是，暂时——或者，直到生命终结，那其实也是暂时——未被选中，又有什么可优越的？那个病灶长在他的眼睛里，不是长在我的眼睛里，他失明了，我仍能看见。那场地震发生在他的城市，不是发生在我的城市，他失去了双腿，我仍四肢齐全……我要为此感到骄傲吗？我多么浅薄啊！

⑤上帝掷骰子，我们都是芸芸众生，都同样地无助。阅历和思考使我懂得了谦卑，懂得了天下一切残疾人都是我的兄弟姐妹。在造化的恶作剧中，他们是我的替身，他们就是我，他们在替我受苦，他们受苦就是我受苦。

⑥我继续问自己：现在我不瞎不聋，肢体完整，就证明我不是残疾了吗？我双眼深度近视，摘了眼镜寸步难行，不敢独自上街。在运动场上，我跑不快，跳不高，看着那些矫健的身姿，心中只能羡慕。置身于一帮能歌善舞的朋友中，我为我的身体的笨拙和歌喉的喑哑而自卑。在所有这些时候，我岂不都觉得自己是一个残疾人吗？

⑦事实上，残疾与健全的界限是十分相对的。从出生那一天起，我们每一个人的身体就已经注定要走向衰老，会不断地受到损坏。由于环境的限制和生活方式的片面，我们的许多身体机能没有得到开发，其中有一些很可能已经萎缩。严格地说，世上没有绝对健全的人。有形的残缺仅是残疾的一种，在一定的意义上，人人皆患着无形的残疾，只是许多人对此已经适应和麻木了而已。

⑧我不得不承认，如果人的生命仅是肉体，则生命本身就有着根本的缺陷，它注定会在岁月的风雨中逐渐地或突然地缺损，使它的主人成为明显或不明显的残疾人。那么，生命抵御和战胜残疾的希望究竟何在？

⑨我的眼前出现了一系列高贵的残疾人形象。在西方有又瞎又聋又瘫的永恒的少女海伦·凯勒。在中国，有受了腐刑仍写下史家"千古绝唱"的司马迁，有受了膑刑却仍然叱咤疆场指挥若定的孙膑，以及今天仍然坐着轮椅在文字之境中自由驰骋的史铁生。他们的肉体诚然缺损了，但他们的生命因此也缺损了吗？当然不，与许多肉体没有缺损的人相比，他们拥有的是多么完整而健康的生命。

⑩诗人里尔克常常歌咏盲人。在他的笔下，盲人能穿越纯粹的空间，能听见从头发上流过的时间和在脆玻璃上打玲作响的寂静。在热闹的世界上，盲人是安静的，而他的感觉是敏锐的，能以小小的波动把世界捉住。最后，面对死亡，

盲人有权宣告："那把眼睛如花朵般摘下的死亡，将无法企及我的双眸……"

⑪是的，我也相信，盲人失去的只是肉体的眼睛，心灵的眼睛一定更加明亮，能看见我们看不见的事物，生活在一个更本质的世界里。

⑫感官是通往这个世界的门户，同时也是一种遮蔽，会使人看不见那个更高的世界。貌似健全的躯体往往充满虚假的自信，踌躇满志地要在外部世界里闯荡，寻求欲望和野心的最大满足。相反，身体的残疾虽然是限制，同时也是一种敞开。看不见有形的事物了，却可能因此看见了无形的事物。不能在人的国度里行走了，却可能因此行走在神的国度里。残疾提供了一个机会，使人比较容易觉悟到外在生命的不可靠，从而更加关注内在生命，致力于灵魂的锻炼和精神的创造。

⑬由此可见，生命与肉体显然不是一回事，肉体只是一个躯壳，它的确是脆弱的，很容易破损。但是，寄寓在这个躯壳之中，又超越于这个躯壳，我们更有一个不易破损的内在生命，这个内在生命的通俗名称叫作精神或者灵魂。灵魂是一个单纯的整体，外部的机械力量能够让人的肢体断裂，但不能切割下哪怕一小块人的灵魂；自然界的病菌能够损坏人的器官，但没有任何路径可以侵蚀人的灵魂。正因为如此，一个人无论躯体怎样残缺，仍可使自己的内在生命保持完好无损。

⑭原来，上帝只在一个不太重要的领域里掷骰子，在现象世界播弄芸芸众生的命运。在本体世界，上帝是公平的，人人都被赋予了一个不可分割的灵魂，一个永远不会残缺的内在生命。同样，在现象世界，我们的肉体受千百种外部因素的支配，我们自己做不了主人。可是，在本体世界，我们是自己内在生命的主人，不管外在遭遇如何，都能够以尊严的方式活着。

试题:

1. 请从结构的角度，说明第⑧段对于全文的作用，并做简要分析。(5分)

2. 作者认为，如果身为健全人就鄙视残疾人，是非常愚蠢与浅薄的。请联系全文，分点说明作者坚持这一观点的理由。(6分)

参考答案：

1. (5分) 答：第⑧段是一个承上启下的过渡段。(1分) 一方面，它紧承上文，收束关于人的肉体生命的健全与残损的议论；(2分) 另一方面，它通过设问，引出下文关于人的内在生命的讨论 (或：引出下文关于"高贵的残疾人形象"的描述与议论)，从而揭示并深化文章的主题。(2分)

2. (6分) 作者坚持这一观点的理由有：(1) 每个人都可能因先天或后天的原因变成残疾人，残疾人是在代替健全人受苦，他们都是我们的兄弟姐妹。(2) 残疾与健全的界限是十分相对的，人人皆患有无形的残疾，都时时面临衰老与残损的威胁。(3) 许多高贵的残疾人内在生命更加强健，比许多肉体没有缺损的人拥有更加完整而健康的生命。(每点 2 分，共 6 分，大意对即可)

(新桥中学 2014 年春学期 高二语文选修 2 第一次月考)

周国平评注：

　　两个试题都很好。第 1 题是语法分析，但同时也帮助学生把握了全文的两个主要内容。第 2 题是内涵分析，而切入的角度很巧妙，把作者的观点概括为"鄙视残疾人是非常愚蠢与浅薄的"，具体而生动，让学生说明作者坚持这一观点的理由，也就使学生把握了全文的三个主要论点。参考答案也都准确而简明。

对理想的思索

17

一

据说，一个人如果在十四岁时不是理想主义者，他一定庸俗得可怕；如果在四十岁时仍是理想主义者，又未免幼稚得可笑。

我们或许可以引申说，一个民族如果全体都陷入某种理想主义的狂热，当然太天真；如果在它的青年人中竟然也难觅理想主义者，又实在太堕落了。

由此我又相信，在理想主义普遍遭耻笑的时代，一个人仍然坚持做理想主义者，就必定不是因为幼稚，而是因为精神上的成熟和自觉。

二

有两种理想，一种是社会理想，旨在救世和社会改造。另一种是人生理想，旨在自救和个人完善。如果说前者还有一个是否切合社会实际的问题，那么，对于后者来说，这个问题根本不存在。人生理想仅仅关涉个人的灵魂，在任何社会条件下，一个人总是可以追求智慧和美德的。如果你不追求，那只是因为你不想，绝不能以不切实际为由来替自己辩解。

三

理想有何用？

人有灵魂生活和肉身生活。灵魂生活也是人生最真实的组成部分。

理想便是灵魂生活的寄托。

所以，就处世来说，如果世道重实利而轻理想，理想主义会显得不合时宜；就做人来说，只要一个人看重灵魂生活，理想主义对他便永远不会过时。

当然，对于没有灵魂的东西，理想毫无用处。

四

我喜欢奥尼尔的剧本《天边外》。它使你感到，一方面，幻想毫无价值，美毫无价值，一个幻想家总是实际生活的失败者，一个美的追求者总是处处碰壁的倒霉鬼；另一方面，对天边外的秘密的幻想，对美的憧憬，仍然是人生的最高价值。那种在实际生活中即使一败涂地还始终如一地保持幻想和憧憬的人，才是真正的幸运儿。

五

对于不同的人，世界呈现不同的面貌。在精神贫乏者眼里，世界也是贫乏的。世界的丰富的美是依每个人心灵丰富的程度而开放的。

对于音盲来说，贝多芬等于不存在。对于画盲来说，毕加索等于不存在。对于只读流行小报的人来说，从荷马到海明威的整个文学宝库等于不存在。对于终年在名利场上奔忙的人来说，大自然的美等于不存在。

想一想，一生中有多少时候，我们把自己放逐在世界的丰富的美之外了？

一个经常在阅读和沉思中与古今哲人文豪倾心交谈的人，与一个只读明星轶闻和凶杀故事的人，他们生活在多么不同的世界上！

那么，你们还要说对崇高精神生活的追求是无用的吗？

六

圣徒是激进的理想主义者，智者是温和的理想主义者。

在没有上帝的世界上，一个寻求信仰而不可得的理想主义者会转而寻求智慧的救助，于是成为智者。

试题：

1. 简要说明第一部分在全文中的作用。（4分）

2. 为什么说"那种在实际生活中即使一败涂地还始终如一地保持幻想和憧憬的人，才是真正的幸运儿"？（5分）

3. 结合文章内容，分析说明文中多处运用比较论证的作用。（6分）

4. 本文题目是"对理想的思索"，请谈谈作者是从哪些方面对理想展开思索的。（8分）

参考答案：

1. ①第一部分开宗明义提出"一个人能够坚持理想，必定是精神上的成熟和自觉"的观点。②结构上自然引出下文对理想的层层思索。（4分）

2. 因为"始终如一地保持幻想和憧憬"，就是永远坚持自己的理想。坚持自己的理想，就能拥有真正的灵魂生活；就能拥有丰富的心灵，体验到世界丰富的美。因而是"真正的幸运儿"。（5分）

3. ①通过人与人、社会理想与个人理想等比较分析，把抽象的问题阐述得深刻而又具体。②通过对比，把树立理想的可贵和丢失理想的可悲阐述得更加清楚明白，令人信服。（6分）

4. ①任何时代情况下都应该坚持自己的理想。②理想分为社会理想和人生理想。③理想对人生的重要意义。④应该如何对待自己的理想。（答出任意三点即可得满分8分）

（山东省菏泽市 2013～2014 学年上学期 期末考试高二语文试题）

周国平评注：

1. 第2题是好题。"那种在实际生活中即使一败涂地还始终如一地保持幻想和憧憬的人，才是真正的幸运儿。"这个论断与通常的看法相悖，值得追问。回答这个问题，实际上就把文中关于理想的价值的论点串联起来了。

2. 第3题，抓住了本文多处运用比较论证这个特点。这方面的内容，最好还能让学生谈自己的认识，比如：你认为社会理想和人生理想二者有何异同，之间的关系是怎样的？要鼓励他们独立思考，可以有和作者不同的看法。

18 度一个创造的人生

①如果要用一个词来概括人类精神生活的特征，那么，最合适的词便是这个词——创造。

②所谓创造，未必是指发明某种新技术，也未必是指从事艺术的创作，这些仅是创造的若干具体形态罢了。创造的含义要深刻得多，范围也要广泛得多。人之区别于动物就在于人有一个灵魂，灵魂使人不能满足于动物式的生存，而要追求高出于生存的价值，由此展开了人的精神生活。大自然所赋予人的只是生存，因而，人所从事的超出生存以上的活动都是给大自然的安排增添了一点新东西，无不具有创造的性质。这样的活动当然不是肉体（它只要求生存），而是灵魂发动的。正是在创造中，人用行动实现着对真、善、美的追求，把自己内心所珍爱的价值变成可以看见和感觉的对象。

③由此可见，决定一种活动是否具有创造性的关键在于有无灵魂的真正参与。一个画匠画了一幅毫无灵感的画，一个学究写了一本人云亦云的书，他们都不是在创造。相反，如果你真正陶醉于一片风景、一首诗、一段乐曲的美，如果你对某个问题形成了你的独特的见解，那么你就是在创造。

④许多哲学家都曾强调劳作与创造的区别，前者是非精神性的，后者是精

神性的。在这方面，马克思的看法也许仍是最有启发意义的。他认为，人的本性是更喜欢从事自由的创造活动的，因为人在这种活动中能够充分实现自己的能力和价值，从而获得精神上的享受。然而，为了生存，人又必须从事生产活动。因此，可以把我们的时间划分为必要劳动时间和自由时间。一个理想的社会应当把必要劳动时间缩短到最低限度，以便为每个人从事创造活动腾出充足的自由时间。这个道理对于个人也是适用的。一个人只是为谋生或赚钱而从事的活动都属于劳作，而他出于自己的真兴趣和真性情从事的活动则属于创造。劳作仅能带来外在的利益，唯创造才能获得心灵的快乐。但外在的利益是一种很实在的诱惑，往往会诱使人们无休止地劳作，竟至于一辈子体会不到创造的乐趣。在我看来，创造在生活中所占的比重，乃是衡量一个人的生活质量的主要标准。

⑤真正的创造是不计较结果的，它是一个人的内在力量自然而然的实现，本身即是享受。有一位夫人曾督促罗曼·罗兰抓紧写作，快出成果，罗曼·罗兰回答说："一棵树不会太关心它结的果实，它只是在它生命汁液的欢乐流溢中自然生长，而只要它的种子是好的，它的根扎在沃土，它必将结好的果实。"我非常欣赏这个回答。只要你的心灵是活泼的、敏锐的，只要你听从这心灵的吩咐，去做能真正使它快乐的事，那么，不论你终于做成了什么事，也不论社会对你的成绩怎样评价，你都是度了一个有意义的创造的人生。

试题：

1. 本文的中心论点是什么？（2分）

2. 作者认为判断一种活动是否具有创造性的标准是什么？（2分）

3. 请说出第③段的论证过程。（3分）

4. 按照作者的观点，如何才能提高一个人的生活质量？其理由是什么？（4分）

5. 理解第⑤段画线句子的含义。（4分）

6. 请结合第⑤段加线的句子并联系实际，谈谈怎样才能度过一个有创造的人生。（3分）

参考答案：

1. （2分）我们应度一个创造的人生。

2. （2分）决定一种活动是否具有创造性的关键在于有无灵魂的真正参与。

3. （3分）先提出"决定一种活动是否具有创造性的关键在于有无灵魂的真正参与"的论点（1分），然后分别从正、反两个方面进行论证（2分）。

4. （4分）提高创造在生活中所占的比重（2分）。我们的时间分为必要劳动时间和自由时间。一个人只是为谋生或赚钱而从事的活动都属于劳作，而他出于自己的真兴趣和真性情从事的活动则属于创造。劳作仅能带来外在的利益，唯创造才能获得心灵的快乐。（2分）

5. （4分）一个作家不会计较创作的结果，真正的乐趣在于创作的过程（2分）。只要他的心灵是自由的、敏锐的，就一定会写出好的作品。（2分）

6. （3分）意合即可。

（江苏省扬州梅苑双语学校 2013～2014 学年八年级下学期 期中考试语文试题）

周国平评注：

1. 第1题：本文的中心论点是什么？答案：我们应度一个创造的人生。这种标题即是答案的试题有意义吗？

2. 第4题：按照作者的观点，如何才能提高一个人的生活质量？其理由是什么？关于理由，应该突出马克思的看法，即自由的创造活动更符合人的本性，人在这种活动中能够充分实现自己的能力和价值。

不要挡住我的阳光

19

①公元前 323 年某一天，亚历山大大帝在巴比伦英年早逝，年仅三十三岁。同一天，第欧根尼在科林斯寿终正寝，享年九十。这两人何其不同：一个是武功赫赫的世界征服者，行宫遍布欧亚，被万众呼为神；另一个是靠乞讨为生的穷哲学家，寄身在一只木桶里，被市民称作狗。相同的是，他们在当时的希腊乃至全世界都名声远扬。这两人有一次奇妙的相遇。一天，亚历山大巡游某地，遇见正躺着晒太阳的第欧根尼，这位世界之王上前自我介绍："我是大帝亚历山大。"哲学家依然躺着，也自报家门："我是狗儿第欧根尼。"大帝肃然起敬，问："我有什么可以为先生效劳的吗？"哲学家的回答是："有的，就是——不要挡住我的阳光。"据说亚历山大事后感叹道："如果我不是亚历山大，我就愿意做第欧根尼。"

②以第欧根尼为代表的古希腊犬儒派哲学家不但放浪形骸，而且口无遮拦，对看不惯的人和事极尽挖苦之能事。这成了他们的鲜明特色，以至于在西语中，"犬儒主义者"（cynic）一词成了普通名词，亦用来指愤世嫉俗者、玩世不恭者、好挖苦人的人。

③第欧根尼目中无"人"。他常常大白天点着灯笼，在街上边走边吆喝：

"我在找人。"有人问他在希腊何处见过好人，他回答：没有，只在个别地方见过好的儿童。在奥林匹克运动会上，民众群情亢奋，他有时也会坐在那里，但似乎只是为了不错过骂人的好机会。传令官宣布冠军的名字，说这个人战胜了所有人，他大声反驳："不，他战胜的只是奴隶，我战胜的才是人。"回家的路上，好奇者打听参加运动会的人是否很多，他回答："很多，但没有一个可以称作人。"剧院散场，观众涌出来，他往里挤，人问为什么，他说："这是我一生都在练习的事情。"他的确一生都在练习逆遵循习俗的大众而行，不把他们看作人，如入无人之境。

④第欧根尼的刀子嘴不但伸向普通人，连柏拉图也不能幸免。他经常用一种看上去粗俗的方式与柏拉图辩论。柏拉图把人定义为双足无毛动物，他就把一只鸡的羽毛拔光，拎到讲座上说："这就是柏拉图所说的人。"柏拉图对这个刺头一定颇感无奈，有人请他对第欧根尼其人下一断语，他回答："一个发疯的苏格拉底。"

⑤第欧根尼有一张损人的利嘴，一肚子捉弄人的坏心思。一个好面子的人表示想跟他学哲学，他让那人手提一条金枪鱼，跟在他屁股后面穿越大街小巷，羞得那人终于弃鱼而逃。一个狗仗人势的管家带他参观主人的豪宅，警告他不得吐痰，他立刻把一口痰吐在那个管家脸上，说："我实在找不到更合适的痰盂了。"看见一个轻薄青年衣着考究，他说："如果为了取悦男人，你是傻瓜；如果为了取悦女人，你是骗子。"这个促狭鬼太爱惹人，有一个青年必定是被他惹怒了，砸坏了他的大桶。不过，更多的雅典人好像还护着他，替他做了一个新桶，把那个青年鞭打了一顿。这也许是因为，在多数场合，他的刻薄是指向大家都讨厌的虚荣自负之辈的。他并不乱咬人，他咬得准确而光明正大。有人问他最厌恶被什么动物咬，他的回答是：谗言者和谄媚者。

⑥让我们回到第欧根尼与亚历山大相遇的时刻，他对大帝说出了那句著名的话："不要挡住我的阳光。"现在我们可以对这句话做一点也许不算牵强的诠释了。人在世上真正需要的是什么？无非是阳光——阳光是一个象征，代表

自然给予人的基本赠礼，自然规定的人的基本需要，合乎自然的简朴生活。谁挡住了阳光？亚历山大——亚历山大也是一个象征，代表权力、名声、财富等一切世人所看重而其实并非必需的东西。不要挡住我的阳光——不要让功利挡住生命，不要让习俗挡住本性，不要让非必需挡住必需，这就是犬儒派留给我们的主要的哲学遗训。

试题：

1. 根据文意，下列说法错误的两项是（　　　）（5分）

A. 在第欧根尼看来，谗言者和谄媚者并不能算作人。

B. 愤世嫉俗、玩世不恭、好挖苦人是犬儒派哲学家最鲜明的特色。

C. 在多数场合，第欧根尼讽刺挖苦虚荣自负之辈，虽然有些刻薄，但似乎还是得到了更多雅典人的拥护。

D. 第欧根尼比柏拉图更注重人的社会属性，把人的社会属性看作是人的第一属性。

E. 古希腊犬儒派哲学家告诉我们不要让权力、名声、财富迷失了人的自然简朴的天性。

2. 下面不是说明第欧根尼"讨厌虚荣自负之辈"的一项是（　　　）（3分）

A. 一个好面子的人表示想跟他学哲学，他却把人家捉弄得落荒而逃。

B. 他毫不留情地往势利的管家脸上吐痰。

C. 他往往以粗俗的方式与柏拉图辩论，这让柏拉图对他颇感无奈。

D. 他对一个衣着考究的轻薄青年进行近乎刻薄的指责。

3. 怎样理解亚历山大大帝感叹"如果我不是亚历山大，我就愿意做第欧根尼"这句话的含义？（4分）

4. 从第欧根尼的身上，我们可以看出古希腊犬儒派哲学家的哪些主要特点？（4分）

参考答案：

1. BD（5分）。B项与原文不符，见文章第二段；D项原文无此观点。

2. C（3分）C项是说明第欧根尼对柏拉图的哲学观所持的态度以及其直率的性格，并非说明第欧根尼讨厌柏拉图本人。

3. 亚历山大虽然是武功赫赫的世界征服者，代表权力、名声、财富，但是他渴望像第欧根尼那样过自然简单的生活。（意对即可）（4分）

4. （4分）①放浪形骸，口无遮拦，对看不惯的人和事极尽挖苦之能事；②一生都在逆遵循习俗的大众而行；③讨厌虚荣自负之辈；④过着简单而真实的生活，遵循生命的本性。（意对即可）

（广东省韶关南雄市黄坑中学 2013～2014 学年高二下学期 期末考试语文试题）

周国平评注：

1. 第1.2题，判断选项的正误，这类题型适用于闭卷知识测试，在开卷的文本分析中不宜使用，因为容易失之简单，或者如果出题人故意模棱两可，就会沦为无聊的猜谜。

2. 第3题，题目尚可，有一定启发性，但这样问也许更好：如果让你选择，你愿意做亚历山大大帝还是第欧根尼，为什么？

3. 第4题，亦比较好，有助于学生掌握全文的要点。

20 何必温馨

①不太喜欢温馨这个词。

②温馨本来是一个书卷气很重的词，如今居然摇身一变，俨然一位通俗红歌星。她到处走穴，频频亮相，泛滥于歌词中，散文中，商品广告中。

③可是，仔细想想，究竟什么是温馨呢？温馨的爱、温馨的家、温馨的时光、温馨的人生究竟是什么样子的？朦朦胧胧，含含糊糊，反正我想不明白。也许，正是词义上的模糊不清增加了这个词的魅力，能够激起说者和听者一些非常美好但也非常空洞的联想。

④正是这样：美好，然而空洞。这个词是没有任何实质内容的。温者温暖，馨者馨香。暖洋洋，香喷喷。这样一个词非常适合于譬如说一个情窦初开的少女用来描绘自己对爱的憧憬，一个初为人妻的少妇用来描绘自己对家的期许。它基本上是一个属于女中学生词典的词汇。当举国男女老少都温馨长温馨短的时候，我不免感到滑稽，诧异国人何以在精神上如此柔弱化，纷纷竞作青春女儿态？

⑤事实上，两性之间真正热烈的爱情未必是温馨的。这里无须举出罗密欧与朱丽叶，奥涅金与达吉亚娜，贾宝玉与林黛玉。每一个经历过热恋的人都不妨自问，真爱是否只有甜蜜，没有苦涩，只有和谐，没有冲突，只有温暖的春

天，没有炎夏和寒冬？我不否认爱情中也有温馨的时刻，即两情相悦、心满意足的时刻，这样的时刻自有其价值，可是，倘若把它树为爱情的最高境界，就会扼杀一切深邃的爱情所固有的悲剧性因素，把爱情降为平庸的人间喜剧。

⑥比较起来，温馨对于家庭来说倒是一个较为合理的概念。家是一个窝，我们当然希望自己有一个温暖、舒适、安宁、气氛浓郁的窝。不过，一味地温馨，结果不是磨灭掉夫妇双方的个性，从而窒息爱情，就是造成升平的假象，使被掩盖的差异终于演变为不可愈合的裂痕。

⑦至于说以温馨为一种人生理想，就更加小家子气了。人生中有顺境，也有困境和逆境。困境和逆境当然一点儿也不温馨，却是人生最真实的组成部分，往往促人奋斗，也引人彻悟。如果否认了苦难的价值，就不复有壮丽的人生了。

⑧写到这里，我忽然悟到了温馨这个词时髦起来的真正原因。我的眼前浮现出许多广告画面，画面上是各种高档的家具、家用电器、室内装饰材料、化妆品等等，随之响起同一句画外音："……伴你度一个温馨的人生。"一点也不错！舒适的环境，安逸的氛围，精美的物质享受，这就是现代人的生活理想，这就是温馨一词的确切的现代含义！这个听起来好像颇浪漫的词，其实包含着非常务实的意思，一个正在形成中的中产阶级的生活标准，一种讲究实际的人生态度。不要跟我们提罗密欧了吧，爱就要爱得惬意。不要跟我们提哈姆雷特了吧，活就要活得轻松。理想主义的时代已经结束，让我们回归最实在的人生……

⑨我丝毫不反对实在的生活情趣。和突出政治时代到处膨胀的权力野心相比，这是一个进步。然而，实在的生活有着深刻丰富的内涵，决非限于舒适安逸。使我反感的是"温馨"这个流行词所标志的人们精神上的平庸化，在这个女歌星唱遍千家万户的温软歌声中，我不禁缅怀起歌剧《卡门》的音乐和它所讴歌的那种惊心动魄的爱情和人生来了。

⑩所以，在这种情况下，我要说：

⑪爱，未必温馨，又何必温馨？

⑫人生，未必温馨，又何必温馨？（有删节）

试题：

1. 怎样理解文章中"她到处走穴，频频亮相，泛滥于歌词中，散文中，商品广告中"的含义。（2分）

2. 作者认为"温馨""美好，然而空洞"，这种"空洞"体现在哪些方面？（4分）

3. 请简要梳理作者的思路。（4分）

4. 文中第⑤⑧⑨段用了"罗密欧和朱丽叶，奥涅金与达吉亚娜，贾宝玉与林黛玉"、"哈姆雷特"、歌剧《卡门》等文学性的内容做素材，这在文章的表达技巧和内容方面有何作用？（6分）

5. 从人生态度和生活理想的角度看，对个体而言，选择"温馨"与否是自由的，但作者为何还是要批判"温馨"这种人生态度和生活理想？对作者的观点，你如何评价？谈谈你的看法。（6分）

参考答案：

1. "温馨"一词广泛流行于各种文体、各个行业中。

2. ①精神上的柔弱化；②忽视爱情中的悲剧性因素；③磨灭个性，造成裂痕；④显得小气。

3. ①先说不喜欢流行而时髦的"温馨"；②再阐释不喜欢"温馨"的原因；③反思"温馨"在当下流行的原因；④点明主旨，反对人们精神上的平庸。

4. ①证明作者的观点；②这些事例中的人与现实中的人形成对比，强化了文章的主旨；③使文章的内容更富于文化内涵，更有深度。

5. ①从社会的角度看，单一的个体选择"温馨"作为自己的人生态度和生活理想，本无可厚非，但当这种态度流行，成为一种社会潮流时，就会使人们失去对理想主义和真正的情感的追求，在精神上趋于平庸化。作者是从社会的角度对此提出批评。（2分）；②从真正的人生态度和生活理想看，"温馨"追求的是舒适的环境，安逸的氛围，精美的物质享受，只是一种物质的、实在的生活情趣，只是人生价值的极次要的内容，把"温馨"作为自己的人生态度和生活理想会使人们忽视生活应有的更深刻更丰富的内涵，也使人们不复有壮丽的人生（2分）；③作者从社会与时代的角度、从深层的人文关怀的角度提出批评，表现出了难得的清醒和忧思（2分）。

（重庆市重庆一中 2013～2014 学年高一上学期 期末考试试题）

周国平评注：

1. 第2题，本文是由"词义上的模糊不清"、"没有任何实质内容"论断"温馨"一词的"空洞"的，参考答案所列"精神上的柔弱化"等四点皆是"温馨"成为流行趣味导致的后果，而非该词"空洞"的体现，好像偏离了题意。

2. 第5题是好题，鼓励学生从不同角度思考作者的观点。这类题目不宜有标准答案，能言之成理即可。

21 轻松读经典

①我的读书旨趣，第一是把人文经典当作主要读物，第二是用轻松的方式来阅读。

②读什么书，取决于为什么读。人之所以读书，无非有三种目的。一是为了实际的用途，例如，因为职业的需要而读专业书籍，因为日常生活的需要而读实用知识。二是为了消遣，用读书来消磨时光，可供选择的有各种无用而有趣的读物。三是为了获得精神上的启迪和享受，如果是出于这个目的，我觉得读人文经典是最佳选择。

③人类历史上产生了那样一些著作，它们直接关注和思考人类精神生活的重大问题，因而是人文性质的，同时其影响得到了世代的公认，已成为全人类共同的财富，因而又是经典性质的。我们把这些著作称作人文经典。在人类精神探索的道路上，人文经典构成了一种伟大的传统，任何一个走在这条路上的人都无法忽视其存在。

④认真地说，并不是随便读点什么都能算是阅读的。譬如说，我不认为背功课或者读时尚杂志是阅读。真正的阅读必须有灵魂的参与，它是一个人的灵魂在一个借文字符号构筑的精神世界里的漫游，是在这漫游途中的自我发现和

自我成长，因而是一种个人化的精神行为。什么样的书最适合于这样的精神漫游呢？当然是经典，只要翻开它们，便会发现里面藏着一个个既独特又完整的精神世界。

⑤一个人如果并无精神上的需要，读什么倒是无所谓的，否则就必须慎于选择。也许没有一个时代拥有像今天这样多的出版物，然而，很可能今天的人们比以往任何时候都阅读得少。在这样的时代，一个人尤其必须懂得拒绝和排除，才能够进入真正的阅读。这是我主张坚决不读二三流乃至不入流读物的理由。

⑥图书市场上有一件怪事，别的商品基本上是按质论价，唯有图书不是。同样厚薄的书，不管里面装的是垃圾还是金子，价钱都差不多。更怪的事情是，人们宁愿把可以买回金子的钱用来买垃圾。至于把宝贵的生命耗费在垃圾上还是金子上，其间的得失就完全不是钱可以衡量的了。

⑦古往今来，书籍无数，没有人能够单凭一己之力从中筛选出最好的作品来。幸亏我们有时间这位批评家，虽然它也未必绝对智慧和公正，但很可能是一切批评家中最智慧和最公正的一位，多么独立思考的读者也不妨听一听它的建议。所谓经典，就是时间这位批评家向人们提供的建议。

⑧对经典也可以有不同的读法。一个学者可以把经典当作学术研究的对象，对某部经典或某位经典作家的全部著作下考证和诠释的功夫，从思想史、文化史、学科史的角度进行分析。这是学者的读法。但是，如果一部经典只有这一种读法，我就要怀疑它作为经典的资格，就像一个学者只会用这一种读法读经典，我就要断定他不具备大学者的资格一样。唯有今天仍然活着的经典才配叫作经典，它们不但属于历史，而且超越历史，仿佛有一颗不死的灵魂在其中永存。正因如此，阅读时，不同时代的个人都可能感受到一种灵魂觉醒的惊喜。在这个意义上，经典属于每一个人。

⑨作为普通人，如何读经典？我的经验是，无论《论语》还是《圣经》，无论柏拉图还是康德，不妨就当作闲书来读。也就是说，阅读的心态和方式都

应该是轻松的。千万不要端起做学问的架子，刻意求解。读不懂不要硬读，先读那些读得懂的、能够引起自己兴趣的著作和章节。这里有一个浸染和熏陶的过程，所谓人文修养就是这样熏染出来的。在不实用而有趣这一点上，读经典的确很像是一种消遣。事实上，许多心智活泼的人正是把这当作最好的消遣的。能否从阅读经典中感受到精神的极大愉悦，这差不多是对心智品质的一种检验。不过，也请记住，经典虽然属于每一个人，但永远不属于大众。读经典的轻松绝对不同于读大众时尚读物的那种轻松。每一个人只能作为有灵魂的个人，而不是作为无个性的大众，才能走到经典中去。如果有一天你也陶醉于阅读经典这种美妙的消遣，就会发现，自己已经距离一切大众娱乐性质的消遣非常遥远。

⑩经典是人类精神财富的一个宝库，它就在我们身旁，其中的财富属于每一个人。阅读经典，就是享用这笔宝贵的财富。凡是领略过此种享受的人都一定会同意，倘若一个人活了一生一世，从未踏进这个宝库，那是遭受了多么巨大的损失啊。

试题：

1. 通读全文后，回答：为什么读经典，作者的根本理由是 _____；怎样读经典，作者的观点是_____。（4分）

2. 从读经典的角度说，"真正的阅读"，一方面必须_____，另一方面必须_____。（2分）

3. 对经典可以有不同的读法，学者的读法是把经典当作_____；普通人的读法是把经典当作_____；其中，心智活泼的人把读经典当作_____。（3分）

4. 联系上下文，回答下列问题。（5分）

（1）第⑤自然段画横线的句子中，为什么要用"也许""很可能"这两个词语？

（2）从读书的目的来说，第⑨自然段画横线的句子中"读经典的轻松"与"读大众时尚读物的轻松"有何不同？

5. 什么是经典，请从文中获取有关经典的信息，按下面提供的句式写一段话。（6分）

经典是……经典是……经典是……总之，经典是人们精神财富的一个宝库，它就在我们身旁。

6. "名著"也是经典。如何读名著，读本文后，联系名著阅读实际，谈谈你的一点看法。要求：观点明确，内容具体，条理清楚，语言通顺，不少于120字。（10分）

参考答案：

1. （4分。每处2分）为了获得精神上的启迪和享受。用轻松的方式来阅读（能点出"轻松"即可）。

2. （2分。每处1分）有灵魂的参与；是一种个人化的精神行为。

3. 学术研究的对象；闲书来读；最好的消遣。

4. （1）因为这两个词语都表示不肯定的意思。用上"也许"表示今天的出版物不一定比以前多。用上"很可能"表示今天的人们不一定比以往读得少。语言严谨，留有余地。（言之有理即可）

   （2）读经典的"轻松"是指为了获得精神上的启迪和享受；读大众时尚读物的"轻松"是指为了消遣，用读书来消磨时光（娱乐性质的消遣）。（意思对即可）

5. 示例：经典是得到世代公认的（著作）；是经得起时间检验的（作品）；是属于每一个人的（作品）。（能从文章中获取有关经典的信息，构成一个判断句，没有语病即可）

6. （10分）评分意见表

   等级

   评分标准

   一等（10——8）

   观点鲜明，内容具体，语言流畅，字数符合要求。

   二等（7——6）

   观点鲜明，内容较具体，语言通顺，字数符合要求。

   三等（5——0）

   观点不鲜明，内容不具体，语言不通顺，字数不符合要求。

（广东河源中英文实验学校 2013～2014学年九年级 中考模拟三语文试卷[解析版]）

周国平评注：

1. 此文与本书第7篇《经典和我们》选自同一篇文章，区别是省略了不同的自然段。这就提供了一个机会，可以由试题的异同来比较出题人的思路。本篇第1题，问为什么读经典，作者的根本理由是什么，怎样读经典，作者的观点是什么，第2题，问"真正的阅读"必须如何，问题本身提示了本文的重点，回答了这两个问题，就基本上把握了本文的主要观点。第7篇第1、2题问的也是本文的主要观点，但问的方式比较笼统，让学生不好回答。

2. 本篇的特点是牢牢抓住"经典"这个关键词，除第1题外，第5题再问什么是经典，要求从文中获取有关信息，列出三个特征，构成一个判断句。参考答案所列三点，我本人觉得第一、二点意思相近，可合并为一点，比如这样表述：经典是经受时间检验得到世代公认的作品。此外，回答最好还指出经典的内容方面，比如文中所述是"直接关注和思考人类精神生活的重大问题"的作品。

3. 本篇第4题和第7篇第3题指向文中同一内容："读经典的轻松绝对不同于读大众时尚读物的那种轻松……如果有一天你也陶醉于阅读经典这种美妙的消遣，你就会发现，你已经距离一切大众娱乐性质的消遣多么遥远。"本篇问："读经典的轻松"与"读大众时尚读物的轻松"有何不同？第7篇问：理解文末两个"消遣"的不同含义。意思是一样的，但我认为第7篇的问法比较好，因为在一般人的概念中，消遣只是娱乐性质的，本文的特点是把轻松读经典也视为一种消遣，指出消遣也可以是有精神内涵的。

4. 本篇第 6 题和第 7 篇第 4 题，都是让学生结合自己的阅读经验，谈对经典或者如何读经典的理解。一篇谈读书的范文，测试理应有这个内容，两位出题人所见略同，很好。

5. 第 3 题，对经典有不同的读法，参考答案说：普通人的读法是把经典当作闲书来读。不确，原文是提出一个建议：作为普通人，读经典不要端起做学问的架子，不妨就当作闲书来读。并不是说普通人就是这样读法的，事实上也不是。其实，普通人中只有心智活泼的人才能够把经典当作闲书来读，而这便和当作最好的消遣并无区别。

22 信仰之光

①信仰，就是相信人生中有一种东西，它比自己的生命重要得多，甚至是人生中最重要的东西，值得为之活着，必要时也值得为之献身。这种东西必定是高于我们的日常生活的，像日月星辰一样在我们头顶照耀，我们相信它并且仰望它，所以称作信仰。但是，它又不像日月星辰那样可以用眼睛看见，而只是我们心中的一种观念，所以又称作信念。

②提起信仰，人们常常会想到宗教，例如基督教、佛教、伊斯兰教等等。在人类历史上，在现实生活中，宗教信仰的确是信仰最常见的一种形态。不过，两者不完全是一回事。事实上，做一个教徒不等于就有了信仰，而有信仰的人也未必信奉某一宗教。有一回，我到佛教胜地普陀山旅游。在山上一座大庙里，和尚们正为一个施主做法事，中间休息，一个小和尚走来与我攀谈。我问他："做法事很累吧！"他随口答道："是呵，挣钱真不容易。"一句话表明了他并不真信佛教，皈依佛门只是谋生的手段。这个小和尚毕竟直率得可爱。如今，天下寺庙，处处香火鼎盛，可是你若能听见那些烧香拜佛的人许的愿，就会知道，他们几乎都是在向佛索求非常具体的利益，没有几人是真有信仰的。在同一次旅程中，我还遇见另一个小和尚。当时，我正乘船航行。船舱里异常闷热，

乘客们纷纷挤到舱内唯一的自来水管旁洗脸。他手拿毛巾，静静等候在一旁。终于轮到他了，又有一名乘客夺步上前，把他挤开。他面无愠色，退到旁边，礼貌地以手示意："请，请。"我目睹了这一幕，心中肃然起敬，相信眼前这个身披青灰色袈裟的年轻僧人是真正有信仰的人。后来，通过交谈，这一直觉得到了证实，我发现他谈吐不俗，对佛理和人生有很深的领悟。

③其实，真正有信仰不在于相信佛、上帝、真主或别的什么神，而在于相信人生应该有崇高的追求，有超出世俗的理想和目标。如果说宗教真的有一种价值，那也仅仅在于为这种追求提供了一种容易普及的方式。但是，一普及就容易流于表面的形式，反而削弱甚至丧失了追求的精神内涵。所以，真正看重信仰的人决不盲目相信某一种流行的宗教或别的什么思想，而是通过独立思考来寻求和确立自己的信仰。两千四百年前，苏格拉底就是被雅典民众以不信神的罪名处死的。他的确不信神，但他有自己的坚定信仰，他的信仰就是：<u>人生的价值在于爱智慧，用理性省察生活尤其是道德生活。</u>在审判时，法庭允许免他一死，前提是他必须放弃信奉和宣传这一信仰，被他拒绝了。他说，未经省察的人生不值得一过，活着不如死去。他为自己的信仰献出了宝贵的生命。

④信仰是内心的光，它照亮了一个人的人生之路。没有信仰的人犹如在黑暗中行路，不辨方向，没有目标，随波逐流，活一辈子也只是浑浑噩噩。当然，一个人要真正确立起自己的信仰，这不是一件容易的事，不但需要独立思考，而且需要相当的阅历和比较。在漫长的人生道路上，改变信仰的事情也是经常发生的，不足为怪。在我看来，在信仰的问题上，真正重要的是要有真诚的态度。所谓真诚，第一就是要认真，既不是无所谓，可有可无，也不是随大流，盲目相信；第二就是要诚实，决不自欺欺人。有了这种真诚的态度，即使你没有找到一种明确的思想形态作为你的信仰，你也可以算作一个有信仰的人了，因为你至少是在信仰着一种有真诚追求的人生境界。事实上，在一个普遍丧失甚至嘲侮信仰的时代，也许唯有在这些真诚的寻求者和迷惘者中才能找到真正有信仰的人呢。

试题：

1. 第②段是怎样证明宗教和信仰"两者不完全是一回事"这个观点的？请具体分析。（4分）

2. 第③段划线句子写苏格拉底的信仰，文章用它来证明什么观点？（3分）

3. 作者说："在信仰的问题上，真正重要的是要有真诚的态度。"你是怎么理解真诚的态度对确立信仰的作用的？（4分）

参考答案：

1. 第②段列举了两个事例：普陀山上做法事的小和尚并不真信佛教，只是将皈依佛门作为谋生手段；而船上谦让有礼、与人无争的小和尚则虔诚信佛，能深刻领悟佛理和人生。两人同为佛教徒，但前者无信仰，后者有信仰，形成鲜明对比，有力证明了宗教和信仰"两者不完全是一回事：。

2. 真正看重信仰的人（决不盲目相信某一种流行的宗教或别的什么思想，而是）通过独立思考来寻求和确立自己的信仰。

3. 有真诚的态度，是确立信仰的前提。一个人只有对信仰有了真诚的态度，真正认真对待信仰问题，诚实审视心中追求的信仰，才会孜孜不倦去寻求信仰，才会找到真正的信仰，并且才能逐步明晰自己信仰的思想形态。

（武汉市部分学校 2013 年 12 月联考 九年级语文试题）

周国平评注：

1. 第 1 题，也许更有意义的提问是让学生谈自己对宗教和信仰的关系的认识，最好还能够举例说明。

2. 第 3 题，应该先问一个问题：你认为在信仰问题上的真诚的态度是怎样的？明确了这一点，才能明白真诚的态度对确立信仰的作用。

23 文学的安静

　　波兰女诗人维斯瓦娃获得诺贝尔文学奖之后，该奖的一位得主爱尔兰女诗人希尼写信给她，同情地叹道："可怜的、可怜的维斯瓦娃。"而维斯瓦娃也真的觉得自己可怜，因为她从此不得安宁了，必须应付大量来信、采访和演讲。她甚至希望有个替身代她抛头露面，使她可以回到隐姓埋名的正常生活中去。

　　维斯瓦娃的烦恼属于一切真正热爱文学的成名作家。对于一个真正的作家来说，成为新闻人物是一种灾难。文学需要安静，新闻则追求热闹，两者在本性上是互相敌对的。福克纳称文学是"世界上最孤寂的职业"，写作如同一个遇难者在大海上挣扎，永远是孤军奋战，谁也无法帮助一个人写他要写的东西。这是一个真正有自己的东西要写的人的心境，这时候他渴望避开一切人，全神贯注于他的写作。他遇难的海域仅仅属于他自己，他必须自己救自己，任何外界的喧哗只会导致他的沉没。

　　最好的作家懂得孕育的神圣，在作品写出之前，忌讳向人谈论酝酿中的作品。凡是可以写进作品的东西，他们不愿把它们变成言谈而白白流失。海明威在诺贝尔授奖仪式上的书面发言，仅一千字，其结尾是："作为一个作家，我已经讲得太多了。作家应当把自己要说的话写下来，而不是讲出来。"福克纳

106

拒绝与人讨论自己的作品，因为："毫无必要。我写出来的东西要自己中意才行，既然自己中意了，就无须再讨论，自己不中意，讨论也无济于事。"相反，那些喜欢滔滔不绝地谈论文学、谈论自己的写作打算的人，多半是文学上的低能儿和失败者。

好的作家是作品至上主义者，就像福楼拜所说，他们是一些想要消失在自己作品后面的人。他们最不愿看到的情景就是自己成为公众关注的人物，作品却遭到遗忘。因此，他们大多都反感别人给自己写传。福克纳告诉他的传记作者："作为一个不愿抛头露面的人，我的雄心是要退出历史舞台，从历史上销声匿迹，死后除了发表的作品外，不留下一点废物。"昆德拉认为，卡夫卡在临死前之所以要求毁掉信件，是耻于死后成为客体。可惜的是，卡夫卡的研究者们纷纷把注意力放在他的生平细节上，而不是他的小说艺术上。

在研究作家的作品时，历来有作家生平本位和作品本位之争。十九世纪法国批评家圣伯夫认为作家生平是作品形成的内在依据，因此不可将作品同人分开，必须收集有关作家的一切可能的资料，包括家族史、早期教育、书信、知情人的回忆等等。普鲁斯特则对当时占统治地位的这种观点作了精彩的反驳。他指出，作品是作家的"另一个自我"的产物，这个"自我"不仅有别于作家表现在社会上的外在自我，而且唯有排除了那个外在自我，才能显身并进入写作状态。不管后来的文艺理论家们如何分析这两种观点的得失，一个显著的事实是，几乎所有第一流的作家都本能地站在普鲁斯特一边。

然而，在今天，作家中还有几人仍能保持着这种迂腐的严肃？将近两个世纪前，歌德已经抱怨新闻对文学的侵犯："报纸把每个人正在做的或者正在思考的都公诸于众，甚至连他的打算也置于众目睽睽之下。"歌德倘若知道今天的情况，他该知足才是。我们时代的鲜明特点是文学向新闻的蜕变，传媒的宣传和炒作几乎成了文学成就的唯一标志，作家们不但不以为耻，反而争相与传媒调情。新闻记者成了指导人们阅读的权威，一个作家如果未在传媒上亮相，他的作品就肯定默默无闻。文学批评家也只是在做着新闻记者的工作，如同昆德拉所说，在他们手中，批评不再以发现真正有价值的作品及其价值所在为己任，而是变成了"简单而匆忙的关于文学时事的信息"。其中更有哗众取宠之辈，专以危言耸听、制造文坛新闻事件为能事。在这样一个浮躁的时代，文学的安静已是过时的陋习，或者——但愿我不是过于乐观——只成了少数不怕过时的作家的特权。（有删节）

试题：

1. 文章开头为什么从波兰女诗人维斯瓦娃写起？（4分）

2. 从全文看"一切真正热爱文学的成名作家"对待文学的态度是怎样的？请概括作答。（6分）

3. 最后一段的划线部分写歌德的"抱怨"，可否删去？为什么？（4分）

参考答案：

1. （1）开篇从波兰女诗人维斯瓦娃成名后失去安静的烦恼写起；
   （2）引出并论述真正热爱文学的成名作家追求文学的安静，
   或答引出并论述真正热爱文学的作家对文学的态度；（3）
   联系时代，批判当代作家不能坚守文学的安静，反热衷宣传
   与炒作的现象，表达作者的忧虑。

2. （1）坚持全神贯注地写作，拒绝热闹；（2）认为作品的孕
   育是神圣的，不愿夸夸其谈；（3）主张作品至上，不希望
   成为公众关注的人物。

3. 不可删。对比。突出强调当代社会中新闻对文学的侵犯以及
   作家的浮躁远比歌德所处的时代严重，为下文批判已失去安
   静的浮躁现实做铺垫。

（重庆市重庆一中 2013 届高三上学期 一诊模拟考试）

周国平评注：

*1. 第1题：*文章开头为什么从波兰女诗人维斯瓦娃写起？
我说说原因——因为这篇文章是在维斯瓦娃得奖后不久写的，
当时她成了新闻人物并为此烦恼，我觉得是论述文学的安静
这个题目的一个好的由头。就这么简单。当然，学生是不知
道这个背景的。如果回答由维斯瓦娃成名后失去安静的烦恼
引出文学的安静这个主题，就应该算答对了，参考答案所列
第（3）点可以去掉。一般来说，参考答案应该仅列与问题直
接相关的要点，不可列间接相关的内容，根据后者扣分是不
公平的。

2. 第 2 题，参考答案所列三点是相同意思的不同表达，要学生把这三种不同表达都列举出来是不合适的。回答这个问题的关键是阐明两点：一、真正热爱文学的表现；二、对成名后热闹的态度。

3. 第 3 题出得有意思，参考答案也好。

记住回家的路

24

每到一个陌生的城市，我的习惯是随便走走，好奇心驱使我去探寻这里热闹的街巷和冷僻的角落。在这途中，难免暂时地迷路，但心中一定要有把握，自信能记起回住处的路线，否则便会感觉不踏实。我想，人生也是如此，你不妨在世界上闯荡，去建功立业，去探险猎奇，去觅情求爱，可是，你一定不要忘记了回家的路，这个家，就是你的自我，你自己的心灵世界。生活在今日的世界，心灵的宁静颇不易得，这个世界既充满着机会，也充满着压力，机会诱惑着人去尝试，压力逼迫着人去奋斗，都使人静不下心来。我不主张年轻人拒绝任何机会，逃避一切压力，以闭关自守的姿态面对世界。年轻的心灵不该静如止水，波澜不起。世界是属于年轻人的，趁着年轻到广阔的世界上去闯荡一番，原是人生必要的经历，所须防止的只是：把自己完全交给了机会和压力去支配，在世界上风风火火或浑浑噩噩，迷失了回家的路途。

寻求心灵的宁静，前提是首先要有一个心灵。在理论上，人人都有一个心灵，但事实上却不尽然。有一些人，他们永远被外界的力量左右着，永远生活在喧闹的外部世界里，未尝有真正的内心生活，对于这样的人，心灵的宁静就无从谈起。一个人唯有关注心灵，才会因为心灵被扰乱而不安，才会有寻求心灵宁静的需要。所以，具有过内心生活的禀赋，或者养成这样的习惯，这是最重要的。有此禀赋或习惯的人都知道，其实内心生活与外部生活并非互相排斥，同一个人完全可能在两方面都十分丰富，区别在于，注重内心生活的人善于把外部生活的收获变成心灵的财富，缺乏此种禀赋或习惯的人则往往会迷失在外部生活中，人整个儿是散的。外面的世界布满了纵横交错的路，每一条都通往不同的地点，那只知死死盯着外部生活的人，一心一意走在其中的一条上，其余的路对于他等于不存在，只有不忘外部生活且更关注内心生活的人，才能走在一切可能的方向上，同时始终是走在他自己的路上。一个人有了坚实的自我，他在这个世界上便有了精神的坐标，无论走多远都能寻找到回家的路。换一个比方，我们不妨说，一个有着坚实的自我的人便仿佛有了一个精神的密友，他无论走到哪里都带着这个密友，这个密友将忠实地分享他的一切遭遇，倾听他的一切心语。

如果一个人有自己的心灵追求，又在世界上闯荡一番，有了相当的人生阅历，那么，他就会逐渐认识到自己在这个世界上的位置。世界无限广阔，诱惑永无止境，然而，属于每一个人的现实可能性终究是有限的。你不妨对一切可能性保持着开放的心态，因为那是人生魅力的源泉，但同时你也要早一些在世界之海上抛下自己的锚，找到最适合自己的领域。一个人不论伟大还是平凡，只要他顺应自己的天性，找到了自己真正喜欢做的有意义的事，并且一心把它做得尽善尽美，他在这个世界上就有了牢不可破的家园。于是，他不但会有足够的勇气去承受外界的压力，而且会以足够的清醒来面对形形色色的机会的诱惑。我们当然没有理由怀疑，这样的一个人必能获得生活的充实和心灵的宁静。

试题：

1. 作者在文章开头说自己"每到一个陌生的城市"有"随便走走"的习惯，这样写有什么好处？

2. 解释下面两句话在文中的含意：

   （1）把自己完全交给了机会和压力去支配，在世界上风风火火或浑浑噩噩，迷失了回家的路途。

   （2）一个人有了坚实的自我，他在这个世界上便有了精神的坐标，无论走多远都能够找到回家的路。

3. 结全全文，谈谈你对文章标题"记住回家的路"的理解。

4. 文章最后一段说："你不妨对一切可能性保持着开放的心态，因为那是人生魅力的源泉，但同时你也要早一些在世界之海上抛下自己的锚，找到最适合自己的领域。"请结合全文，谈谈这句话对你的启发。

参考答案：

1. 个人习惯类比人生，引发感悟，为下文做铺垫。

2. （1）被社会的诱惑和压力左右，在忙忙碌碌或漫无头绪中，忽视了自己的心灵世界，迷失了自我。

   （2）一个人有了坚实的自我，他在这个世界上便有了精神的坐标，无论走多远都能寻找到回家的路，或一个人拥有了自己的心灵世界，就会明确行动的方向，无论面对怎样的诱惑和压力都保持清醒。

3. 记住从社会回到自我的路（或"记住从外部生活回到内心生活的路"），在社会的纷扰喧嚣中确立自己的人生坐标，活得充实的生活和宁静的心灵。

4. 世界无限广阔，诱惑永无止境，面对现实提供的一切可能性，我们不应闭塞与拒绝，要保持自己的心灵家园。

（江西景德镇市 2013 届高三 第二次质检试题文综）

周国平评注：

　　1. 第 1 题是好题，参考答案也简明扼要。

　　2. 第 2 题，两句话其实分别说明了有无坚实的自我，在外部生活即机会和压力面前就有完全不同的情况。要突出这个对比。

　　3. 第 4 题是好题，但不宜有标准答案，参考答案也不很确切。"你不妨对一切可能性保持着开放的心态，因为那是

人生魅力的源泉，但同时你也要早一些在世界之海上抛下自己的锚，找到最适合自己的领域。"这段话说的是拥抱世界和实现自我的关系，应该鼓励学生各抒己见。

25 被废黜的国王

①帕斯卡尔说：人是一个被废黜的国王，否则就不会因为自己失了王位而悲哀了。所以，从人的悲哀也可证明人的伟大。借用帕斯卡尔的这个说法，我们可以把人类的精神史看作为恢复失去的王位而奋斗的历史。当然，人曾经拥有王位并非一个历史事实，而只是一个譬喻，其含义是：人的高贵的灵魂必须拥有配得上它的精神生活。

②我们当然可以用不同的尺度来衡量历史的进步，例如物质财富的富裕，但精神圣洁肯定也是必不可少的一维。正如黑格尔所说："一个没有形而上学的民族就像一座没有祭坛的神庙。"没有祭坛，也就是没有信仰，没有神圣的价值，没有敬畏之心，没有道德的约束，人生唯剩纵欲和消费，人与人之间只有利益的交易和争斗。它甚至不再是一座神庙，而成了一个吵吵闹闹的市场。事实上，不仅在比喻的意义上，而且按照字面的意思理解，在今日中国，这种沦落为乌烟瘴气的市场的所谓神庙，我们见得还少吗？

③在一个功利至上、精神贬值的社会里，适应取代创造成了才能的标志，消费取代享受成了生活的目标。在许多人心目中，"理想""信仰""灵魂生活"都是过时的空洞词眼。可是，我始终相信，人的灵魂生活比外在的肉身生

活和社会生活更为本质，每个人的人生质量首先取决于他的灵魂生活的质量。一个经常在阅读和沉思中与古今哲人文豪倾心交谈的人，和一个沉湎在歌厅、肥皂剧以及庸俗小报中的人，他们肯定生活在两个绝对不同的世界上。

④人是一个被废黜的国王，被废黜的是人的灵魂。由于被废黜，精神有了一个多灾多难的命运。然而，不论怎样被废黜，精神终归有着高贵的王室血统。在任何时代，总会有一些人默记和继承着精神的这个高贵血统，并且为有朝一日恢复它的王位而努力着。我愿把他们恰如其分地称作"精神贵族"。"精神贵族"曾经是一个大批判词汇，可是真正的"精神贵族"何其稀少！尤其在一个精神遭到空前贬值的时代，倘若一个人仍然坚持做"精神贵族"，以精神的富有而坦然于物质的清贫，我相信他就必定不是为了虚荣，而是真正出于精神上的高贵和诚实。

试题：

1. 文章开头借用帕斯卡尔的话有什么作用？（6分）

2. 请简要分析第②段的论述层次。（6分）

3. 在作者看来，"在一个精神遭到空前贬值的时代"，怎样才能提升自己的人生质量？（6分）

参考答案：

1. 把人类的精神史比作为恢复失去的王位而奋斗的历史（2分），引出"人的高贵的灵魂必须拥有配得上它的精神生活"的观点（2分），点明题目（或"呼应结尾"，2分）。

2. 首先指出精神圣洁是衡量历史进步的重要一维（2分）；接着引用黑格尔的话阐明没有信仰、价值、敬畏等的民族会变成一个吵闹的"市场"（2分）；最后指出今日中国正在沦落为这样的"市场"（2分）。

3. 坚持做"精神贵族"（1分），坦然于物质的清贫（2分）；坚持理想和信仰（1分），在阅读和沉思中获得精神财富（或"提升灵魂生活的质量"，2分）。

（江苏省南菁高级中学 2013届高三下学期 开学质量检测语文试题）

周国平评注：

1. 第1题，本文的标题《被废黜的国王》即出自所引帕斯卡尔的话，因此问"借用帕斯卡尔的话有什么作用"像是明知故问。这个题目实际问的是作者借用帕斯卡尔的这个说法表达了什么主要观点，那么，参考答案的前两点是正确的回答。或许还可以加上第三点：作者借此揭示我们时代精神遭到空前贬值的状况，犹如国王遭到更严重的废黜。

2. 第3题，本文中并无与题目严格对应的内容，参考答案所列几点有很大的随意性。因此，倘若要考这个题目，不妨让学生谈自己的认识，而非揣摩作者的看法。

26 丰富的安静

我发现，世界越来越喧闹，而我的日子越来越安静了。我喜欢过安静的日子。

当然，安静不是静止，不是封闭，如井中的死水。我刚离开学校的时候，被分配到一个边远的山区，生活平静而又单调。日子仿佛停止了，不像是一条河，更像是一口井。

后来，时代突然改变，人们的日子如同解冻的江河，又在阳光下的大地上纵横交错了。我也像是一条积压了太多的能量的河，生命的浪潮在我的河床里奔腾起伏，把我的成年岁月变成了一条动荡不宁的急流。

而现在，我又重归于平静了。不过，这是跌宕之后的平静。在经历了许多冲撞和曲折之后，我的生命之河仿佛来到一处开阔的谷地，汇蓄成了一片浩淼的湖泊。我曾经流连于阿尔卑斯山麓的湖畔，看雪山白云和森林的倒影伸展在蔚蓝的神秘之中。我知道，湖中的水仍在流转，是湖的深邃才使得湖面寂静如镜。

我的日子真的很安静。

每天，我在家里读书和写作，外面各种热闹的圈子和聚会都与我无关。我和妻子儿女一起品尝着普通的人间亲情，外面各种寻欢作乐的场所和玩意儿也都和我无关。我对这样过日子很满意，因为我的心境也是安静的。

也许，每一个人在生命中的某个阶段是需要某种热闹的。那时候，饱胀的生命力需要向外奔突，去为自己寻找一条河道，确定一个流向。

但是，一个人不能永远停留在这个阶段。

托尔斯泰如此自述："随着年岁增长，我的生命越来越精神化了。"人们或许会把这解释为衰老的征兆，但是，我清楚地知道，即使在老年时，托尔斯泰也比所有的同龄人，甚至比许多年轻人更充满生命力。毋宁说，唯有强大的生命才能逐步朝精神化的方向发展。

现在我觉得，人生最好的境界是丰富的安静。安静，是因为摆脱了外界虚名的诱惑。丰富，是因为拥有了内心精神世界的宝藏。

泰戈尔曾说："外在世界的运动无穷无尽，证明了其中没有我们可以达到的目标，目标只能在别处，即在精神的内在世界里。在那里，我们最为深切地渴望的，乃是在成就之上的安宁。在那里，我们遇见我们的上帝。"他接着说："上帝就是灵魂永远在休息的情爱。"他所说的情爱是广义的，指创造的成就，精神的富有，博大的爱心，而这一切都超于世俗的争斗，处在永久和平之中。这种境界，正是丰富的安静之极致。

我并不完全排斥热闹，热闹也可以是有内容的。但是，热闹总归是外部活动的特征，而任何外部活动倘若没有一种精神追求为其动力，没有一种精神价值为其目标，那么，不管表面上多么轰轰烈烈，有声有色，本质上必定是贫乏和空虚的。我对一切喧嚣的事业和一切太张扬的感情都心存怀疑，它们总是使我想起莎士比亚对生命的嘲讽："充满了声音和狂热，里面空无一物。"

试题：

1. 下列对文章的理解，不正确的两项是（　　）（4分）

A. 文章串联起作者生活中关于"安静"的点滴感悟，运用比喻、引用等多种表现手法，辩证地论述了"丰富的安静"的观点。

B. 文章为当代物欲横流、喧嚣复杂的社会提供了人保持内心安静和丰富的出路——拥有创造的成就、精神的富有和博大的爱心。

C. 文章引用了托尔斯泰和莎士比亚的名言，共同阐述了一个道理：人应当摆脱虚名的引诱，追求自己精神世界的丰富。

D. 作者虽然倡导"丰富的安静"，但那是跌宕后的安静，而对于人生的某个阶段中的某种热闹也是不排斥的。

E. 我对一切喧嚣的事业和一切太张扬的感情都心存怀疑，因为声音和狂热本质上必定是贫乏和空虚的。

2. 综观全文，作者喜欢的"安静的日子"应该是怎样的？试分条加以概括。（6分）

3. 请结合文章，简要阐释下面句子的含义。（5分）
（1）生命的浪潮在我的河床里奔腾起伏，把我的成年岁月变成了一条动荡不宁的急流。（2分）

（2）湖中的水仍在流转，是湖的深邃才使得湖面寂静如镜。（3分）

4. 作者认为"人生最好的境界是丰富的安静"，结合实际谈谈你对此有何体悟。（4分）

参考答案：

1. C、E（C.莎士比亚的名言没有提及"虚名的引诱"。E."必定"有误，文中最后一段提到若有"精神追求为其动力"则不然。）

2. （1）生活的安静：每天，我在家里读书和写作；（2）亲情的安静：我和妻子女儿一起品尝着普通的人间亲情；（3）精神的安静：有强大生命力的安静；（4）丰富的安静：创造的成就，精神的富有，博大的爱心，而这一切都超越于俗世的争斗，处在永久和平之中。（答对3点给满分）

3. （1）时代的巨变在我的内心引起躁动和不安，（1分）使我成年后的生活也变得动荡而不宁静。（1分）

   （2）我的内心仍有所思考，有所追求，（1分）只不过因为比从前思考更深邃，追求更高远，（1分）所以表面看来才如此平静。（1分）

4. 没有丰富内在的安静是简单的，拥有丰富阅历但喧嚣是浮躁的，只有"丰富的安静"是人生最好的境界。在当下物欲横流喧嚣浮躁的社会中，安静反而显得突兀，人们不断攀爬鲜有反思、追逐物质却丢失了灵魂，无知而不自省，浮躁而不丰富。若人们都读万卷书行万里路，拥有丰富的内心和博大的爱心，就能成就内心精神世界的丰富。这才能真正摆脱外界虚名的诱惑从而达到内心的真正平和豁达和安静，这才是人生最好的境界。

（四川省成都七中 2013届高三上学期 期中考试语文试题）

周国平评注：

1. 第 1 题，我在前面已说明，语文测试不宜用此类题式。就本题而言，参考答案说 E 项不正确，理由是"'必定'有误，文中最后一段提到若有'精神追求为其动力'则不然"，"必定"二字是出题人设的陷阱，但设得很不高明。原文说的是"任何外部活动倘若没有一种精神追求为其动力……那么，不管表面上多么轰轰烈烈，有声有色，本质上必定是贫乏和空虚的"，紧接着说"我对一切喧嚣的事业和一切太张扬的感情都心存怀疑"，无论从上文的意思看，还是从所用的贬义形容词看，"喧嚣的事业"和"太张扬的感情"都是没有精神追求为其动力的，因此，说声音（喧嚣）和狂热（太张扬）本质上必定是贫乏和空虚的，何错之有？

2. 第 2 题：作者喜欢的"安静的日子"应该是怎样的？原文谈及三点：一、工作的安静（"每天，我在家里读书和写作，外面各种热闹的圈子和聚会都与我无关"）；二、日常生活的安静（"我和妻子儿女一起品尝着普通的人间亲情，外面各种寻欢作乐的场所和玩意儿也都和我无关"）；三、心境的安静（"我对这样过日子很满意，因为我的心境也是安静的"）。参考答案列了四点，前二点相当于上述一、二，后二点（有强大生命力的安静；丰富的安静）说的是安静的质量，而非"安静的日子"的内容。

*3. 第 4 题*是好题，但不可有标准答案。

27 平淡的境界

要写好散文，不能光靠精神涵养，文字上的功夫也是缺不了的。

散文最讲究味。一个人写散文，是因为他品尝到了某种人生滋味，想把它说出来。散文无论叙事、抒情、议论，或记游、写景、咏物，目的都是说出这个味来。说不出一个味，就不配叫散文。譬如说，游记写得无味，就只好算导游指南。再也没有比无味的散文和有学问的诗更让我厌烦的了。

平淡而要有味，这就难了。酸甜麻辣，靠的是作料。平淡之为味，是以原味取胜，前提是东西本身要好。林语堂有一妙比：只有鲜鱼才可清蒸。袁中郎云："凡物酿之得甘，炙之得苦，唯淡也不可造，不可造，是文之真性灵也。"平淡是真性灵的流露，是本色的自然呈现，不能刻意求得。庸僧谈禅，与平淡沾不上边儿。

说到这里，似乎说的都是内容问题，其实，文字功夫的道理已经蕴含在其中了。

如何做到文字平淡有味呢？

第一，家无鲜鱼，就不要宴客。心中无真感受，就不要作文。不要无病呻吟，不要附庸风雅，不要敷衍文债，不要没话找话。尊重文字，不用文字骗人骗己，乃是学好文字功夫的第一步。

第二，有了鲜鱼，就得讲究烹调了，目标只有一个，即保持原味。但怎样才能保持原味，却是说不清的，要说也只能从反面来说，就是千万不要用不必要的作料损坏了原味。作文也是如此。林语堂说行文要"来得轻松自然，发自天籁，宛如天地间本有此一句话，只是被你说出而已"。话说得极漂亮，可惜做起来只有会心者知道，硬学是学不来的。我们能做到的是谨防自然的反面，即不要做作，不要刻意雕琢，不要堆积辞藻，不要故弄玄虚，不要故作高深，等等，由此也许可以逐渐接近一种自然的文风了。爱护文字，保持语言在日常生活中的天然健康，不让它被印刷物上的流行疾患侵染和扭曲，乃是文字上的养身功夫。

第三，只有一条鲜鱼，就不要用它熬一大锅汤，冲淡了原味。文字贵在凝练，不但在一篇文章中要尽量少说和不说废话，而且在一个句子里也要尽量少用和不用可有可无的字。文字的平淡得力于自然质朴，有味则得力于凝聚和简练了。因为是原味，所以淡，因为水分少，密度大，所以又是很浓的原味。事实上，所谓文字功夫，基本上就是一种删除废话废字的功夫。陀思妥耶夫斯基在谈到普希金的诗作时说："这些小诗之所以看起来好像是一气呵成的，正是因为普希金把它们修改得太久了的缘故。"梁实秋也是一个极知道割爱的人，所以他的散文具有一种简练之美。世上有一挥而就的佳作，但一定没有未曾下过锤炼功夫的文豪。灵感是石头中的美玉，不知要凿去多少废料，才能最终把它捕捉住。

如此看来，散文的艺术似乎主要是否定性的。这倒不奇怪，因为前提是有好的感受，剩下的事情就只是不要把它损坏和冲淡。换一种比方，有了真性灵和真体验，就像是有了良种和肥土，这都是文字之前的功夫，而所谓文字功夫无非就是对长出的花木施以防虫和剪枝的护理罢了。

试题：

1. 文中第三段引用林语堂的比喻有何用意？（3分）

2. 怎样才能让散文作得平淡而有味呢？请概述作者的观点。（4分）

3. 对于本文作者提出的"平淡"之说，有人认为："如果不要庄周的恣肆汪洋，不要司马长卿的诡势环声，不要尼采的跌宕峭奇，把他们都换成了苦雨斋的冲淡，一部文章史就没什么味道了。"你如何看待这样的问题？（6分）

参考答案：

1. 为了说明"平淡之味，是以原味取胜，前提是东西本身要好""平淡是真性灵的流露，是本色的自然呈现"的观点。

2. （1）心中有真感受，勿无病呻吟附庸风雅自欺欺人，尊重文字。（2）不着意雕琢堆积辞藻，不故弄玄虚故作高深，爱护文字。（3）少说和不说废话，少用或不用可有可无的文字，文字自然质朴，凝聚简练。（4）总之要有精神涵养，再加上文字功夫。

3. 示例：我赞同后者的看法。因为（1）去掉了艺术作品的多样性就没有艺术了。（2）周文说，平淡不但是一种文字境界，更是一种人生境界。人生有这样那样令人钦羡不已的境界，却没有唯一的至高境界。（3）提倡"冲淡平实"，还可能引起另一种误解，那就是从冲淡到浅淡到浅易到浅露，随笔散文，不一定都要做成摇篮曲，听得舒舒服服，舍不得惊动读者的智性。一旦浅露，则易流于庸俗。

（福建省泉州一中 2013 高考模拟 语文试题及答案）

周国平评注：

第 3 题很好，举出与本文观点不同的见解，让学生发表看法，促进独立思考，引发对文学艺术风格之多样性的讨论。不妨让学生还谈一下自己所喜欢的风格是怎样的，借此增进在文学欣赏上的自我认识。顺便应该指出：一、作者推崇一种风格，并不意味着排斥别种风格；二、不论何种风格，本文所强调的作文的基本要求都是适用的，即要有真实感受，不可无病呻吟；要自然质朴，不可刻意雕琢；要凝练，在文字上下锤炼的功夫。

28 优秀第一，成功第二

①在为自己的人生确立目标时，第一目标应该是优秀，成功最多只是第二目标，不妨把它当作优秀的副产品。现在的情况正相反，人们都太看重成功，不是第一目标，几乎是唯一目标，根本不把优秀当回事。可是，我敢断定，没有优秀，所谓的成功一定是渺小的，非常表面的，甚至是虚假的成功。

②我说的优秀，就是我一直所强调的，要让老天赋予你的各种精神能力得到很好的生长，智、情、德全面发展，拥有自由的头脑、丰富的心灵和高贵的灵魂，这样你就是一个在人性意义上的优秀的人，同时你也就有了享受人生主要的、高级的幸福的能力。

③为什么要把优秀放在第一位，把成功放在第二位呢？

④首先，优秀是你自己可以把握的，成功却不然。我们说的成功，一般是指外在的成功，就是你在社会上是否得到承认，承认的程度有多高，最后无非落实为名利二字，外在的成功是用名利来衡量的。这个意义上的成功，取决于许多外部的因素，包括环境、人际关系、机遇等等，自己是很难把握的。一个人把自己不能支配的事情当作人生的主要目标，甚至唯一目标，我觉得特别傻，而且很痛苦，也许最后什么也得不到。荀子说得好：君子敬其在己者，不慕其

在天者。你自己能支配的事情你要好好努力，由老天决定的事情你就不要去瞎想了。尽你所能地成为一个优秀的人，把你身上的人性禀赋发展得好一些，这是你能够做主的，你把功夫下在这里就行了。至于优秀了怎么样，有没有机会让你的优秀得到展现，顺其自然就可以了，最多适当留心就可以了。这样来定位，你的心态就会非常好。你把外在的成功看作副产品，在那上面没花多少力气，那么，这些名啊利啊，如果你得到了，当然很好，对于你是意外的收获，你比那些孜孜以求才得到的人快乐多了。如果没有得到呢，也没什么，反正你在那上面没花力气，种瓜得瓜，不种就没得，很公平嘛。

⑤其次，如果你真正成为了一个优秀的人，而在社会的意义上并不成功，我认为你的人生仍然是充满意义的，在人性完善、自我实现的意义上你是成功的。在历史上，有相当一些优秀的人，比如有些创作了伟大作品的艺术家、作家，生前很不成功，他们的名声是死后才到来的。他们在贫困和默默无闻中度过了创造的一生，和那些一时走红的名利之徒相比，谁的人生更有价值、更成功？一个不求优秀的人，一个心智平庸的人，如果他又把外在的成功看得很重，就只能是靠庸俗的手段。最后，他即使得到了一点所谓的成功，当个小官呀，发点小财呀，在素质类似的一伙人中比较吃得开呀，在那里沾沾自喜，可是你站在上面俯看他一眼，他真是个可怜虫，他的人生毫无价值，他的人生是失败的。

⑥最后，我相信，在开放社会里，一个优秀的人迟早有机会获得成功的，而且一旦得到，就是真正的成功，是社会承认、自己内心也认可的成功，是自我实现和社会贡献的统一。当然，开放社会是一个前提，在封闭社会里就不行。比如改革开放前，每个人都被锁定在一个单位里，命运由长官意志决定，上司不喜欢你，你再优秀也白搭，怀才不遇、抱恨终身的人多了去了。今天这个时代仍有种种毛病，但是和以前比，毕竟开放得多了，优秀者获得成功的机会多得多了，这一点无人能够否认。

试题：

1. （1）作者在第①段中提出了怎样的观点？

   （2）为什么会提出这个观点？（4分）

2.. 阅读第④⑥段，说说作者认为什么是"外在的成功"？什么是"真正的成功"？（4分）外在的成功：＿＿＿＿＿＿＿＿＿
   ＿＿＿＿＿＿＿＿＿＿＿＿＿＿真正的成功：＿＿＿＿＿＿＿
   ＿＿＿＿＿＿＿＿＿＿＿＿＿＿＿

3. 品味下列句子中划线词语的表达效果。（4分）
   （1）你把外在的成功看作副产品，在那上面没花多少力气。

   （2）他即使得到了一点所谓的成功，当个小官呀，发点小财呀，在素质类似的一伙人中比较吃得开呀，在那里沾沾自喜。

4. 文章在第⑤段中运用的论证方法有：＿＿＿＿＿＿＿＿＿＿，
   作用是：＿＿＿＿＿＿＿＿＿＿＿＿＿＿＿＿。（4分）

5. 据有关机构调查结果显示，有高达84%的中国人觉得自己被大材小用了，因而产生怀才不遇的不满情绪，读完此文，你会怎样劝谏他们？（4分）

参考答案：

1. （1）在为自己的人生确立目标时，第一目标应该是优秀，成功最多只是第二目标。（如答成"优秀第一，成功第二"得1分）；（2）因为现实生活中人们都太看重成功，把它看成是第一目标，甚至是唯一目标，根本不把优秀当回事，所以提出。

2. （4分）外在的成功：指在社会上能够得到他人承认，从而获得的名利；

   真正的成功：指不但得到社会承认，自己内心也认可，是自我实现和社会贡献相统一的人生价值。

3. （4分）（1）（2分）副产品：运用比喻的修辞，把"外在的成功"比作"副产品"，形象生动地阐释了在人生目标中，"外在的成功"（名利）并不是最重要的，它比不上"优秀"的价值的道理，形象生动。（从"语言的幽默"角度答，也可）；

   （2）（2分）所谓：不是真正的，有不承认意味。表明了这儿的当个小官、发点小财等不是本文作者所说的真正的成功，本文所说的成功是指"社会承认、自己内心也认可的，是自我实现和社会贡献的统一"，体现了议论文语言的严密性。

4. （4分）举例论证、对比论证

（重庆市重庆一中 2013届九年级下学期 半期考试语文试题）

周国平评注：

　　1. 此文选自我的一个讲座，文字比较粗疏。语文要讲究文字的艺术，我本人不太希望把这类文字选作范文。

2. 第3题，"品味表达效果"，这个引导很好，但参考答案好像并没有把相关词语的表达效果说出来。其一，"副产品"一词在这里的效果，主要不在于运用比喻阐释外在成功之不重要，而在于说明把外在成功看作副产品是一种好的心态，这样得到了更快乐，没有得到则很坦然。其二，"所谓"一词在这里主要表达了一种蔑视的意味，那种因为当个小官、发点小财、在素质类似的人中吃得开就沾沾自喜的人，其实是可怜虫。在两个小题中，参考答案都只是表述了全文的一般观点，没有说出词句的特殊效果。

3. 我欣赏第5题这样开放性的思考题，并且不设参考答案，很想知道同学们是怎样回答的。

做一个终身读者

①读者是一个美好的身份。

②在很大程度上，人类精神文明的成果是以书籍的形式保存的，而读书就是享用这些成果并把它们据为己有的过程。做一个读者，就是加入到人类精神文明的传统中去，做一个文明人。历史上有许多伟大的人物，在他们众所周知的声誉背后，往往有一个人所不知的身份，便是终身读者，即一辈子爱读书的人。在某种意义上，一个民族的精神素质也取决于人口中高趣味读者的比例。

③然而，一个人并不是随便读点什么就可以称作读者的。在我看来，一个真正的读者应该具备以下特征——

④第一，养成了读书的癖好。

⑤也就是说，读书成了生活的必需，真正感到不可缺少，几天不读书就寝食不安，自惭形秽。如果你必须强迫自己才能读几页书，你就还不能算是一个真正的读者。当然，这种情形决非刻意为之，而是自然而然的，是品尝到了阅读的快乐之后的必然结果。事实上，每个人天性中都蕴涵着好奇心和求知欲，因而都有可能依靠自己去发现和领略阅读的快乐。

⑥第二，（空缺）。

⑦世上书籍如汪洋大海，再热衷的书迷也不可能穷尽，只能尝其一瓢，区别在于尝哪一瓢。读书是一件非常私人的事情，喜欢读什么书，不论范围是宽是窄，都应该有自己的选择，体现自己的个性和兴趣。其实，形成自己的阅读趣味与养成读书癖好是不可分的，正因为找到了和预感到了书中知己，才会锲而不舍，欲罢不能。没有自己的趣味，仅凭道听途说东瞧瞧，西翻翻，连兴趣也谈不上，遑论癖好。针对当今图书市场的现状，我要特别强调，千万不要追随媒体的宣传只读一些畅销书和时尚书，倘若那样，你绝对成不了真正的读者，永远只是文化市场上的消费大众而已。须知时尚和文明完全是两回事，一个受时尚支配的人仅仅生活在事物的表面，貌似前卫，本质上却是一个野蛮人，唯有扎根于人类精神文明土壤中的人才是真正的文明人。

⑧第三，有较高的读书品位。

⑨一个真正的读者具备基本的判断力和鉴赏力，仿佛拥有一种内在的嗅觉，能够嗅出一本书的优劣，本能地拒斥劣书，倾心好书。这种能力部分地来自阅读的经验，但更多地源自一个人灵魂的品质。当然，灵魂的品质是可以不断提高的，读好书也是提高的途径，二者之间有一种良性循环的关系。重要的是一开始就给自己确立一个标准，每读一本书，一定要在精神上有收获，能够进一步开启你的心智。只要坚持这个标准，灵魂的品质和对书的判断力就自然会同步得到提高。一旦你的灵魂足够丰富和深刻，你就会发现，你已经上升到了一种高度，不再能容忍那些贫乏和浅薄的书了。

⑩能否成为一个真正的读者，青少年时期是关键。经验证明，一个人在这个时期倘若没有养成读好书的习惯，以后再要培养就比较难了，倘若养成了，则必定终身受用。青少年对未来有种种美好的理想，我对你们的祝愿是，在你们的人生蓝图中千万不要遗漏了这一种理想，就是立志做一个真正的读者，一个终身读者。

试题：

1. 本文的中心论点是＿＿＿＿＿＿＿＿＿＿＿＿＿＿＿＿＿；
   本文的主要论证方法是＿＿＿＿＿＿＿＿＿＿＿＿。（2分）

2. 作者认为，一个真正的读者应该具备以下特征：第一，养成了读书的嗜好；第二，＿＿＿＿＿＿＿＿＿＿＿＿＿＿＿；第三，有较高的读书品位。（1分）

3. 阅读第②段画线句，请你用一个事例论据来支持作者这一论断。（3分）

4. 第⑦段中加线的"尝其一瓢"是比喻说法，在文中具体指＿＿＿＿＿＿＿＿＿＿＿＿＿＿＿＿＿＿＿；作者把图书市场上某些人称为"野蛮人"，这些人的具体表现是＿＿＿＿＿＿＿＿＿＿＿＿＿＿＿＿＿。（用原文中的话回答）（2分）

5. 参与读书漫谈。在成长的历程中，你一定读过不少好书，请你向同学们开列你推荐的书目（不少于两个），并用一句话概括出其对提高人们灵魂品质的作用。（2分）

参考答案：

1. 我们要立志做一个真正的读者，一个终身读者；道理论证。

2. 形成自己的阅读趣味

3. 所写必须是历史上伟大的人物，必须是作为终身读者的身份。

4. 有选择地阅读；追随媒体的宣传只读一些畅销书和时尚书

5. 略

（黄冈市 2013 年中考 语文模拟试卷［二］）

周国平评注：

  我比较欣赏这份试卷第 3 至 5 题，都具有鼓励思考和拓展知识的性质。

30 养成写日记的习惯

①不论在什么场合，只要是面对着中学生，我经常提的一个建议就是：养成写日记的习惯。

②日记是岁月的保险柜。每个人都只拥有一次人生，如果你热爱人生，你就一定会无比珍惜自己的经历，珍惜其中的欢乐和痛苦，心情和感受，因为它们是你真正拥有的东西。令人遗憾的是，这一切不可避免地会随着时间的流逝而失去。为了留住它们，人们用摄影和录像保存生活中的若干场景。与图像相比，文字的容量要大得多，所以，我认为写日记是更好的留住自己的经历的办法。通过写日记，我们仿佛把逝去的一个个日子放进了保险柜，有一天打开这个保险柜，这些日子便会重现在眼前。对于一个不写日记的人来说，除了某些印象特别深刻的经历外，多数往事会渐渐模糊，甚至永远沉入遗忘的深渊。相反，如果有日记作为依凭，那么许多年前的细节，也比较容易在记忆中唤醒。在这个意义上，日记使人拥有了一个更丰富的人生.

③（A）日记是灵魂的密室。人活在世上，不但要过外部生活，比如上学，和同学交往，而且要过内心生活。内心生活并不神秘，它实际上就是一个人自己与自己进行交谈。你读到了一本使你感动的书，看到了一片使你陶醉的

风景，遇到了一件使你高兴或伤心的事，在这些时候，你心中也许有一些不愿对别人说的感受，你就用笔对自己说。当你这样做的时候，你是在写日记，也就是在过内心生活了。人必须学会倾听自己的心声，自己与自己交流，这样才能逐渐形成一个较有深度的内心世界，而写日记正是帮助我们达到这一目的的有效手段。

④日记是忠实的朋友。在人世间我们不能没有朋友，真正的友谊能让我们在一切时候得到温暖和鼓舞。不过，请不要忘记，在所有的朋友之外，每个人还可以拥有一个特殊的朋友，那就是日记。在某种意义上，它是你最忠实的朋友。（B）别的朋友总有忙于自己的事情而不能关心你的时候，而日记却随时听从你的召唤，永远不会拒绝倾听你的诉说。一个人养成了写日记的习惯，他便不会无法忍受寂寞的时光，因为有日记陪伴他。日记的忠实还表现在它不会背叛你，无论你对它说了什么，它都只是珍藏在心里，决不违背你的意愿向外张扬。

⑤日记是作家的摇篮。要成为一个够格的作家，基本条件是有真情实感，并且善于用恰当的语言把真情实感表达出来。在这方面，写日记是最好的训练，因为日记是写给自己看的，一个人总不会把空洞虚假的东西献给自己。对于提高写作能力来说，日记有作文不可替代的作用。在写日记时，你是自由的，可以只写自己感兴趣的东西，不用为你不感兴趣的题目绞尽脑汁。你还可以只按照自己满意的方式写，不用考虑是否合乎某种要求或某种固定的规范。按照自己满意的方式写自己感兴趣的题材，这正是文学创作的主要特征，所以写日记是比写作文更接近于创作的。事实上，许多优秀作家的创作就是从写日记开始的，而且，如果他们想继续优秀，就必须在创作中始终保持写日记时的那种自由心态。

⑥青年朋友们，养成写日记的习惯吧！让日记与你相伴一生。

试题：

1. 选文的中心论点是：_____

2. 选文第②段画横线的部分采用了哪种论证方法？有什么作用？

   论证方法：_____

   作用：_____

   _____

3. 批注是一种常用的读书方法，运用这种方法，我们可以对文章的内容、结构、语言等方面进行分析点评。请从文中画线的 A、B 两句中任选一句对其语言进行品味，并做批注。我选（　　）句作批注：_____

   _____

4. 选文第⑤段"如果他们想继续优秀，就必须在创作中始终保持写日记时的那种自由心态"一句中，划线的词语"自由心态"指什么？这对你写作有什么启示？

   "自由心态"指：_____

   启示：_____

   _____

参考答案:

1. 养成写日记的习惯。

2. 对比论证。用不写日记常会使往事模糊和写日记能长久地保存宝贵的人生经历进行对比,证明了"日记是岁月的保险柜"这一分论点。

3. 示例:

我选(A)句做批注。本句使用了比喻的修辞手法。其中"灵魂的密室"用得较好,它形象生动地说明日记能记录自己内心的秘密,进行自我交流,从而形成较有深度的内心世界。

我选(B)句做批注:本句使用了拟人的修辞手法。其中"听从""召唤""倾听"等词语生动活泼,将日记人格化,证明了日记就是你忠实的朋友这一观点。(能从品味语言的角度做批注,内容正确,语言准确流畅,言之成理即可。)

4. "自由心态"指:按照自己满意的方式写自己感兴趣的题材。

启示:在平常练习作文时,我们应尽可能选择自己熟悉的人、事、物,使用灵活自然的语言和恰当的表达方式和表现手法,抒发自己的真情实感。(意思对即可)

（人教版初中语文 2013 春 毕业复习中考模拟题）

周国平评注:

1. 第 1 题太简单,好处是送分数给学生,比较仁慈。

2. 第 3、4 题不错,是启发式的题目。

31 善良丰富高贵

①善良，丰富，高贵——令人怀念的品质，人之为人的品质，我期待今天更多的人拥有它们。

②看到医院拒收付不起昂贵医疗费的穷人，听凭危急病人死去；看到商人出售假药和伪劣食品，制造急性和慢性的死亡；看到矿难频繁，矿主用工人的生命换取高额利润；看到每天发生的许多凶杀案，往往为了很少的一点钱或一个很小的缘由夺走一条命：【甲】，于是我怀念善良。

③善良，生命对生命的同情，多么普通的品质，今天仿佛成了稀有之物。中外哲人都认为，同情是人与兽的区别的开端，是人类全部道德的基础。没有同情，人就不是人，社会就不是人待的地方。人是怎么沦为兽的？就是从同情心的麻木开始的，由此下去可以干一切坏事，成为法西斯，成为恐怖主义者。善良是区分好人与坏人的最初界限，也是最后界限。

④看到今天许多人以满足物质欲望为人生唯一目标，全部生活由赚钱和花钱两件事组成，【乙】，于是我怀念丰富。

⑤丰富，人的精神能力的生长、开花和结果，上天赐给万物之灵的最高享受。为什么人们弃之如敝屣呢？中外哲人都认为，丰富的心灵是幸福的真正源

泉，精神的快乐远远高于肉体的快乐。上天的赐予本来是公平的，每个人天性中都蕴涵着精神需求，在生存需要基本得到满足之后，这种需求理应觉醒，它的满足理应越来越成为主要的目标。那些永远折腾在功利世界上的人，那些从来不谙思考、阅读、艺术欣赏、精神创造等心灵快乐的人，他们是怎样辜负了上天的赐予啊，不管他们多么有钱，他们是度过了怎样贫穷的一生啊。

⑥看到有些人为了获取金钱和权力毫无廉耻，可以干任何出卖自己尊严的事，然后又依仗所获取的金钱和权力毫无顾忌，肆意凌辱他人的尊严，【丙】，于是我怀念高贵。

⑦高贵，曾经是许多时代最看重的价值，被看得比生命还重要，现在似乎很少有人提起了。中外哲人都认为，人要有做人的尊严，要有做人的基本原则，在任何情况下都不可违背，如果违背，就意味着不把自己当人了。今天的一些人就是这样，不知尊严为何物，不把别人当人，任意欺凌和侮辱，而根源正在于他没有把自己当人，事实上你在他身上也已经看不出丝毫人的品性。高贵者的特点是极其尊重他人，他的自尊也因此得到了最充分的体现。人的灵魂应该是高贵的，人应该做精神贵族，世上最可恨也最可悲的岂不是那些有钱有势的精神贱民？

⑧我听见一切时代的哲人在向今天的人们呼唤：人啊，你要有善良的心，丰富的心灵，高贵的灵魂，这样你才无愧于人的称号，你才是作为真正的人在世间生活。（本文有删改）

试题：

1. 文章的中心论点是什么？（3分）

2. 请将下面三句话的序号填在【甲】【乙】【丙】处。（3分）

　　①我为人们的心灵的贫乏感到震惊

　　②我为这些人的灵魂的卑鄙感到震惊

　　③我为人心的冷漠感到震惊

3. 请你结合文中"善良"的内涵，为它补写一个事实论据。（3分）

参考答案：

1. （3分，每点1分）答案要点：

   人们要拥有善良的心，丰富的心灵，高贵的灵魂。（或"人们要拥有善良丰富高贵的品质"）

2. （3分，每空1分）答案：③①②

3. （3分，具体事例1分，符合题意1分，表达1分）答案示例：

   "最美司机"吴斌在高速路上被铁板击中时极其痛苦，强忍着巨痛把车缓缓减速停在路边，打起双闪，对受惊吓的乘客说"别乱跑，注意安全"，在生命的最后一刻保护了24名乘客和后车的安全。

（北京市17区县 2012～2013学年度 初三第一学期期末语文试题）

周国平评注：

1. 第1.2题失之简单，起不了测试学生理解本文到什么程度的作用，至少作用很小。

2. 第3题，结合文中"善良"的内涵为它补写一个事实论据，何为"事实论据"，我觉得比较费解。看参考答案，是举了"最美司机"吴斌的事例，亦即现实生活中一个模范人物的事例。我首先的疑问是，如果学生举的是发生自己身上的一个事例，是否可以？应该是可以的吧。其次，我觉得用吴斌的事例说明"善良"，未免太高大上，并不符合"题意"即"文中'善良'的内涵"。文中所述的内涵是，善良是生命对生命的同情，

是人与兽的区别的开端，是一种普通的品质。吴斌在生命最后一刻的表现诚然包含了善良，但同时也远远超出了善良，是英雄之举。如果用他的事迹来衡量"善良"，善良就会成为普通人难以企及的品质。

32 "天人合一"与生态学

  九十年代以来，国学好像又成了显学。而在国学热中，有一个概念赫然高悬，这便是"天人合一"。在一些人嘴里，它简直是新福音，用它可以解决当今人类所面临的几乎一切重大难题。其最旗帜鲜明者甚至断言，唯"天人合一"才能拯救人类，舍此别无出路。按照他们的解释，西方文化的要害在于天人相分乃至对立，由此导致人性异化和生态危机，殊不知完备的人性理论和生态哲学在中国古已有之，"天人合一"便是，它的威力足以引导人类重建内心的和外部的和谐。

  我的印象是，鼓吹者们一方面将儒道佛一锅煮，最后熬剩下了"天人合一"这一点浓汁，另一方面又使这一点浓汁囊括了一切有益成分，于是有了包治百病的神效。

  "天人合一"原是一种儒家学说，把道家的"物我两忘"、禅宗的"见性成佛"硬塞入"天人合一"的模子里，未免牛头不对马嘴。即使儒家学说也不能归结为"天人合一"，"天人合一"仅是儒家在人与宇宙之关系问题上的一种较有代表性的观点。关于"天人合一"的含义，我认为张岱年先生在《中国哲学大纲》中的归纳最为准确，即一是滥觞于孟子、流布于宋儒的天人相通思想，二是董仲舒的天人相类思想。他认为，后者纯属牵强附会的无稽之谈；而前者主张人的心性与宇宙的本质相通，因而人藉内省或良知即可知天道。这基本上属于认识论的范畴，颇有些道理，我们自可对之做学理的探讨，却没有理由无限地扩大其涵义和夸大其价值。事实上，在西方哲学中也不乏类似的思想，例如柏拉图的回忆说，笛卡儿的天赋观念说，可是人家并没有从中寻找什么新福音，相反倒是挖掘出了西方文明危机的根源。

把"天人合一"解释成人与自然的和谐相处，又进一步解释成一种生态哲学，这已经成为国学新时髦。最近看到一本书，是美国科学家和学术活动家普里迈克写的《保护生物学概论》，译成中文洋洋五十多万字，对生态保护的一个重要方面即生物多样性保护的问题做了系统的研究和论述。我一面翻看这本书，一面想起某些国人欲靠"天人合一"解救世界生态危机的雄心，不禁感到啼笑皆非。

当然，学有专攻，我们不能要求研究中国哲学的学者精通生态学，但我们也许有权要求一切学者尊重科学，承认环境保护也是科学，而不要在一种望文生义的"天人合一"境界中飘飘然自我陶醉。

试题：

1. 请简要概括本文的论述思路。

2. 文中画线句表明了作者什么观点？

3. 文中说"想起某些国人欲靠'天人合一'解救世界生态危机的雄心，不禁感到啼笑皆非"，结合全文，简述"啼笑皆非"的原因。

参考答案：

1. 首先，摆出谬论"天人合一"可以解决当今人类所面临的一切重大难题；接着，揭示谬论错误所在，阐明对"天人合一"的正确理解；最后，提出希望，学者应该尊重科学。（每点2分）

2. 作者认为鼓吹者一方面杂糅了儒道佛思想，缩小了中国哲学的内涵；另一方面又扩大了"天人合一"的内涵并夸大了它的价值。（每点3分）

3. 因为"天人合一"论是杂取拼凑出来的伪科学，鼓吹者却宣称可以解救世界生态危机，实在可笑；把本是认识论的儒家的"天人合一"思想加以拔高，不懂科学也不尊重科学，却自我陶醉，实在可悲。（每点3分）

（江苏省南通市 2012年 高三语文第二次模拟题）

周国平评注：

1. 第1题，简要概括本文的论述思路，参考答案概括得很好。

2. 第2题，原文是用比喻表达作者的一个重要观点，出题人看出这个观点的重要，引导学生在这里稍作停留，思考其涵义，很好。

3. 第3题也不错，挑出"啼笑皆非"这个词，强化了学生对"某些国人欲靠'天人合一'解救世界生态危机"之可笑复可悲的认识。不过，可笑和可悲是重叠的，是由同一现象引发的。见其可笑而欲笑，却因其可悲而笑不出来，见其可悲而欲啼，却因其可笑而啼不出来，于是"啼笑皆非"。参考答案把可笑和可悲分开论述，不妥，细看所述内容，其实无甚区别。

33 中国人缺少什么？

中国文化传统中的一个严重弱点，就是重实用价值而轻精神价值。

那么，有没有例外呢？有的，而且可以说几乎是唯一的一个例外——王国维。在世纪初的学者中，只有这一个人为精神本身的神圣和独立价值辩护，并立足于此而尖锐地批评了中国文化和中国民族精神的实用品格。但是，在当时举国求富强的呐喊声中，他的声音被完全淹没了。我想从一件与北大多少有点关系的往事说起。1998 年，北大热闹非凡地庆祝了它的百年大典。当时，纯北大人或者与北大沾亲带故的不纯的北大人纷纷著书立说，登台演讲，慷慨陈词，为北大传统正名。一时间，蔡元培、梁启超、胡适、李大钊、蒋梦麟等人的名字如雷贯耳，人们从他们身上发现了正宗的北大传统。可是，北大历史上的这件在我看来也很重要的往事却好像没有人提起，我相信这肯定不是偶然的。

北大的历史从 1898 年京师大学堂成立算起。1903 年，清政府批准了由张之洞拟定的《奏定学堂章程》，这个章程就成了办学的指导方针。章程刚出台，就有一个小人物对它提出了尖锐的挑战。这个小人物名叫王国维，现在我们倒是把他封作了国学大师，但那时候他只是上海一家小刊物《教育世

150

界》杂志的一个青年编辑，而且搞的不是国学，而是德国哲学。当时，他在自己编辑的这份杂志上发表了一系列文章，批评张之洞拟定的章程虽然大致取法日本，却唯独于大学文科中削除了哲学一科。青年王国维旗帜鲜明地主张，大学文科必须设立哲学专科和哲学公共课。他所说的哲学是指西方哲学，在他看来，西方哲学才是纯粹的哲学，而中国最缺少、因此最需要从西方引进的正是纯粹的哲学。

王国维是通过钻研德国哲学获得关于纯粹的哲学的概念的。在 20 纪初，整个中国思想界都热衷于严复引进的英国哲学，唯有他一人醉心于德国哲学。英国哲学重功利、重经验知识，德国哲学重思辨、重形而上学，这里面已显示了他的与众不同的精神取向。他对德国哲学经典原著真正下了苦功，把康德、叔本华的主要著作都读了。《辨证理性批判》那么难懂的书，他花几年的时间读了四遍，终于读懂了。在我看来，他研究德国哲学最重要的成就不在某个枝节问题上，诸如把叔本华美学思想应用于《红楼梦》研究之类。许多评论者把眼光集中于此，实在是舍本求末。最重要的是，通过对德国哲学的研究，他真正进入了西方哲学的问题之思路，领悟了原本意义上的哲学即他所说的纯粹的哲学应该是什么样子的。

王国维所认为的纯粹的哲学是什么样子的呢？简单地说，哲学就是形而上学，即对宇宙人生做出解释，以解除我们灵魂中的困惑。他由哲学的这个性质得出了两个极重要的推论。其一，既然哲学寻求的是"天下万世之真理，非一时之真理"，那么，它的价值必定是非实用的，不可能符合"当世之用"。但这不说明它没有价值，相反，它具有最神圣、最尊贵的精神价值。"无用之用"胜于有用之用，精神价值远高于实用价值，因为它满足的是人的灵魂的需要，其作用也要久远得多。其二，也正因此，坚持哲学的独立品格便是哲学家的天职，决不可把哲学当作政治和道德的手段。推而广之，一切学术都如此，唯以求真为使命，不可用作任何其他事情的手段，如此才可能有"学术之发达"。

用这个标准衡量，中国没有纯粹的哲学，只有政治哲学、道德哲学，从孔孟起，到汉之贾、董，宋之张、程、朱、陆，明之罗、王，都是一些政治家或想当而没有当成的人。不但哲学家如此，诗人也如此。所谓"诗外尚有事在"，"一命成文人，便无足观"，是中国人的金科玉律。中国出不了大哲学家、大诗人，原因就在这里。

试题：

1. 下列各项中，不能说明中国文化传统中"轻精神价值"严重弱点的一项是（　　）

A. 北大历史上为正宗的北大传统正名的往事没有人提起。

B. 张之洞拟定的章程，唯独于大学文科中削除了哲学一科。

C. 一时间，蔡元培、梁启超、胡适、李大钊等人的名字如雷贯耳。

D. 在 20 纪初，整个中国思想界都热衷于严复引进的英国哲学。

2. 下列各项中，不能作为王国维"重视精神价值"的依据的一项是（　　）

A. 王国维为精神本身的神圣和独立价值辩护，并立足于此而尖锐地批评了中国文化和中国民族精神的实用品格。

B. 王国维对 1903 年清政府批准的轻精神价值的京师大学堂办学指导方针《奏定学堂章程》提出了尖锐的挑战。

C. 王国维旗帜鲜明地主张，大学文科必须设立中国最缺少的属于纯粹的哲学的西方哲学专科和哲学公共课。

D. 王国维认为，简单地说，哲学就是形而上学，即对宇宙人生做出解释，以解除我们灵魂中的困惑。

3. 下列表述中，符合原文意思的一项是（　　）

A. 文章开头指出，中国文化传统中的一个严重弱点，就是重实用价值而轻精神价值。而王国维是唯一的一个例外。

B. 王国维认为，西方哲学才是纯粹的哲学，而这又是中国最缺少的，因此最需要从西方引进的正是纯粹的哲学。

C. 王国维研究德国哲学最重要的成就不在某个枝节问题上，而是把叔本华的美学思想应用于《红楼梦》研究之类。

D. 王国维认为，纯粹的哲学就是形而上学，它具有最神圣、最尊贵的精神价值，而精神价值远高于实际价值。

参考答案：

1. C

2. D

3. B

答案解析：

1. （蔡元培、梁启超、胡适、李大钊等人都秉承了正宗的北大传统，他们是重精神价值的典范）

2. （此项是王国维对"纯粹的哲学"的理解，并不能表明他"重视精神价值"）

3. （A 项文中是说"几乎唯一的一个例外"；C 项文中是说，王国维研究德国哲学最重要的成就不是在于"某个枝节问题"，包括把叔本华的美学思想应用于《红楼梦》研究之类。D 项文中是说"精神价值远高于实用价值"）

（河北省 2012 年 高三语文第一次月考试题）

周国平评注：

1. 三道题类型相同，都是我很不赞成用于语文测试的。此文是我的一篇同名文章的节选，文中所述青年王国维对精神价值的推崇和对中国文化实用品格的批评具有深刻的现实意义，该试卷丝毫没有引导学生对此进行思考，未免令人遗憾。

2. 从具体试题和参考答案看，也问题多多。例如第1题，让学生指出不能说明中国文化传统中"轻精神价值"严重弱点的一项，参考答案说是C项（"一时间，蔡元培、梁启超、胡适、李大钊等人的名字如雷贯耳"），理由是"蔡元培、梁启超、胡适、李大钊等人都秉承了正宗的北大传统，他们是重精神价值的典范"。这至少不符合原文的意思，原文谈到北大百年大典期间这几位的名字如雷贯耳，是为了和王国维批评《奏定学堂章程》"北大历史上的这件在我看来也很重要的往事"无人提起相对照，因此接下来"人们从他们身上发现了正宗的北大传统"一语带有讽刺的意味，从中怎会读出"他们是重精神价值的典范"这个意思呢？该题A项（"北大历史上为正宗的北大传统正名的往事没有人提起"）不知所出，原文说的是"北大历史上的这件在我看来也很重要的往事"，和"为正宗的北大传统正名"有什么相干？总之，该题从题目到答案皆是混乱的，只能认为出题人自己没有读懂原文。

3. 又例如第3题，让学生指出符合原文意思的一项，参考答案说是B项。A项"文章开头指出，中国文化传统中的

一个严重弱点，就是重实用价值而轻精神价值，而王国维是唯一的一个例外"为什么错？参考答案说因为文中是说"几乎唯一的一个例外"，即漏掉了"几乎"二字。D项"王国维认为，纯粹的哲学就是形而上学，它具有最神圣、最尊贵的精神价值，而精神价值远高于实际价值"为什么错？参考答案说因为文中是说"精神价值远高于实用价值"，即把"实用价值"写成了"实际价值"。设小小的陷阱，玩小小的计谋，多么无聊，这是在测试语文水平吗？

34

对自己的人生负责

①我们活在世上，不免要承担各种责任，小至对家庭、亲戚、朋友，对自己的职务，大至对国家和社会。这些责任多半是应该承担的。不过我们不要忘记，除此之外，我们还有一项根本的责任，便是对自己的人生负责。

②每个人在世上都只有活一次的机会，没有任何人能够代替他重新活一次。如果这唯一的一次人生虚度了，也没有任何人能够真正安慰他。认识到这一点，我们对自己的人生怎么能不产生强烈的责任心呢？在某种意义上，人世间各种其他的责任都是可以分担或转让的，唯有对自己的人生的责任，每个人都只能完全由自己来承担，一丝一毫依靠不了别人。

③不止于此，我还要说，对自己的人生的责任心是其余一切责任心的根源。一个人唯有对自己的人生负责，建立了真正属于自己的人生目标和生活信念，他才可能由之出发，自觉地选择和承担起对他人和社会的责任。正如歌德所说："责任就是对自己要求去做的事情有一种爱。"因为这种爱，所以尽责本身就成了生命意义的一种实现，就能从中获得心灵的满足。相反，我不能想象，一个不爱人生的人怎么会爱他人和爱事业，一个在人生中随波逐流的人怎么会坚定地负起生活中的责任。实际情况往往是，这样的人把尽责不是看作从外面加

156

给他的负担而勉强承受，便是看作纯粹的付出而索求回报。

④一个不知对自己的人生负有什么责任的人，他甚至无法弄清他在世界上的责任是什么。有一位小姐向托尔斯泰请教，为了尽到对人类的责任，她应该做些什么。托尔斯泰听了非常反感，因此想到：人们为之受苦的巨大灾难就在于没有自己的信念，却偏要做出按照某种信念生活的样子。当然，这样的信念只能是空洞的。这是一种情况。更常见的情况是，许多人对责任的关系确实是完全被动的，他们之所以把一些做法视为自己的责任，不是出于自觉的选择，而是由于习惯、时尚、舆论等原因。譬如说，有的人把偶然却又长期从事的某一职业当作了自己的责任，从不尝试去拥有真正适合自己本性的事业。有的人看见别人发财和挥霍，便觉得自己也有责任拼命挣钱花钱。有的人十分看重别人尤其上司对自己的评价，谨小慎微地为这种评价而活着。由于他们不曾认真地想过自己的人生使命究竟是什么，在责任问题上也就必然是盲目的了。

⑤所以，我们活在世上，必须知道自己究竟想要什么。一个人认清了他在这世界上要做的事情，并且在认真地做着这些事情，他就会获得一种内在的平静和充实。他知道自己的责任之所在，因而关于责任的种种虚假观念都不能使他动摇了。我还相信，如果一个人能对自己的人生负责，那么，在包括婚姻和家庭在内的一切社会关系上，他对自己的行为都会有一种负责的态度。如果一个社会是由这样对自己的人生负责的成员组成的，这个社会就必定是高质量的有效率的社会。

试题：

1. 作者要通过本文表达一种什么观点？

2. 第③段划线句使用的是什么论证方法？你能再写一条有关"责任"的名言吗？

3. 如何理解第⑤段中划线的句子。

4. 阅读下面链接材料，结合文章谈谈你的认识。

【链接材料】我国 9000 万网民中 82% 为青少年，其中未成年网民就有 1650 万。而这 1650 万未成年人中的 14.8%，也就是说有近 245 万未成年人不仅爱上网，而且着迷上瘾，难以自拔。

参考答案：

1. 每个人都要对自己的人生负责。

2. 道理论证（引证法也可）。

3. 示例：即一个人树立了自己人生的目标，并为之努力奋斗，就不会因迷茫而浮躁，因空虚而无措。

   评分标准：（2分）答案中体现"理想、目标""奋斗"等字样，语句通顺，表意清晰即可。

4. 示例：青少年是人生的初始，它不仅仅是属于自己的，更是属于社会、属于家庭的；青少年要为自己、家庭和社会的将来努力拼搏，而沉迷网络、虚度光阴是对自己人生的一种不负责任。

   评分标准：（2分）扣论点答题，意对即可。

（牡丹江 2012 中考语文试卷试题）

周国平评注：

    1. 第1题，如果本文表达的观点与标题相同，就不宜出这样的试题。在本书所收试卷中，多次出现这种情况。

    2. 第4题，试题是好的，让学生针对网瘾这个现实问题谈认识，但参考答案的示例，强调青少年"不仅仅是属于自己的，更是属于社会、属于家庭的"，"要为自己、家庭和社会的将来努力拼搏"，流于老套的说法，唯有结语"沉迷网络、虚度光阴是对自己人生的一种不负责任"才符合本文的主旨，好的回答应该是把这个道理讲清楚。

35 父母们的眼神

①街道上站着许多人，一律沉默，面孔和视线朝着同一个方向，仿佛有所期待。我也朝那个方向看去，发现那是一所小学的校门。那么，这些肃立的人们是孩子们的家长了，临近放学的时刻，他们在等待自己的孩子从那个校门口出现，以便亲自领回家。

②游泳池的栅栏外也站着许多人，他们透过栅栏朝里面凝望。游泳池里，一群孩子正在教练的指导下学游泳。不时可以听见某个家长从栅栏外朝着自己的孩子呼叫，给予一句鼓励或者一句警告。游泳课持续了一个小时，其间每个家长的视线始终执着地从众儿童中辨别着自己的孩子的身影。

③我不忍心看中国父母们的眼神，那里面饱含着关切和担忧，但缺少信任和智慧，是一种既复杂又空洞的眼神。这样的眼神仿佛恨不能长出两把铁钳，把孩子牢牢夹住。我不禁想，中国的孩子要成长为独立的人格，必须克服多么大的阻力啊。

④父母的眼神对于孩子的成长有着不可低估的影响。打个不太确切的比方，即使是小动物，生长在昏暗的灯光下抑或在明朗的阳光下，也会造就成截然不同的品性。对于孩子来说，父母的眼神正是最经常笼罩他们的一种光线，他们

往往是借之感受世界的明暗和自己生命的强弱的。看到欧美儿童身上的那一股小大人气概，每每忍俊不禁，觉得非常可爱。相比之下，中国的孩子便仿佛总也长不大，不论大小事都依赖父母，不肯自己动脑动手，不敢自己做主。当然，并非中国孩子的天性如此，这完全是后天教育的结果。我在欧洲时看到，那里的许多父母在爱孩子上决不逊于我们，但他们同时又都极重视培养孩子的独立生活能力，简直视为子女教育的第一义。在他们看来，真爱孩子就应当从长计议，使孩子离得开父母，离了父母仍有能力生活得好，这乃是常识。遗憾的是，对于中国的大多数父母来说，这个不言而喻的道理尚有待启蒙。

⑤我知道也许不该苛责中国的父母们，他们的眼神之所以常含不安，很大程度上是因为看到了在我们的周围环境中有太多不安全的因素，诸如交通秩序混乱、公共设施质量低劣、针对儿童的犯罪猖獗等等，皆使孩子的幼小生命面临威胁。给孩子们提供一个相对安全的生存环境，这的确已是全社会的一项刻不容缓的责任。但是，换一个角度看，正因为上述现象的存在，有眼光的父母在对自己孩子的安全保持必要的谨慎之同时，就更应该特别注意培养他们的独立精神和刚毅性格，使他们将来有能力面对严峻环境的挑战。

试题：

1. 概括要点。读①②段，用简洁的语言概括作者所列举的两种生活现象，并说说它们的作用。（两种生活现象概括不超过10个字）（4分）

现象：①

②

作用：

2. 问题探究。为什么作者不忍心看中国父母们的眼神？（2分）

你的观点：

3. 比较异同。天下父母对子女的爱都是一样的，唯一区别是方式的不同。读文章第④段,试概括一下两种不同的方式。(2分)

中国父母：

欧洲父母：

4. 发表建议。根据你对文章中心的理解，针对教育孩子这个问题，你有怎样好的建议？（不少于30字）（3分）

参考答案：

1. ①父母接孩子放学②父母关注孩子学游泳。作用：既照应题目，又引出了文章所要论述的话题。

2. 饱含着关切和担忧，但缺少信任和智慧，是一种既复杂又空洞的眼神。

3. 中国父母：处处为孩子着想，培养孩子的依赖心理。欧洲父母：重视培养孩子的独立生活能力。

4. 示例：孩子是独立的个体，父母要留给孩子一个自由的空间，让他们充分发挥自己的潜能，培养独立解决问题的能力。

（巴州区 2012 秋 第二次月考语文）

周国平评注：

1. 第3题，比较中国父母和欧洲父母爱孩子方式的不同，参考答案中中国父母"处处为孩子着想，培养孩子的依赖心理"一语不妥。"处处为孩子着想"不是错，"处处对孩子不放心"才是错。"依赖心理"不能说"培养"，"培养"是有意识有计划的行为，这里应该用"养成"一词。

2. 第4题，让学生发表关于教育孩子问题的建议，学生本身是孩子，不如让学生结合自己家庭的实际谈一谈在父母教育孩子问题上的感受。

36
守护人性

①人生的价值，可用两个词来代表，一是幸福，二是优秀。优秀，就是人之为人的精神禀赋发育良好，成为人性意义上的真正的人。幸福，最重要的成分也是精神上的享受，因而是以优秀为前提的。由此可见，二者皆取决于人性的健康生长和全面发展，而教育的使命即在于此。

②不错，这只是常识而已。唯因如此，真正可惊的是，今天的教育已经多么严重地违背了常识。一种教育倘若完全不把人性放在眼里，只把应试和谋生树为目标，使受教育者的头脑中充满死记硬背的知识，心中充满谋生的焦虑，对于人之为人的精神性的幸福越来越陌生，距离人性意义上的优秀越来越遥远，我们的确有权问一下：这还是教育吗？

③有智者说：经济决定今天，政治决定明天，教育决定未来。此言极是，因此，最令人担忧的是今天教育的久远后果，一代代新人经由这种教育走上了社会，他们的精神素质将决定未来中国数十年乃至上百年的精神水准和社会面貌。让教育回归人性，已是刻不容缓之事，拖延下去，只会愈加积重难返，今后纠正起来更加事倍功半。

④无论个人、民族，还是人类，衡量其脱离动物界程度的尺子都是人性的

高度，而非物质财富。个人的优秀，归根到底是人性的优秀。民族的伟大，归根到底是人性的伟大。人类的进步，归根到底是人性的进步。人性是"由无数世代苦心积累的神圣不可侵犯的庙堂珍宝"（尼采语），守护这一份珍宝，为之增添新的宝藏，是人类一切文化事业的终极使命，也是教育的终极使命。

试题：

1. 本文的中心论点是什么？（2分）

2. 第四段运用的论证方法是什么？有什么作用？（2分）

参考答案：

1. 守护人性是教育的终极使命；教育应该守护人性。（意思对即可）。

2. 道理论证（引用论证）、比喻论证。（1分）生动形象地突出了人性的价值，鲜明有力证明了守护人性的重大意义。（1分）

（惠山区合卷 2012.4 初三语文期中试卷）

周国平评注：

本文论述的是与学生有切身关系的教育问题，最好能够让学生结合实际谈对文中观点的认识，比如你认为教育怎样才是守护人性，你希望自己通过教育成为怎样的人。

37
人的高贵在于灵魂

1.法国思想家帕斯卡尔有一句名言：人是一支有思想的芦苇。他的意思是说，人的生命像芦苇一样脆弱，宇宙间任何东西都能致人于死地。可是，即使如此，人依然比宇宙间任何东西高贵得多，因为人有一颗能思想的灵魂。我们当然不能也不该否认肉身生活的必要，但是，人的高贵却在于他有灵魂生活。作为肉身的人，人并无高低贵贱之分。唯有作为灵魂的人，由于内心世界的巨大差异，人才分出了高贵和平庸，乃至高贵和卑鄙。

2.珍惜内在的精神财富甚于外在的物质财富，这是古往今来一切贤哲的共同特点。英国作家王尔德到美国旅行，入境时，海关官员问他有什么东西要报关，他回答：除了我的才华，什么也没有。使他引以自豪的是，他没有什么值钱的东西，但他拥有不能用钱来估量的艺术才华。正是这位骄傲的作家在他的一部作品中告诉我们，世间再没有比人的灵魂更宝贵的东西，任何东西都不能跟它相比。

3.其实，无需举名人的事例，我们不妨稍微留心观察周围的现象。我常常发现，在平庸的背景下，哪怕是一点不起眼的灵魂生活的迹象，也会闪放出一种很动人的光彩。

4.有一回，我乘车旅行。列车飞驰，车厢里闹哄哄的，旅客们在聊天、打牌、吃零食。一个少女躲在车厢的一角，全神贯注地读着一本书。她读得那么专心，还不时地往随身携带的一个小本子上记些什么，好像完全没有听见周围嘈杂的人声。望着她仿佛沐浴在一片光辉中的安静的侧影，我心中充满感动，想起了自己的少年时代。那时候我也和她一样，不管置身于多么混乱的环境，只要拿起一本好书，就会忘记一切。如今我自己已经是一个作家，出过好几本书了，可是我却羡慕这个埋头读书的少女，<u>无限缅怀已经渐渐远逝的有着同样纯正追求的我的青春岁月。</u>

5. 每当北京举办世界名画展览时，便有许多默默无闻的青年画家节衣缩食，自筹旅费，从全国各地风尘仆仆来到首都，在名画前流连忘返。我站在展厅里，望着这一张张热忱仰望的年轻的面孔，心中也会充满感动。<u>我对自己说：有着纯正追求的青春岁月的确是人生最美好的岁月。</u>

6. 若干年过去了，我还会常常不由自主地想起列车上的那个少女和展厅里的那些青年，揣摩他们现在不知怎样了。据我观察，人在年轻时多半是富于理想的，随着年龄增长就容易变得越来越实际。由于生存斗争的压力和物质利益的诱惑，大家都把眼光和精力投向外部世界，不再关注自己的内心世界。其结果是灵魂日益萎缩和空虚，只剩下了一个在世界上忙碌不止的躯体。<u>对于一个人来说，没有比这更可悲的事情了。</u>我暗暗祝愿他们仍然保持着纯正的追求，没有走上这条可悲的路。

试题：

1. 第1段中帕斯卡尔名言：人是一支有思想的芦苇。该句运用的修辞手法是＿＿＿＿＿＿＿，原意是说＿＿＿＿＿＿＿＿＿＿＿＿；本文作者引用该句名言，旨在表明＿＿＿＿＿＿＿＿＿＿＿＿＿。（6分）

2. 联系 4、5 段划线句，说说作者在列举了少女躲在车厢的一角看书的事例后，为什么还要列举许多青年看画展的事例？（6分）

3. 第 6 段划线句"没有比这更可悲的事情了"中的这指代的是 _____ ，联系第 1 段，说其可悲是因为 _____ 。（5分）

4. 下面这段文字在文中最恰当的位置（　　）（3分）

两千多年前，罗马军队攻进了希腊的一座城市，他们发现一个老人正蹲在沙地上专心研究一个图形。他就是古代最著名的物理学家阿基米德。他很快便死在了罗马军人的剑下，当剑朝他劈来时，他只说了一句话：不要踩坏我的圆！在他看来，他画在地上的那个图形是比他的生命更加宝贵的，他爱思想胜于爱一切，包括自己的生命。

A. 1、2 段之间　　　　B. 2、3 段之间

C. 3、4 段之间　　　　D. 4、5 段之间

参考答案：

1. （6分）比喻（2分）；人的生命是脆弱的（2分）；即使人的生命是脆弱的，但因为有了思想，依然比宇宙间任何东西高贵得多。（2分）

2. （6分）作者之所以这样写，首先是因为这两个事例从个体到群体，更加有力地论证人应该有纯正的追求（或者：论证平凡生活中并不缺少灵魂生活的迹象，而且闪现动人光彩。）（3分）；其次是因为作者对两个事例的感受由回忆到领悟，认识更进一层。（3分）

3. 灵魂日益萎缩和空虚，只剩下了一个在世界上忙碌不止的躯体。（2分）人如果失去了灵魂生活，就会不堪一击，甚至变得平庸和卑鄙。（3分）

4. A(3分)

（普陀区 2012 初三语文一模答案）

周国平评注：

　　1. 第1题，帕斯卡尔的名言，"人是一支有思想的芦苇"，这句话本身即包含了人的生命是脆弱的和人因思想而高贵两层意思。参考答案把这两层意思分割开，说前者是原意，后者是作者引用旨在表明的意思，不确，可能是受了原文中间用了句号之误导。

　　2. 第2题，原文所举两个事例，其实都是为了说明平凡生活中并不缺少灵魂生活的迹象。参考答案还说作者对两个事例的感受是由回忆到领悟，认识更进一层，可能是因为在

170

原文中，在前一事例后面，作者缅怀自己有同样纯正追求的青春岁月，在后一事例后面，则感慨有纯正追求的青春岁月是人生最美好的岁月。事实上，此种领悟也可从前一事例得出，写在两个事例之后是出于文章布局的需要。如果我是考生，这 3 分必丢无疑。

3. 第 3 题，"灵魂日益萎缩和空虚，只剩下了一个在世界上忙碌不止的躯体"——说其可悲是因为：人的高贵在于有灵魂生活，如果失去了灵魂生活，人就不成其为人了。我会这样回答，不符合参考答案，不知是否又会丢 3 分？

4. 第 4 题，本文摘自我的一篇文章，这段文字在那篇文章中的确位于 1、2 段之间。现在我尝试了一下，觉得放在 2、3 段之间也是通顺的，不应该算答错吧。

38 人生寓言

幸福的西绪弗斯

西绪弗斯被罚推巨石上山，每次快到山顶，巨石就滚回山脚，他不得不重新开始这徒劳的苦役。听说他悲观沮丧到了极点。

可是，有一天，我遇见正在下山的西绪弗斯，却发现他吹着口哨，迈着轻盈的步伐，一脸无忧无虑的神情。我生平最怕见到太不幸的人，譬如说，身患绝症的人，或刚死了亲人的人，因为对他们的不幸，我既不能有所表示，怕犯忌，又不能无所表示，怕显得我没心没肺。所以，看见西绪弗斯迎面走来，尽管不是传说的那副凄苦模样，深知他的不幸身世的我仍感到局促不安。

没想到西绪弗斯先开口了，他举起手，对我喊道："喂，你瞧，我逮了一只多漂亮的蝴蝶！"

我望着他渐渐远逝的背影，不禁思忖：总有些事情是宙斯的神威鞭长莫及的，那是一些太细小的事情，在那里便有了西绪弗斯（和我们整个人类）的幸福。

流浪者和他的影子

命运如同一个人的影子，有谁能够摆脱自己的影子呢？

可是，有一天，一个流浪者对于自己的命运实在不堪忍受，便来到一座神庙，请求神允许他和别人交换命运。神说："如果你能找到一个对自己命运完全满意的人，你就和他交换吧。"

按照神的指示，流浪者出发去寻找了。他遍访城市和乡村，竟然找不到一个对自己命运完全满意的人。凡他遇到的人，只要一说起命运，个个摇头叹息，口出怨言。甚至那些王公贵族，达官富豪，名流权威，他们的命运似乎令人羡慕，但他们自己并不满意。事实上，世人所见的确只是他们的命运之河的表面景色，底下许多阴暗曲折唯有他们自己知道。

流浪者终于没有找到一个可以和他交换命运的人。直到今天，他仍然拖着他自己的影子到处流浪。

诗人的花园

诗人想到人生的虚无，就痛不欲生。他决定自杀。他来到一片空旷的野地里，给自己挖了一个坟。他看这坟太光秃，便在周围种上树木和花草。种啊种，他渐渐迷上了园艺，醉心于培育各种珍贵树木和奇花异草，他的成就也终于遐迩闻名，吸引来一批又一批的游人。

有一天，诗人听见一个小女孩问她的妈妈："妈妈，这是什么呀？"

妈妈回答："我不知道，你问这位叔叔吧。"

小女孩的小手指着诗人从前挖的那个坟坑。诗人脸红了。他想了一想，说："小姑娘，这是叔叔特意为你挖的树坑，你喜欢什么，叔叔就种什么。"

小女孩和她的妈妈都高兴地笑了。

我知道诗人在说谎，不过，这一回，我原谅了他。

试题：

1. 读完第一则寓言，请你说说什么是幸福？

2. 我们每一个人都有可能如流浪者一样，不堪忍受自己的命运，既然如此，那么我们应该怎么办呢？

3. 诗人的脸为什么会红了呢？

4. 这三则寓言的主人公你最喜欢哪一个？为什么？

5. 这三则寓言体现了当今社会流行的一个主旋律，是什么主旋律呢？

参考答案：

1. 幸福是一种乐观向上的心态，幸福是一种总能看到未来的希望，幸福是以苦为荣、在困境中能崛起的坚强个性。

2. 既然我们不堪忍受自己的命运，那么我们就要学会适应，学会面对，学会勇敢，学会坚强，相信当我们战胜了自己命运的那一天，就是我们最为快乐无比的一天。

3. 因为小女孩指着的坑是诗人从前挖的坟坑，是诗人内心苦闷、想自杀的表达，现在经小女孩一问，诗人觉得坑也不文雅，同时如果要照实说来，将会在小女孩的心中埋下"悲苦"的祸根，所以诗人决定说谎，当然就显示出不好意思，脸自然就红了。

4. 示例：我喜欢诗人。因为诗人尽管自己痛不欲生，想自杀，但当面对天真的小孩时，能够以和谐的心态，鼓励孩子，从而给孩子留下了美好的记忆，也挽救了自己，让自己走出了困惑。这是智慧的选择，救了他人，也救了自己，诗人了不起。（答案不唯一）

5. 提高全民幸福指数，不仅是指物质生活的富足，重要的是精神生活的豁达。（以上意对即可）

（江西省宜春市万载三中 2011～2012 学年七年级上学期 人教版语文月考试题）

周国平评注：

　1. 第 1 题：读完第一则寓言，请你说说什么是幸福？对这道题可以有两种理解，一是说原文的观点，二是说学生自己的认识。若是前者，原文的观点由这句话做了总结："总

有些事情是宙斯的神威鞭长莫及的，那是一些太细小的事情，在那里便有了西绪弗斯（和我们整个人类）的幸福。"即幸福在于平凡生活中充满情趣的细节，那是多么悲苦的命运也扼杀不了的。若是后者，则不妨各抒己见，不必都是高大上。

2. 第2题，对命运的态度，我在别处有一个表达：如果能够，就做命运的主人，引领命运前行；如果不能，就做命运的朋友，和命运结伴而行。这篇文章表达的是后一层意思，亦即参考答案说的"学会适应，学会面对，学会勇敢，学会坚强"，至于"相信当我们战胜了自己命运的那一天，就是我们最为快乐无比的一天"，就显得是一条光明的尾巴了。

3. 第3题：诗人的脸为什么会红？其实很简单，是诗人为自己曾经悲观寻死而惭愧，而这表明他的人生观已发生变化。参考答案的回答有点复杂化了。

4. 第4题挺好。答案不唯一也挺好。

5. 看到第5题，我一愣。我没想到这三则寓言竟体现了当今社会流行的一个主旋律，并且想不出是什么主旋律，看了参考答案，仍是困惑。"提高全民幸福指数，不仅是指物质生活的富足，重要的是精神生活的豁达。"这是当今社会流行的主旋律？三则寓言都体现了这个主旋律？太牵强了。

生命本来没有名字

39

这是一封读者来信，从一家杂志社转来的。每个作家都有自己的读者，都会收到读者的来信，这很平常。我不经意地拆开了信封。可是，读了信，我的心在一种温暖的感动中战栗了。

请允许我把这封不长的信抄录在这里——

"不知道该怎样称呼您，每一种尝试都令自己沮丧，所以就冒昧地开口了，实在是一份由衷的生命对生命的亲切温暖的敬意。

"记住你的名字大约是在七年前，那一年翻看一本《父母必读》，上面有一篇写孩子的或者是写给孩子的文章，是印刷体却另有一种纤柔之感，觉得您这个男人的面孔很别样。

"后来慢慢长大了，读您的文章便多了，常推荐给周围的人去读，从不多聒噪什么，觉得您的文章和人似乎是很需要我们安静的，因为什么，却并不深究下去了。

"这回读您的《时光村落里的往事》，恍若穿行乡村，沐浴到了最干净最暖和的阳光。我是一个卑微的生命，但我相信您一定愿意静静地听这个生命说：'我愿意静静地听您说话……'我从不愿把您想象成一个思想家或散文家，您不会为此生气吧。

"也许再过好多年之后，我已经老了，那时候，我相信为了年轻时读过的您的那些话语，我要用心说一声：谢谢您！"

信尾没有落款，只有这一行字："生命本来没有名字吧，我是，你是。"我这才想到查看信封，发现那上面也没有寄信人的地址，作为替代的是"时光村落"四个字。我注意了邮戳，寄自河北怀来。

从信的口气看，我相信写信人是一个很年轻的刚刚长大的女孩，一个生活在穷城僻镇的女孩。我不曾给《父母必读》寄过稿子，那篇使她和我初次相遇的文章，也许是这个杂志转载的，也许是她记错了刊载的地方，不过这都无关紧要。令我感动的是她对我的文章的读法，不是从中寻找思想，也不是作为散文欣赏，而是一个生命静静地倾听另一个生命。所以，我所获得的不是一个作家的虚荣心的满足，而是一个生命被另一个生命领悟的温暖，一种暖入人性根底的深深的感动。

生命本来没有名字——这话说得多么好！我们降生到世上，有谁是带着名字来的？又有谁是带着头衔、职位、身份、财产等等来的？可是，随着我们长大，越来越深地沉溺于俗务琐事，已经很少有人能记起这个最单纯的事实了。我们彼此以名字相见，名字又与头衔、身份、财产之类相联，结果，在这些寄生物的缠绕之下，生命本身隐匿了，甚至萎缩了。无论对己对人，生命的感觉都日趋麻痹。多数时候，我们只是作为一个称谓活在世上。即使是朝夕相处的伴侣，也难得以生命的本然状态相待，更多的是一种伦常和习惯。浩瀚宇宙间，也许只有我们的星球开出了生命的花朵，可是，在这个幸运的星球上，比比皆是利益的交换、身份的较量、财产的争夺，最罕见的偏偏是生命与生命的相遇。仔细想想，我们是怎样地本末倒置，因小失大，辜负了造化的宠爱。

是的——我是，你是，每一个人都是一个多么普通又多么独特的生命，原本无名无姓，却到底可歌可泣。我、你、每一个生命都是那么偶然地来到这个世界上，完全可能不降生，却毕竟降生了，然后又将必然地离去。想一想世界在时间和空间上的无限，每一个生命的诞生的偶然，怎能不感到一个生命与另一个生命的相遇是一种奇迹呢。有时我甚至觉得，两个生命在世上同时存在过，哪怕永不相遇，其中也仍然有一种令人感动的因缘。我相信，对于生命的这种珍惜和体悟乃是一切人间之爱的至深的源泉。你说你爱你的妻子，可是，如果你不是把她当作一个独一无二的生命来爱，那么你的爱还是比较有限。你爱她的美丽、温柔、贤惠、聪明，当然都对，但这些品质在别的女人身上也能找到。唯独她的生命，作为一个生命体的她，却是在普天下的女人身上也无法重组或再生的，一旦失去，便是不可挽回地失去了。世上什么都能重复，恋爱可以再谈，配偶可以另择，身份可以炮制，钱财可以重挣，甚至历史也可以重演，唯独生命不能。愈是精微的事物愈不可重复，所以，与每一个既普通又独特的生命相比，包括名声地位财产在内的种种外在遭遇实在粗浅得很。

既然如此，当另一个生命，一个陌生得连名字也不知道的生命，远远地却又那么亲近地发现了你的生命，透过世俗功利和文化的外观，向你的生命发出了不求回报的呼应，这岂非人生中令人感动的幸遇？

所以，我要感谢这个不知名的女孩，感谢她用她的安静的倾听和领悟点拨了我的生命的性灵。她使我愈加坚信，此生此世，当不当思想家或散文家，写不写得出漂亮文章，真是不重要。我唯愿保持住一份生命的本色，一份能够安静聆听别的生命也使别的生命愿意安静聆听的纯真，此中的快乐远非浮华功名可比。

很想让她知道我的感谢，但愿她读到这篇文章。

试题：

1. "她用她的安静的倾听和领悟点拨了我的生命的性灵"中"她的安静的倾听和领悟"是指什么？（2分）

179

2. 作者为什么说"我的心在一种温暖的感动中战栗了"？（6分）

3. 生命本身具有怎样的特性？请用自己的话概括出来。（6分）

4. 作者在文中说"对于生命的这种珍惜和体悟乃是一切人间之爱的至深的源泉"，然而，在当今功利化、物质化的社会背景下，人们对生命本色的思考日益稀缺，如果生命有名字，你认为生命的名字叫什么？请写出自己的感悟。（不少于60字）（4分）

参考答案：

1. 女孩对"我"的文章的读法，不是从中寻找思想，也不是作为散文欣赏，而是一个生命静静地倾听另一个生命。

2. (1) 写信的女孩生活在穷城僻镇，是一个"卑微的生命"，有着自己对生命的珍惜和体悟。(2) 女孩对"我"的文章的读法，不是从中寻找思想，也不是作为散文欣赏，而是一个生命静静地倾听另一个生命。(3) "我"所获得的不是一个作家的虚荣心的满足，而是一个生命被另一个生命领悟的温暖，一种暖入人性根底的深深的感动。

3. (1) 生命是普通的又是独特的。(2) 生命原本无名无姓，但可歌可泣。(3) 每一个人的生命都是偶然地来到必然地离去。

4. 示例：生命的名字可以叫奉献、诚信、淡泊、宽容等，只要言之成理，给人启迪即可。

（江西省重点中学 2011 二次联考）

周国平评注：

 1. 第 *1* 题："她用她的安静的倾听和领悟点拨了我的生命的性灵"中"她的安静的倾听和领悟"是指什么？我承认我回答不出来。"答案"所云，是"女孩对'我'的文章的读法"，而不是回答试题所问的"指什么"。我可断定，几乎不会有学生按照这个"答案"答对了。

 2. 第 *2* 题，问作者为什么感动，问题是好的，回答能

够说出"答案"所示后两点即可。第一点是推演出来的，读者还可以做别的推演，所以不应该是必答。作者之所以感动，还有一个重要原因，就是女孩用"生命本来没有名字"一语落款的方式，未留名字，作者因此说："一个陌生得连名字也不知道的生命……向你的生命发出了不求回报的呼应，这岂非人生中令人感动的幸遇？"但"答案"没有提示这个意思。

3. 第3题：生命本身具有怎样的特性？据说答案在文章第10、11段里，"答案"则列举了三点。我自己不认为所列三点是生命的特性，整个第10、11段都是在说明生命的宝贵和生命与生命相遇的值得珍惜，并不涉及生命特性的问题。

4. 第4题：如果生命有名字，你认为生命的名字叫什么？我赞赏这样的开放性试题，也欣赏"只要言之成理，给人启迪即可"这样的答题要求。"答案"示例了"奉献、诚信、淡泊、宽容"这几个名字。如果真正以"理解全文"为基础，有一个名字最不该漏掉，就是"单纯"。

波兹曼的诅咒

美国文化传播学家波兹曼的《把我们自己娱乐死》是一部声讨电视文化的著作。在阅读的过程中，我确实时时听见一声声急切有力的喝问：难道我们真的要把自己娱乐死？

无人能否认电视带来的便利，问题在于，这种便利在总体上是推进了文化，还是损害了文化。

波兹曼认为媒介的变化意味着并且导致了认识世界方式的变化。在文字一直是主要媒介的时代，人们主要通过书籍来交流思想和传播信息。在书籍的阅读中，我们得以进入用文字记载的悠久传统。相反，电视则以现时为中心，所传播的信息越具有当下性似乎就越有价值。文字是抽象的符号，作为一种媒介，它要求阅读的同时必须思考。而电视直接用图像影响观众，它有时甚至忌讳思考，因为思考会妨碍观看。在波兹曼看来，做一个有文化的人，就是置身于人类精神传统之中进行思考。书籍能够帮助我们实现这个目标，电视却会使我们背离这个目标。那么，电视究竟把我们引向何方？引向文化的反面——娱乐。一种迷恋当下和排斥思考的文化，我们只能恰如其分地称之为娱乐。

并不是说娱乐和文化一定势不两立，问题也不在于电视展示了娱乐性内容，而在于电视上的一切内容都必须以娱乐的方式表现出来。波兹曼的结论是，在电视的强势影响下，一切文化都依照其转变成娱乐的程度而被人们接受，因而在不同程度上都转变成了娱乐。"除了娱乐业没有其他行业"——到了这个地步，本来意义上的文化就荡然无存了。

波兹曼是把美国作为典型来对电视文化进行分析和批判的，但是，电视主宰文化、文化变成娱乐的倾向却是世界性的。譬如说，在我们这里，通过电视剧学习历史，而历史仅仅作为戏说、也就是作为娱乐而存在，消灭历史的方式再也不可能有比这更加彻底的了。又譬如说，在我们这里，电视也成了印刷媒介的榜样，报纸和杂志纷纷向电视看齐，蜕变成了"电视型印刷媒介"。且不说那些纯粹娱乐性的时尚杂志，只要翻开几乎任何一种报纸，你都会看到一个所谓文化版面，所报道的全是娱乐圈的新闻和大小明星的逸闻。这无可辩驳地表明，文化即娱乐日渐成为新的约定俗成，只有娱乐才是文化即将成为不争的事实。

赫胥黎曾预言：一旦无人想读书，无人想知道真理，一旦文化成为滑稽戏，文化就灭亡了。波兹曼认为，赫胥黎的预言应验了。这个结论也许太过悲观，我相信，只要人类精神存在一天，文化就决不会灭亡。不过，我无法否认，对于文化来说，一个娱乐至上的环境是最坏的环境。在这样的环境中，任何严肃的精神活动都不被严肃地看待，人们不能容忍不是娱乐的文化，非把严肃化为娱乐不可；如果做不到，就干脆把戏侮严肃当作一种娱乐。面对这样的行径，我的感觉是，波兹曼的书名听起来像是诅咒。

试题：

1. 文章第三段阐述了波兹曼的媒介文化观，请作简要概括。（不超过40个字）（4分）

2. 文章第五段说明"电视主宰文化、文化变成娱乐的倾向却是世界性的"观点时，为什么以中国为例？在阐明中国情况时采用了什么方法？这样写有什么好处？（4分）

3. 作者既说波兹曼的结论"也许太过悲观"，又说"波兹曼的书名听起来像是诅咒"，对此应当如何理解？（4分）

参考答案：

1. 媒介影响认识世界的方式，应当引导人们思考，书籍有助思考，而电视排斥思考。（4分）

2. （1）原书以美国为典型，作者以中国为例，有世界性，有代表性；读者对象为中国人，有现实针对性。

   （2）举例说明的方法。具体实在，读者易于接受，增强说服力。

3. 相信人类的精神力量，不同意文化灭亡论；娱乐至上的环境已经造成了对文化的伤害；放任娱乐至上倾向，波兹曼的话将应验。

（上海市徐汇区 2011 学年第二学期 高三语文学业水平考试样卷）

周国平评注：

　　1. 第1题，简要概括波兹曼的媒介文化观，题目是好的，参考答案不够完整。书籍与电视的重要区别有二：一是书籍中有一个用文字记载的悠久传统，电视则以现时为中心；二是文字是抽象的符号，阅读时必须思考，电视则用图像影响观众，甚至忌讳思考。参考答案只说了后一方面。

　　2. 第3题也不错，抓住本文中两个似乎有矛盾的说法，促使学生思考人类文化的前途面临不同的可能性，而我们的责任是不让坏的可能性成为事实。

　　3. 在波兹曼的时代，电视是主流媒介，现在互联网已成为主流媒介，很可惜没有出这样一个题目，比如让学生分析网络对于文化的正反面影响，或者比较阅读和上网的不同。

交往的质量

41

①使一种交往具有价值的不是交往本身，而是交往者各自的价值。高质量的友谊总是发生在两个优秀的独立人格之间，它的实质是双方互相由衷的欣赏和尊敬。因此，重要的是使自己真正有价值，配得上做一个高质量的朋友，这是一个人能够为友谊所做的首要贡献。

②人们常常误认为，那些热心于社交的人是一些慷慨之士。泰戈尔说得好，他们只是在挥霍，不是在奉献，而挥霍者往往缺乏真正的慷慨。

③那么，挥霍与慷慨的区别在哪里呢？我想是这样的：挥霍是把自己不珍惜的东西拿出来，慷慨是把自己珍惜的东西拿出来。社交场上的热心人正是这样，他们不觉得自己的时间、精力和心情有什么价值，所以毫不在乎地把它们挥霍掉。相反，一个珍惜生命的人必定宁愿在孤独中从事创造，然后把最好的果实奉献给世界。

④交往为人性所必需，它的分寸却不好掌握。帕斯卡尔说："我们由于交往而形成了精神和感情，但我们也由于交往而败坏着精神和感情。"我相信，前一种交往是两个人之间的心灵沟通，它是马丁·布伯所说的那种"我与你"的相遇，既充满爱，又尊重孤独；相反，后一种交往则是熙熙攘攘的利害交易，

它如同尼采所形容的"市场"，既亵渎了爱，又羞辱了孤独。

⑤对于人际关系，我逐渐总结出了一个最合乎我的性情的原则，就是尊重他人，亲疏随缘。我相信，一切好的友谊都是自然而然形成的，不是刻意求得的。我还认为，再好的朋友也应该有距离，太热闹的友谊往往是空洞无物的。

⑥从一个人如何与人交往，尤能见出他的做人。这倒不在于人缘好不好，朋友多不多，各种人际关系是否和睦。人缘好可能是因为性格随和，也可能是因为做人圆滑，本身不能说明问题。在与人交往上，孔子最强调一个"信"字，我认为是对的。待人是否诚实无欺，最能反映一个人的人品是否光明磊落。一个人哪怕朋友遍天下，只要他对其中一个朋友有背信弃义的行径，我们就有充分的理由怀疑他是否真爱朋友，因为一旦他认为必要，他同样会背叛其他的朋友。"与朋友交而不信"，只能得逞一时之私欲，却是做人的大失败。

⑦在一次长途旅行中，最好是有一位称心的旅伴，其次好是没有旅伴，最坏是有一个不称心的旅伴。

试题：

1. 第⑦段说"最好是有一位称心的旅伴"，请阅读全文，概括出"称心的旅伴"的特征。

2. 除了道理论证，第③段还用了什么论证方法？

3. 请你举出一个能证明"一切好的友谊都是自然而然形成的，不是刻意求得的"的论据，并做简要分析。

4. 请你具体说明第⑥段的论证思路。

参考答案：

1. 相互欣赏和尊重；乐于奉献（慷慨大方）；心灵相通（充满爱，欣赏孤独）；诚实守信。

2. 举例论证，对比论证。

3. 恰当的道理或事实论据均可。能结合"一切好的友谊都是自然而然形成的，不是刻意求得的"这一观点对自己所举论据进行恰当的分析。

4. 先提出"从一个人如何与人交往，尤能见出他的做人"的观点；接着举出孔子做人最强调一个"信"字的例子正面阐述，再从做人不诚信的危害进行反面论证。

（佛山市 2010年 中考语文试题）

周国平评注：

1. 本文由六则（第二、三段是同一则）写于不同时间的随感组成，不是一气呵成的散文。不过，相同的主题是交往的质量。因此，第1题挑出"称心的旅伴"一语，让学生根据全文概括其特征，实际上就是高质量交往的特征，以此考查是否掌握全文的要点，可说是用心良苦，甚为巧妙。参考答案列出四点，其中第二点（乐于奉献或慷慨大方）好像是对第三段的概括，概括得不很确切。

2. 第2题，参考答案说第三段还用了举例论证和对比论证，对比论证是明显的，举例论证比较勉强，至少我看不太出来。

3. 第3题是好题。

读永恒的书

42

①人类所创造的精神财富是通过各种物质形式保存的，其中最重要的一种形式就是文字。因而，在我们日常的精神活动中，读书便占据着很大的比重。一般而言，我们很难想象一个关注精神生活的人会对书籍毫无兴趣。"我扑在书籍上，就像饥饿的人扑在面包上一样。"高尔基说的这句话，非常贴切地表明了这一点。

②然而，古今中外的书不计其数，该读哪些书呢？从精神生活的角度出发，我们也许可以极粗略地把天下的书分为三大类。一是完全不可读的书，这种书只是外表像书罢了，实际上是毫无价值的印刷垃圾，不能提供任何精神的启示、艺术的欣赏或有用的知识。在今日的市场上，这种以书的面目出现的假冒伪劣产品比比皆是。二是可读可不读的书，这种书读了也许不无益处，但不读却肯定不会造成重大损失和遗憾。世上的书大多属于此类。我把那些专业书籍也列入此类，因为它们只对有关专业人员才可能是必读书，对于其他人却是不必读的书，至多是可读可不读的书。三是必读的书。这类书每一个关心人类精神历程和自身生命意义的人都应该读，不读便会是一种欠缺和遗憾。

③应该说，这第三类书在书籍的总量中只占极少数，但绝对量仍然非常大。

它们实际上是指人类文化宝库中的那些不朽之作，即所谓经典名著。这些伟大作品不可按学科归类，不论它们是文学作品还是理论著作，都必定表现了人类精神某些永恒的内涵，因而具有永恒的价值。在此意义上，我称它们为永恒的书。要确定这类书的范围是一件难事，事实上不同的人就此开出的书单一定有相当的出入。不过只要开书单的人确实有眼光，就必定都会选中一些最基本的好书。例如，他们决不会遗漏掉《论语》《史记》《红楼梦》这样的书，柏拉图、莎士比亚、托尔斯泰这类作家的著作。

④在我看来，真正重要的倒不在于你读了多少名著，古今中外的名著是否全读了，而在于要有一个信念，那便是非最好的书不读。有了这样的信念，即使你读了许多并非最好的书，你仍然会逐渐找到那些真正属于你自己的最好的书，并且成为它们的知音。事实上，对于一个具有独特个性的追求的人来说，他的必读书的书单绝非照抄别人的，而是在他自己阅读的过程中形成的，这个书单本身也体现着他的个性。正像罗曼·罗兰在谈到他所喜欢的音乐大师时说的："现在我有我的贝多芬了，犹如已经有了我的莫扎特一样。一个人对他所喜爱的历史人物都应该这样做。"

⑤费尔巴哈说，书就是他所吃的东西。至少就精神食物而言，这句话是对的。从一个人的读物大致可以判断他的精神品位。一个在阅读和深思中与古今哲人文豪倾心交谈的人，与一个只读明星轶闻和幼稚故事的人，他们当然有着完全不同的内心世界。天下好书之多，一辈子也读不完，我们岂能把只有一次的生命浪费在读无聊的东西上。

试题：

1. 下面说法不符合文意的一项是（　　）（3分）

A. 作者引用高尔基"我扑在书籍上，就像饥饿的人扑在面包上一样"这句话证明关注精神生活的人会对书籍产生兴趣。

B. 天下的书大致可分为三类：一是不可读的书；二是可读可不读的书；三是必读的书。

C. 只有读遍了古今中外名著的人，才是一个有修养、有个性的人。

D. 我们不能把有限的人生只放在阅读明星轶闻和幼稚故事上，应多与古今哲人文豪做倾心交谈。

2. 按要求回答下列问题。（6分）

（1）为什么说"《论语》《史记》《红楼梦》这样的书，柏拉图、莎士比亚、托尔斯泰这类作家的著作"是永恒的书？请结合文章内容回答。（4分）

（2）除本文提到的作品外，你还读过哪些具有永恒价值的作品？请写出一本书名，并简说理由。（2分）

参考答案：

1. C（不符合文意，文中是说"真正重要的倒不在于你读了多少名著，古今中外的名著是否全读了"。）（3分）

2. （1）因为这些书是"人类文化宝库中的不朽之作"，（2分）"表现了人类精神某些永恒的内涵"，（1分）"具有永恒的价值"。（1分）

   （2）示例：奥斯特洛夫斯基的《钢铁是怎样炼成的》（1分），这本书表现了保尔在革命战争时期自强不息、顽强拼搏的精神，给人以激励。（1分）（写出作品的名称得1分，结合内容说出理由得1分，共2分。）

（海珠区 2010年 初三一模语文试题）

周国平评注：

1. 第1题，显然太简单。不赞成这类题型进入语文测试。

2. 第2题，联系自己的阅读体验。欣赏这类题型，但示例未免太老套。

用什么来报答母爱
43

母亲八十三岁了，依然一头乌发，身板挺直，步伐稳健，人都说看上去也就七十来岁。父亲去世已满十年，自那以后，她时常离开在上海的家，到北京居住一些日子。不过，不是住在我这里，而是住在我妹妹那里。住在我这里，她一定会觉得寂寞，因为她只能看见这个儿子整日坐在书本或电脑前，难得有一点别的动静。母亲也是安静的性格，但终归需要有人跟她唠唠家常，我偏是最不善此道，每每大而化之，不能使她满足。

在我的印象里，母亲的一生平平淡淡，做了一辈子家庭主妇。当然，这个印象不完全准确，在家务中老去的她也曾有过如花的少女时代。很久以前，我在一本家庭相册里看见过她早年的照片，秀发玉容，一派清纯。她出生在上海一个职员的家里，家境小康，住在钱家塘，即后来的陕西路一带，是旧上海一个比较富裕的街区。现在回想起来，那时母亲还年轻，喜欢对我们追忆钱家塘的日子，她当年与同街区的一些女友结为姐妹，姐妹中有一人日后成了电影明星，相册里有好几张这位周曼华小姐亲笔签名的明星照。看着照片上的这个漂亮女人，少年的我暗自激动，仿佛隐约感觉到了母亲从前的青春梦想。

曾几何时，那本家庭相册失落了，母亲也不再提起钱家塘的日子。在我眼里，母亲作为家庭主妇的定位习惯成自然，无可置疑。她也许是一个有些偏心的母亲，喜欢带我上街，买某一样小食品让我单独享用，叮嘱我不要告诉别的子女。可是，渐渐长大的儿子身上忽然发生了一种变化，不肯和她一同上街了，即使上街也偏要离她一小截距离，不让人看出母子关系。那大约是青春期的心理逆反现象，但当时却惹得她十分伤心，多次责备我看不起她。再往后，这些小插曲也在岁月里淡漠了，唯一不变的是一个围着锅台和孩子转的母亲形象。后来，我到北京上大学，然后去广西工作，然后考研究生重返北京，远离了上海的家，与母亲见面少了，在我脑中定格的始终是这个形象。

最近十年来，因为母亲时常来北京居住，我与她见面又多了。当然，已入耄耋之年的她早就无须围着锅台转了，她的孩子们也都有了一把年纪。望着她皱纹密布的面庞，有时候我会**心中一惊**，吃惊她一生的行状过于**简单**。她结婚前是有职业的，自从有了第一个孩子，便退职回家，把五个孩子拉扯大成了她一生的全部事业。我自己有了孩子，才明白把五个孩子拉扯大哪里是简单的事情。但是，我很少听见她谈论其中的辛苦，她一定以为这种辛苦是人生的天经地义，不值得称道也不需要抱怨。

作为由她拉扯大的儿子，我很想做一些令她欣慰的事，也算一种报答。她知道我写书，有点小名气，但从未对此表现出特别的兴趣。直到不久前，我有了一个健康可爱的女儿，当我女儿在她面前活泼地戏耍时，我才看见她笑得格外的欢。自那以后，她的心情一直很好。我知道，她不只是喜欢小生命，也是庆幸她的儿子终于获得了天伦之乐。在她看来，这比写书和出名重要得多。

母亲毕竟是母亲，她当然是对的。<u>在事关儿子幸福的问题上，母亲往往比儿子自己有更正确的认识。</u>倘若普天下的儿子们都记住母亲真正的心愿，不是用野心和荣华，而是用爱心和平凡的家庭乐趣报答母爱，世界和平就有了保障。

试题：

1. 全文回忆了母亲的哪几件事？从中可见她是一个怎样的人？

2. 第 3 段中的小插曲指什么事？这个矛盾怎么解决的？

3. 如何理解第 4 段中两处加粗的词？

4. 对于文中划横线的句子你如何理解？

5. 统观文题和全文，作者认为应用什么方式来报答母爱？（用原文回答）你会用什么方式来报答母爱呢？

参考答案：

1. ①看照片回忆钱家塘的日子；②小时候带"我"上街买东西吃；母亲是一个勤劳、纯朴、关爱儿子、少言寡语的人。

2. "小插曲"指长大的"我"不再愿意和母亲一同上街，怕人看出我俩的母子关系，而惹得母亲伤心多次责备"我"。随着岁月渐渐淡漠了，母亲仍然关心我的一切。

3. "心中一惊"指突然一下子看到母亲老了的样子，与原先定格在"我"脑子的形象相差太大，不免感到惊奇。"简单"指母亲一生为了她的孩子牺牲太多，一辈子都是"围着锅台和孩子转"，根本没有为自己而活。

4. "可怜天下父母心"，任何一个母亲，始终心中牵挂着自己的孩子是否幸福，她们总是替孩子想得更多想得更全，所以有了母亲的关心，做子女的都会感到幸福，因为她们更懂得子女需要的是什么幸福。

5. 用爱心和平凡的家庭乐趣；示例：在母亲生日或母亲节那天，为母亲做一道她最喜欢的菜、送一张贺卡或买一束鲜花。

（《中华活页文选（初三版）》2010年05期）

周国平评注：

1. 5道题对本文的主要内容做了比较完整而又简明的提示。

2. 第4题，谈对"在事关儿子幸福的问题上，母亲往往比儿子自己有更正确的认识"这句话的理解。从上下文看，这句话的意思是，母亲看自己孩子的幸福，往往能够超脱表面的功利，看得更加本质。参考答案不是不对，但没有突出这一点。

44

好梦何必成真

①好梦成真——这是现在流行的一句祝词，人们以此互相慷慨地表达友善之意。每当听见这话，我就不禁思忖：好梦都能成真，都非要成真吗？

②有两种不同的梦。

③第一种梦，它的内容是实际的，譬如说，梦想升官发财，梦想娶一个倾国倾城的美人或嫁一个富甲天下的款哥，梦想得诺贝尔奖金，等等。对于这些梦，弗洛伊德的定义是适用的：梦是未实现的愿望的替代。未实现不等于不可能实现，世上的确有人升了官发了财，娶了美人或嫁了富翁，得了诺贝尔奖金。这种梦的价值取决于能否变成现实，如果不能，我们就说它是不切实际的梦想。

④第二种梦，它的内容与实际无关，因而不能用能否变成现实来衡量它的价值。譬如说，陶渊明梦见桃花源，鲁迅梦见好的故事，但丁梦见天堂，或者作为普通人的我们梦见一片美丽的风景。这种梦不能实现也不需要实现，它的价值在其自身，做这样的梦本身就是享受，而记载了这类梦的《桃花源记》《好的故事》《神曲》本身便成了人类的精神财富。

⑤所谓好梦成真往往是针对第一种梦发出的祝愿，我承认有其合理性。一则古代故事描绘了一个贫穷的樵夫，说他白天辛苦打柴，夜晚大做其富贵梦，

奇异的是每晚的梦像连续剧一样向前推进，最后好像是当上了皇帝。这个樵夫因此过得十分快活，他的理由是：倘若把夜晚的梦当成现实，把白天的现实当成梦，他岂不就是天下最幸福的人。这种自欺的逻辑遭到了当时人的哄笑，我相信我们今天的人也多半会加入哄笑的行列。

⑥可是，说到第二种梦，情形就很不同了。我想把这种梦的范围和含义扩大一些，举凡组成一个人的心灵生活的东西，包括生命的感悟，艺术的体验，哲学的沉思，宗教的信仰，都可归入其中。这样的梦永远不会变成看得见摸得着的直接现实，在此意义上不可能成真。但也不必在此意义上成真，因为它们有着与第一种梦完全不同的实现方式，不妨说，它们的存在本身就已经构成了一种内在的现实，这样的好梦本身就已经是一种真。对真的理解应该宽泛一些，你不能说只有外在的荣华富贵是真实的，内在的智慧教养是虚假的。一个内心生活丰富的人，与一个内心生活贫乏的人，他们是在实实在在的意义上过着截然不同的生活。

⑦我把第一种梦称作物质的梦，把第二种梦称作精神的梦。不能说做第一种梦的人庸俗，但是，如果一个人只做物质的梦，从不做精神的梦，说他庸俗就不算冤枉。如果整个人类只梦见黄金而从不梦见天堂，则即使梦想成真，也只是生活在铺满金子的地狱里而已。

试题：

1. 作者在本文中表达的主要观点是什么？（答案不超过10个字）

2. 第⑤段中，作者引用古代樵夫的故事有什么作用？

3. 作者论述的"第二种梦"的含义是什么？

4. 结合全文，揣摩加横线词语，谈谈你对文章末句的理解。

参考答案：

1. 好梦不必成真（或：好梦不一定成真、好梦何必成真）

   评分标准：3分。其他用自己的话概括，准确简洁也可。字数超过，酌情扣分。

2. 为了论证第一种梦（物质的梦）的价值取决于能否变成现实，否则就成为不切实际的梦想，甚至遭人哄笑。

   评分标准：3分。意对即可。若答"为了论证好梦成真也有不切实际的"，也给满分。

3. 举凡组成一个人的心灵生活的东西（包括生命的感悟，艺术的体验，哲学的沉思，宗教的信仰，都可以归入其中）。

   评分标准：3分。若只答括号中的内容或"精神的梦"之类，得2分。

4. （黄金喻指富裕的物质生活，天堂喻指丰富的精神生活。）人类若是只追求物质的享受，放弃了对精神生活的追求，内心世界将变得荒芜贫乏，荣华富贵将成为心灵的囚牢。

   评分标准：4分。意对即可。

（浙江台州市 2009 中考语文试题）

周国平评注：

1. 第1题，此类让回答的主要观点即是文章题目的试题，还是不出为好。

2. 第2题，问引用古代樵夫的故事有什么作用，参考答案之二为"为了论证好梦成真也有不切实际的"，我看不懂这个答案，何况樵夫的好梦并没有成真。

15 车窗外

小时候喜欢乘车，尤其是火车，占据一个靠窗的位置，扒在窗户旁看窗外的风景。这爱好至今未变。

列车飞驰，窗外无物长驻，风景永远新鲜。

其实，窗外掠过什么风景，这并不重要。我喜欢的是那种流动的感觉。景物是流动的，思绪也是流动的，两者融为一片，仿佛置身于流畅的梦境。

当我望着窗外掠过的景物出神时，我的心灵的窗户也洞开了。许多似乎早已遗忘的往事，得而复失的感受，无暇顾及的思想，这时都不召自来，如同窗外的景物一样在心灵的窗户前掠过。于是我发现，平时我忙于种种所谓必要的工作，使得我的心灵的窗户有太多的时间是关闭着的，我的心灵的世界里还有太多的风景未被鉴赏。而此刻，这些平时遭到忽略的心灵景观在打开了的窗户前源源不断地闪现了。

所以，我从来不觉得长途旅行无聊，或者毋宁说，我有点喜欢这一种无聊。在长途车上，我不感到必须有一个伴让我闲聊，或者必须有一种娱乐让我消遣。我甚至舍不得把时间花在读一本好书上，因为书什么时候都能读，白日梦却不是想做就能做的。

就因为贪图车窗前的这一份享受，凡出门旅行，我宁愿坐火车，不愿乘飞机。飞机太快地把我送到了目的地，使我来不及寂寞，因而来不及触发那种出神遐想的心境，我会因此感到像是未曾旅行一样。航行江海，我也宁愿搭乘普通轮船，久久站在甲板上，看波涛万古流涌，而不喜欢坐封闭型的豪华快艇。有一回，从上海到南通，我不幸误乘这种快艇，当别人心满意足地靠在舒适的软椅上看彩色录像时，我痛苦地盯着舱壁上那一个个窄小的密封窗口，真觉得自己仿佛遭到了囚禁。

我明白，这些仅是我的个人癖性，或许还是过了时的癖性。现代人出门旅行讲究效率和舒适，最好能快速到把旅程缩减为零，舒适到如同住在自己家里。令我不解的是，既然如此，又何必出门旅行呢？如果把人生譬作长途旅行，那么，现代人搭乘的这趟列车就好像是由工作车厢和娱乐车厢组成的，而他们的惯常生活方式就是在工作车厢里拼命干活和挣钱，然后又在娱乐车厢里拼命享受和把钱花掉，如此交替往复，再没有工夫和心思看一眼车窗外的风景了。

光阴蹉跎，世界喧嚣，我自己要警惕，在人生旅途上保持一份童趣和闲心是不容易的。如果哪一天我只是埋头于人生中的种种事务，不再有兴致扒在车窗旁看沿途的风光，倾听内心的音乐，那时候我就真正老了俗了，那样便辜负了人生这一趟美好的旅行。

试题：

1. 读了这篇散文，请你说说作者出门旅行喜欢乘车的原因是什么。

2. 结合语境，解释下面句子中加线的词语在文中的含义。(1)飞机太快地把我送到了目的地，使我来不及寂寞。(2)我明白，这些仅是我的个人癖性，或许还是过了时的癖性。

3. 仔细阅读第四、第六自然段，结合具体语境，理解文中语句的意思。

（1）第四段中，"这些平时遭到忽略的心灵景观"指的是什么？

答：

（2）第六自然中"我"为什么"真觉得自己仿佛遭到了囚禁"？

答：

4. 综观全文，作者想通过这篇文章告诉我们的道理最恰当的一项是（　）

A. 出门旅行，尽量选择乘车，靠窗而坐，可以看到窗外流动的景物。

B. 旅行乘车，看窗外风景同时，要打开心灵的窗户。

C. 人生犹如长途旅行的火车，除了有工作车厢和娱乐车厢外，还有窗外的风景。

D. 不要在忙碌的生活和工作中丢失良好的兴趣和心情，要保持一份童趣和闲心，不辜负人生这一趟美好的旅行。

5. 罗丹说："生活中不是缺少美，而是缺少发现。"结合本文内容，说说你的感悟。

参考答案：

1. （2分）在欣赏沿途风景的过程中还可以思绪飞扬，遐想联翩。
   （包含这两层意思即可）

2. （2分）（1）感受独处，冷清，安神静心（2）为了贪图车窗前的享受，出门旅行选择乘车，是自己特别的爱好和习性。
   （或"个人独特的爱好和习性"）

3. （4分）（1）许多似乎早已遗忘的往事，得而复失的感觉，无暇顾及的思想（2）因为快艇的窗口窄小而且封闭，使我无法看到窗外的风景，思绪也难以飞扬。

4. D（2分）

5. （2分）示例：平时善于留心观赏身边的景物和人事，放飞自己的思想和心境，好好地享受这些美好的生活景致。

（山东省济宁市三维斋 2009 年 第一次中考语文模拟试题）

周国平评注：

   1. 题目都还出得不错，既不是直接抄文中的句子就可以回答的，都需要想一想，又不是钻牛角尖，设陷阱，故意为难学生。即使第4题，我一般是反对这种题型的，但这份试卷处理得比较好，所拟四个选项在道理上由浅入深，由表及里，也起了引导思考的作用。

   2. 第5题，引罗丹的名言，结合本文谈感悟，更是好题。"生活中不是缺少美，而是缺少发现。"罗丹此言有点睛作用，足以把本文的思想与学生的感悟贯通起来。

读书小语 46

世上可做可不做的事是做不完的，永远要专做那些最值得做的事。

读书也是如此。正确的做法是：在所有的书中，从最好的书开始读起。一直去读那些最好的书，最后当然就没有时间去读较差的书了。不过这就对了。

书籍少的时候，我们往往从一本书中读到许多东西。如今书籍愈来愈多，而我们从书中读到的东西却愈来愈少。我们对书中有的东西尚且挂一漏万，更无暇读出书中没有的东西了。

开卷有益，但也可能无益，甚至有害，就看它是激发还是压抑了自己的创造力。

我衡量一本书价值的标准是：读了它之后，我自己是否也遏制不住地想写点什么。

自我是一个凝聚点。不应该把自我溶解在大师们的作品中，而应该把大师们的作品吸收到自我中来。对于自我来说，一切都只是养料。

有两种人不可读太多的书：天才和白痴。天才读太多的书，就会占去创造的工夫，甚至窒息创造的活力，这是无可弥补的损失。白痴读书愈多愈糊涂，愈发不可救药。

倒是对于处在两极之间的普通人，知识较为有用，可以弥补天赋的不足，可以发展实际的才能。所谓"貂不足，狗尾续"。

读书犹如采金。有的人是沙里淘金，读破万卷，小康而已。有的人是点石成金，随手翻翻，便成巨富。

试题：

1. 从全文看，作者对"读书"持怎样的态度？

2. 怎样理解第四段中"激发"和"压抑"所包含的意思？

3. 第五段中作者提出了衡量一本书价值的标准，根据自己的读书体会，你认为应该怎样衡量一本书的价值标准？

4. 作者认为："天才读太多的书，就会占去创造的工夫，甚至窒息创造的活力，这是无可弥补的损失。"你对这一观点赞同吗？谈谈你的认识。

参考答案：

1. 作者认为读书要读最好的书。

2. 读有益的书，能从书中吸收有益的营养，弥补天赋的不足，发展实际的才能，激发出自己的创造力。读有害的书，可能失去自我，抑制甚至窒息了自己的创造力。

3. 是否给人以知识、给人以精神的享受和愉悦是衡量一本书的价值标准。

4. 赞成：因为天才读太多的书，就会花费过多的时间，思维也会被书中的东西所左右，影响创造力的发挥。

   不赞成：因为即使是天才，如果不从书中吸取营养，没有大量的知识贮备，创造力也不会被激发出来，将不成其为天才了。

（丹徒区 2008～2009 学年第二学期 八年级语文期中调研测试试卷）

周国平评注：

1. 第 1 题：从全文看，作者对"读书"持怎样的态度？参考答案：作者认为读书要读最好的书。这个答案显然是很不完整的。本文是随感的辑录，由 7 则随感组成，在原作中用空行隔开，试卷未空行，因此不易看清。但有一点是可以看清的，即除了开头的一则，其余谈的都不是要读怎样的书，而是怎样读书，强调读书是要自我生长。可见参考答案不是一般的不完整，而是严重的不完整。

2. 第 2 题：怎样理解第四段中"激发"和"压抑"所包含的意思？参考答案：读有益的书，能从书中吸收有益的营养，弥补天赋的不足，发展实际的才能，激发出自己的创造力；读有害的书，可能失去自我，抑制甚至窒息了自己的创造力。第四段原文是："开卷有益，但也可能无益，甚至有害，就看它是激发还是压抑了自己的创造力。"谈的仍是怎样读书的问题，完全不涉及读有益的书还是有害的书，正因为出题人把全文主题归结为要读最好的书，自己就误判了。

3. 第3题，原文为："我衡量一本书价值的标准是：读了它之后，我自己是否也遏制不住地想写点什么。"意思仍是强调自我生长。试题让学生谈自己的衡量标准，很好，但前提应该是要理解原文的意思，我估计出题人自己并未理解，给出的答案就落入了一般化的套路。

4. 第4题，原文："天才读太多的书，就会占去创造的工夫，甚至窒息创造的活力，这是无可弥补的损失。"此言容易引起争议，让学生谈对这一观点是否赞同及其理由，非常好的题目。但我仍有上面提到的担忧，即出题人对原文内涵的片面理解会误导学生。总之，在全部试题中，原文强调读书为了自我生长的主要思想始终处在被忽视和被遮蔽之中。

心平气和看于丹现象 47

在最近图书市场上，于丹是最耀眼的明星。一个默默无闻的大学教师，迅速成为中国最畅销书的作者，其作品销售达数百万册，这个现象自然引起了人们的强烈关注和广泛争议。批评的声音相当尖锐，斥为学者的堕落，斥为国学的庸俗化，不一而足。我本人认为，不必这样痛心疾首，不妨把心态放平一些。

众所周知，无论是易中天的《品三国》，还是于丹的《心得》，其热销是靠了央视强势媒体之力。倘若不是先有了"百家讲坛"的高收视率和两人在节目中的走红，就不会有后来的事情。

娱乐化是电视节目的基本属性，讲文化也不例外，"百家讲坛"是一个学者、准学者讲文化的节目，但只要有所节制，不严重歪曲所讲文化，我们就不必多加指摘。有些论者担心，于、易的走红会使学界人心浮动，导致学界的堕落。但学界真正的核心力量，是那些热爱智性生活的真学者，他们的定力不是这小小的诱惑动摇得了的。于、易的确是中了大彩，但是，公众的热度从来不会持久，媒体必定要不断变换其发行彩票的花样，电视讲本的热销注定也是短暂的。

于丹大受普通观众欢迎并非偶然。她的专业是传播学，她深谙传播的诀窍，她的种种心得首先是建立在传播学心得的基础上的。传播学中有一种为大众喜闻乐见的共同模式，即简单的小哲理配上感人的或有趣的小故事，而于丹运用起这种模式来真个得心应手。当今社会急功近利，人们在充满压力和诱惑的外部世界中拼搏，内心却焦虑而空虚。而于丹的励志讲座就是教人们淡薄外在功利，回归内心世界，寻求心灵的快乐和安宁。无论讲《论语》还是《庄子》，她都围绕着这个中心论点，落脚于这个中心论点。她十分了解外部生存给人们造成的心理压力，能够有的放矢，于丹的讲座正达到了缓解压力和疏导心理的效果。

大众对于丹的批评集中在她的解读方式上，指责其过于通俗、牵强甚至颇多硬伤，因而会导致国学传播的庸俗化。其实，于丹的讲座与传播国学无关。她讲的不是国学，而是心得；并且不是她对国学的心得，而是她对人生的心得，《论语》《庄子》中的句子只是她讲述心得时使用的资料。那么，于丹的讲述会不会使受众对《论语》《庄子》本身产生误解呢？如果这些热心受众自己不读原著，当然会的，他们会以为《论语》《庄子》就是这样。凡是只凭道听途说去了解大师思想的人，误解是必然的。不过，只要他们从于丹那里接受的影响是积极的，产生这一点误解没有什么关系，对他们无害，更害不到他们并无兴趣的国学头上。

在当今这个重功利、轻精神的社会，我们需要提醒心灵生活的有效声音，而从反应的热烈看，于丹的提醒似乎十分有效。只是，她过于把心灵生活归结为心灵的快乐了。"《论语》真正的道理，就是告诉大家怎样才能过上我们心灵所需要的那种快乐的生活"，这个断语下得太轻率。遗憾的是，它贯穿于对《论语》《庄子》的全部讲解，谆谆教导人们，对于任何会使心灵不快乐的事情都要看淡和顺应，这就可能把受众引向一心一意做顺民的平庸之路。

事实上，无论《论语》《庄子》，还是柏拉图、《圣经》、佛经，核心的东西都是世界观，而每一种世界观都有着特殊而深刻的内涵。快乐只是心灵状态，不是世界观，至多是世界观所达致的某一种心灵状态。凡深刻的世界观，所达致的心灵状态决不仅是快乐，必定还有博大的悲悯；对于社会现实的关系也决不仅是超脱，必定还有坚定的批判。舍弃掉世界观，把心灵的快乐当作目的本身来追求，就真会把所解读的任何一种伟大哲学稀释为心灵鸡汤了。

试题：

1. 根据文意，下列说法正确的两项是（　　）（4分）

A. 正是因为先有了"百家讲坛"的高收视率与易、于二人在节目中的走红，才有了《品三国》与《心得》的热销。

B. 在当今重功利、轻精神的社会中，人们需要提醒心灵的有效声音，从受众的热烈反应看，于丹的提醒显然是十分有效的。

C. 作者对于丹现象持一种肯定的态度，认为受众从于丹那里接受的影响是积极的，对受众与国学都无害。

D. 无论《论语》《庄子》，还是柏拉图、《圣经》、佛经，内里都有一种深刻的世界观，从中折射出的不是快乐与对社会现实关系的超脱，而是博大的悲悯和坚定的批判。

E. 于丹对《论语》《庄子》的解读欠缺深刻性，其心得对大众而言只是一味心灵鸡汤而已。

2. 下面不属于于丹成功的因素的一项是（　　）（3分）

A. 于丹深谙传播的诀窍，她阐释《论语》《庄子》的模式为大众喜闻乐见。

B. 当今社会人们生存压力大，于丹的讲座正适合了人们缓解压力、疏导心理的需求。

C. 于丹十分了解当前人们的生存现状，她的讲座有励志的作用。

D. 于丹把心灵生活归结为心灵的快乐，教导人们对于任何使心灵不快乐的事情都要看淡和顺应。

3. 有人批评于丹现象是学者的堕落、国学的庸俗化，为什么周国平却认为不必这样痛心疾首？（5分）

4. 请结合文本内容做简要分析：我们应该怎样继承前人留给我们的丰富文化遗产？（4分）

参考答案：

1. (4分)AE【B项，原文是说"于丹的提醒似乎十分有效"，选项说法绝对化了。C项"持一种肯定的态度"错，周国平对于丹现象是持一种辩证的态度。D项原文的表述是"决不仅是……"，并非否定其快乐与对社会现实关系的超脱。】

2. (3分)D（这是于丹对《论语》的解读，周国平认为这正是她的不足之处，不是其成功的因素）

3. 这是因为周国平认为（1）娱乐化是电视节目的基本属性，讲文化的节目只要有所节制，不严重歪曲所讲文化，就不必多加指摘。（2）学界真正的核心力量是热爱智性生活的真学者，他们不会为外界的诱惑动摇。（3）于丹的讲座与传播国学无关，她讲的不是国学，于丹的讲解不会妨害到国学。（4）于丹的热心受众对国学并无真正的兴趣，产生的一点误解同样无害国学。【答对一点得2分，答对两点得4分，答对三点得5分，共5分。意思对即可】

4. 理解当中深刻的世界观，不能把解读的伟大哲学稀释为心灵鸡汤。【要求结合文本内容分析概括，脱离文本分析不得分。每答对一点得2分，共4分。意思对即可。】

（广东省江门市 2008 ～ 2009 学年度 高三调研考试）

周国平评注：

　　1. 前二题都是判断选项的对错。一般来说，我不主张这种题型，但发现这份试卷所拟选项有一定深度，有助于学生完整把握我对于丹现象所持的态度，如同第1题参考答案所提

示的，是一种辩证的态度。

2. 第 3 题很好，而参考答案也简明扼要地归纳了本文所主张看于丹现象应该"心平气和"的理由。

3. 第 4 题"应该怎样继承前人留给我们的丰富文化遗产"也是好题，但可以鼓励学生立足于文本内容，又不受限于文本内容，着重谈自己的见解。这道题共 4 分，我会这样分配：对文本内容的理解 2 分，自己的见解 2 分。"脱离文本分析不得分"这个规定，我就把它取消了。

有所敬畏

48

在这个世界上，有的人信神，有的人不信，由此而区分为有神论者和无神论者、宗教徒和俗人。不过，这个区分并非很重要。还有一个比这重要得多的区分，便是有的人相信神圣，有的人不相信，人由此而分出了高尚和卑鄙。

一个人可以不信神，但不可以不相信神圣。是否相信上帝、佛、真主或别的什么主宰宇宙的神秘力量，往往取决于个人所隶属的民族传统、文化背景和个人的特殊经历，甚至取决于个人的某种神秘体验，这是勉强不得的。一个没有这些宗教信仰的人，仍然 [甲] 是一个善良的人。然而，倘若不相信人世间有任何神圣价值，百无禁忌，为所欲为，这样的人 [乙] 就与禽兽无异了。

相信神圣的人有所敬畏。在他的心目中，总有一些东西属于做人的根本，是亵渎不得的。他并不是害怕受到惩罚，而是不肯丧失基本的人格。不论他对人生怎样充满着欲求，他始终明白，一旦人格扫地，他在自己面前竟也失去了做人的自信和尊严，那么，一切欲求的满足都不能挽救他的人生的彻底失败。

相反，那种不知敬畏的人是从不在人格上反省自己的。如果说"知耻近乎勇"，那么，这种人因为不知耻便显出一种卑怯的放肆。只要不受惩罚，他敢于践踏任何美好的东西，包括□□、□□、□□，而且内心没有丝毫不安。这样的人尽管有再多的艳遇，也没有能力真正爱一回；结交再多的哥们，也体味不了友谊的纯正；获取再多的名声，也不知什么是光荣。不相信神圣的人，必被世上一切神圣的事物所抛弃。

试题：

1. 第二段中脱漏了"可能"一词，这个词应放甲处，还是乙处。请说明理由。（2分）

2. 第四段空格处应填入的词语是（　）（2分）
   A. 友谊、名誉、爱情　　　B. 爱情、友情、荣誉
   C. 友情、爱情、荣誉　　　D. 名誉、情爱、友谊

3. 第三与第四段中加线的"敬畏""卑怯"中的"畏"与"怯"都有"害怕"的意思，请联系上下文，说说"有所敬畏"者"怕"什么，"不知敬畏"者又"怕"什么？（2分）

4. 如果要给第三段补一个事例论据，下列事例中最恰当的是哪一个？为什么？（2分）
   例一：吴士宏刚到IBM公司时，是打杂儿的。但抓住机会她就拼命学，这样，吴士宏当上了"白领"，也渐渐实现了她人生道路上的再一次成熟，直至IBM公司华南分公司经理。1998年，吴士宏出任"微软"驻中国公司总经理。
   例二：北京师范大学有个研究农村经济的研究生，在上期刊

阅览室的时候，袖子里总藏着一把剃须刀，只要看到杂志上有有关乡镇企业经济文章的内容，他就拿出剃须刀将资料都割走，就在他研究的课题材料基本收齐的时候，他却被抓获了，学校做出了令其退学的决定。

例三：1997 年，北京市商业局组织了 2 万把应急雨伞在各大商场为市民提供方便。后来统计，2 万把应急雨伞从初夏开始投放，到秋天统计时还剩 3 千余把了，总回收率为 17%。

例四：东汉时，河南南阳郡守羊续，他初到南阳上任时，南阳送礼风很盛，郡丞带头给他送了条大鱼，羊续坚决不要，郡丞执意要留下。于是，羊续就把这条鱼用麻绳穿着挂到房檐下，送礼的歪风很快制止了，人们便称赞羊续为"悬鱼太守"。

5. 请以"其实，畏与不畏是辩证的，有所敬畏者同时又可能是真正的无私无畏者"一句为段首中心句，给本文续写一段话来结束全篇。（3 分）

参考答案：

1. 甲处。没有这些宗教信仰的人，可能是善良的，也可能是不善良的；而不相信人世间有任何神圣价值，百无禁忌，为所欲为的人必然与禽兽无异。

2. B

3. "有所敬畏"者怕的是"丧失基本的人格""失去做人的自信和尊严"，"不知敬畏"者怕的是受到惩罚。

4. 例四。第3段正面论述，应当用正面例。羊续坚决不收礼所敬畏的是法，是人格尊严。

5. 供参考：其实，畏与不畏是辩证的，有所敬畏者同时又可能是真正的无私无畏者。他们为了维护正义，维护做人的自信和尊严，在邪恶面前大义凛然，在生死攸关的时刻舍生忘死。他们之无所畏惧，不正是因为他们"有所敬畏"吗？

（2006年 中考语文模拟试卷［四］新课标通用）

周国平评注：

1. 第3题是好题。"畏"与"怯"是近义词，而分别出现在"敬畏"和"卑怯"二词中，就几乎成为了反义词。此题有助于培养学生对文字的敏锐感觉。

2. 第5题也很好，可以拓宽对本文内涵的理解。

49 朋友与寂寞

朋友实在是一个笼统的词。一般人所说的朋友，多指熟悉到了一定程度的熟人，遇到需要帮忙的事情，彼此间是求得上的。关于这类朋友，前贤常予苛评。克雷洛夫说："当你遇到困难时，把朋友们找来，你会得到各种好的忠告。可是，只要你一开口提到实际的援助，你最好的朋友也装聋作哑了。"马克·吐温说："神圣的友谊如此甜蜜、忠贞、稳固而长久，以致能伴随人的整个一生——如果不要求借钱的话。"亚里士多德说得更干脆："啊，我的朋友，世上并不存在朋友。"我不愿意把人心想象得这么坏，事实上也没有这么坏，我相信只要我的请求是对方力所能及的，我的大多数熟人一定会酌情相助。只是我这个人比较知趣，非到万不得已之时决不愿求人，而真正万不得已的情形是很少的。为了图清静，我也不喜欢把精力耗费在礼尚往来的应酬上。所以，我和一般人的交往常常难以达到所需要的熟悉程度，够不上在这个意义上称作朋友。

与泛泛之交式的友谊相反，另一些人给朋友订的标准极高，如同蒙田所描述的，必须是两个人的心灵完全相融，融合得天衣无缝，犹如两个躯体共有一颗灵魂，因而彼此对于对方都是独一无二的，其间的友谊是不容第三者分享的。据蒙田自己说，他和拉博埃西的友谊便是如此。我不怀疑天地间有这样可歌可泣的友谊，不过，就像可歌可泣的爱情一样，第一，它有赖于罕见的机遇，第二，它多半发生在青年时期。蒙田和拉博埃西就是在青年时期相识的，而且仅仅五年，后者便去世了。一般来说，这种恋情式的友谊往往带有年轻人的理想主义色彩，难以持续终身。当然，并非绝无可能，那便是鲁迅所谓"人生得一知己足矣"的境界了。不过，依我之见，既然忠贞不渝的爱情也只能侥幸得之，忠贞不渝的友谊之难觅就不算什么了不得的缺憾了。总之，至少现在我并不拥有这种独一无二的密友。

现在该说到我对朋友的理解了。我心目中的朋友，既非泛泛之交的熟人，也不必是心心相印的恋人，程度当在两者之间。<u>在这个世界上有一些这样的人</u>，不见面时会互相惦记，见了面能感觉到一种默契，在一起度过一段愉快的时光，他们便是我心目中的朋友了。有时候，这样的朋友会像滚雪球一样聚合，形成一个所谓的圈子。圈子容易给人以错觉，误以为圈中人都是朋友。我也有过一个格调似乎很高的圈子，当时颇陶醉于一次次高朋满座的畅谈，并且以为这样的日子会永远延续下去。未曾料到，由于生活的变故，这个圈子对于我已不复存在。鲍斯威尔笔下的约翰生说："一个人随着年龄增长，如不结交新朋友，他就会发现只剩下了孤身一人。人应当不断修补自己的友谊。"我以前读到这话很不以为然，现在才悟出其中的辛酸。不过，交朋友贵在自然，用不着刻意追求。在寂寞的周末，我心怀感激地想起不多的几位依然互相惦记的老朋友和新朋友，于是平静地享受了我的寂寞。

试题：

1. 文中"前贤常予苛评"一句中"前贤"指哪些人？他们对"一般人所说的朋友"是如何评价的？

2.　选文中作者将朋友分为几类？作者更倾向于哪一类？

3.　在作者的心目中，"心心相印"式朋友的形成有赖于哪些条
　　件？作者又是如何看待的？

4.　文中划线句中的"这样"指什么？（请用文中的语句回答）

5.　在交朋友方面，作者有自己的认识，它是什么？

6.　以前你对朋友是怎样认识的？读了本文，你有哪些感触？

参考答案：

解析：

1. 指克雷洛夫、马克·吐温、亚里士多德等。他们认为泛泛之交式的朋友不可信，至少不能共患难；我认为这类人没有那么坏，只是看你的要求是否超出他们的承受力。

2. 三类：泛泛之交式朋友、心心相印的恋人式朋友、程度介于泛泛之交和心心相印之间的朋友。倾向于第三类朋友。

3. 条件：①有赖于罕见的机遇②大多发生在青年时期。一般来说，这种恋情式的友谊往往带有年轻人的理想主义色彩，难以持续长久。

4. 指"不见面时会互相惦记，见了面能感觉到一种默契，在一起度过一段愉快的时光"。

5. 人的一生要在不忘老朋友的基础上不断结交新朋友，这样才能在任何时候都不感到孤独，同时，交朋友贵在自然，不能刻意追求。

6. 此题要求结合各自的经历来回答。

（东营市 2006 年 初中语文中考模拟试题［一］）

周国平评注：

1. 本文原题为《朋友》，试卷改为《朋友与寂寞》，似不太确切，因为全文并非论述朋友与寂寞的关系，寂寞也不是与朋友并列的另一个主题。

2. 第1题：文中"前贤常予苛评"一句中"前贤"指哪

些人? 参考答案说是指克雷洛夫、马克·吐温、亚里士多德等。不准确,原文中"前贤"是泛指,而克雷洛夫、马克·吐温、亚里士多德只是例举。

3. 第5题: 在交朋友方面,作者有自己的认识,它是什么?

答案: 人的一生要在不忘老朋友的基础上不断结交新朋友,这样才能在任何时候都不感到孤独,同时,交朋友贵在自然,不能刻意追求。前一半不准确,原文引约翰生的话是为了表达因朋友离散而感到的辛酸,不能把此话当作作者自己的认识。其实,作者对交朋友的认识是在第3段开头部分集中表达的,也就是第4题所问的问题。

4. 第6题是好题,很好奇同学们有些怎样的回答。

50

独处的充实

怎么判断一个人究竟有没有他的"自我"呢？我可以提出一个检验的方法，就是看他能不能独处。当你一个人待着时，你是感到百无聊赖，难以忍受呢，还是感到一种宁静、充实和满足？

对于有"自我"的人来说，独处是人生中的美好时刻和美好体验，虽有些寂寞，寂寞中却又有一种充实。独处是灵魂生长的必要空间。在独处时，我们从别人和事务中抽身出来，回到了自己。这时候，我们独自面对自己和上帝，开始了与自己的心灵以及与宇宙中的神秘力量的对话。一切严格意义上的灵魂生活都是在独处时展开的。和别人一起谈古说今，引经据典，那是闲聊和讨论；唯有自己沉浸于古往今来的大师们的杰作之中时，才会有真正的心灵感悟。和别人一起游山玩水，那只是旅游；唯有自己独自面对苍茫的群山和大海之时，才会真正感受到与大自然的沟通。对于独处的爱好与一个人的性格完全无关，爱好独处的人同样可能是一个性格活泼、喜欢朋友的人，只是无论他怎么乐于与别人交往，独处始终是他生活中的必需。在他看来，缺乏交往的生活当然是一种缺陷，缺乏独处的生活简直就是一种灾难。

当然，人是一种社会性的动物，他需要与他的同类交往，需要爱和被爱，否则就无法生存。世上没有一个人能够忍受绝对的孤独。但是，绝对不能忍受孤独的人却是一个灵魂空虚的人。世上正有这样的一些人，他们最怕的就是独处，让他们和自己待一会儿，对于他们简直是一种酷刑。只要闲下来，他们就必须找个地方去消遣，什么卡拉 OK 厅、录像厅、电子娱乐厅，或者就找人聊天。自个儿待在家里，他们必定会打开电视机，没完没了地看那些粗制滥造的节目。他们的日子表面上过得十分热闹，实际上他们的内心极其空虚，他们所做的一切都是为了想方设法避免面对面看见自己。对此我只能有一个解释，就是连他们自己也感觉到了自己的贫乏，和这样贫乏的自己待在一起是顶没有意思的，再无聊的消遣也比这有趣得多。这样做的结果是他们变得越来越贫乏，越来越没有了自己，形成了一个恶性循环。

独处的确是一种检验，用它可以测出一个人灵魂的深度，测出一个人对自己的真正感觉，他是否厌烦自己。对于每一个人来说，不厌烦自己是一个起码要求。一个连自己也不爱的人，我敢断定他对于别人也是不会有多少价值的，他不可能有高质量的社会交往。他跑到别人那里去，对于别人只是一种打扰、一种侵犯。一切交往的质量都取决于交往者本身的质量。唯有在两个灵魂充实丰富的人之间，才可能有真正动人的爱情和友谊。我敢担保历史上和现实生活中找不出一个例子，能够驳倒我的这个论断，证明某一个浅薄之辈竟也会有此种美好的经历。

试题：

1."独处的充实"体现在那些方面？请联系全文，分析列述。(6分)

2. 理解"缺乏交往的生活当然是一种缺陷，缺乏独处的生活简直就是一种灾难"这句话的含义。(6分)

3. 用简要的语言概括"恶性循环"的过程。(不超过 25 个字)
   (4分)

4. "一切交往的质量都取决于交往者本身的质量"一句与文章的中心主旨有何联系？在文中有何作用？(6分)

参考答案：

1. ①独处是灵魂生长的必要空间；②独处是与自己的心灵以及与宇宙中神秘力量的对话；③独处才会有真正的心灵感悟；④独处才会真正感受到与大自然的沟通。

228

2. 人是一种社会性的动物，需要爱和被爱，否则就无法生存，所以说"缺乏交往的生活是一种'缺陷"。但绝对不能忍受孤独的人是一个灵魂空虚的人，所以说"缺乏独处的生活简直就是一种灾难"。

3. 害怕独处——四处消遣——内心空虚——失去自我——更怕独处。

4. 一问：有了独处的充实，才会有"交往者本身的质量"；所以说它是与文章的中心主旨紧密联系的。二问：总结上文，提升主旨。

（湖北省 2005～2006 学年度 九校期中联考试卷［语文］）

周国平评注：

1. 第 2 题，问题不错。最好让学生谈自己的理解，而不是用文中的字句回答。参考答案用文中的字句回答，其实并不准确。在原文中，这句话前面有"在他看来"即在一个爱好独处的人看来的限定，事实上也是如此，只有你爱好独处，才会认为"缺乏独处的生活简直就是一种灾难"。

2. 第 4 题，前一半是好问题，答案也准确：有了独处的充实，才会有"交往者本身的质量"。原文从独处谈到交往，而这个问题把交往这个引伸的话题与独处这个主题打通了。试题的后一半，我觉得可以去掉，因为很难回答，参考答案所说未必准确，至少我看不出这句话有"总结上文"的作用。

51 心灵的空间

我读到泰戈尔的一段意思相似的话，不过他表达得更好。我把他的话归纳和改写如下：

未被占据的空间和未被占据的时间具有最高的价值。一个富翁的富并不表现在他的堆满货物的仓库和一本万利的经营上，而是表现在他能够买下广大空间来布置庭院和花园，能够给自己留下大量时间来休闲。同样，心灵中拥有开阔的空间也是最重要的，如此才会有思想的自由。

接着，泰戈尔举例说，穷人和悲惨的人的心灵空间完全被日常生活的忧虑和身体的痛苦占据了，所以不可能有思想的自由 1。我想补充指出的是，除此之外，还有另一类例证，就是忙人。

凡心灵空间的被占据，往往是出于逼迫。如果说穷人和悲惨的人是受了贫穷和苦难的逼迫，那么，忙人则是受了名利和责任的逼迫。名利也是一种贫穷，欲壑难填的痛苦同样具有匮乏的特征，而名利场上的角逐同样充满生存斗争式的焦虑。至于说到责任，可分三种情形：一是出自内心的需要，另当别论；二是为了名利而承担的，可以归结为名利；三是既非内心自觉，又非贪图名利，完全是职务或客观情势所强加的，那就与苦难相差无几了。所以，一个忙人很可能是一个心灵上的穷人和悲惨的人。

这里我还要说一说那种出自内在责任的忙碌，因为我常常认为我的忙碌属于这一种。一个人真正喜欢一种事业，他的身心完全被这种事业占据了，能不能说他也没有了心灵的自由空间呢？这首先要看在从事这种事业的时候，他是否真正感觉到了创造的快乐。譬如说写作，写作诚然是一种艰苦的劳动，但必定伴随着创造的快乐，如果没有，就有理由怀疑它是否蜕变成了一种强迫性的事务，乃至一种功利性的劳作。当一个人以写作为职业的时候，这样的蜕变是很容易发生的。心灵的自由空间是一个快乐的领域，其中包括创造的快乐，阅读的快乐，欣赏大自然和艺术的快乐，情感体验的快乐，无所事事地闲适和遐想的快乐，等等。所有这些快乐都不是孤立的，而是共生互通的 2。所以，如果一个人永远只是埋头于写作，不再有工夫和心思享受别的快乐，他的创造的快乐和心灵的自由也是大可怀疑的。

我的这番思考是对我自己的一个警告，同时也是对所有自愿的忙人的一个提醒。我想说的是，无论你多么热爱自己的事业，也无论你的事业是什么，你都要为自己保留一个开阔的心灵空间，一种内在的从容和悠闲。唯有在这个心灵空间中，你才能把你的事业作为你的生命果实来品尝。如果没有这个空间，你永远忙碌，你的心灵永远被与事业相关的各种事务所充塞，那么，不管你在事业上取得了怎样的外在成功，你都只是损耗了你的生命而没有品尝到它的果实。

试题：

1. 划线 1 处的观点，你同意还是不同意？请说出你的观点及理由。

2. 请举一个实例说明划线 2 处所说的快乐是如何共生互通的。

3. 根据本文的内容，分要点简洁归纳"心灵的空间"的具体内涵。

4. 下列对原文的理解，准确的两项是（　　）

A. 泰戈尔认为，一个富翁的富表现在他有钱买庭院和花园，有机会去享乐。

B. 作者认为，名利也是一种贫穷，原因是名利会使人不快乐。

C. "一个忙人很可能是一个心灵上的穷人和悲惨的人"，是说忙人在心灵上麻木不仁，一无所有。

D. 文章认同这样的观点：心灵的自由空间并不排斥全心投入一种事业。

E. "你都只是损耗了你的生命而没有品尝到它的果实"，是说为事业而白白送了命。

参考答案：

1. 同意与不同意均可，只要言之有理，自圆其说。

2. 必须举出一个生活实例，清楚地说明"创造的快乐，阅读的快乐，欣赏大自然和艺术的快乐，情感体验的快乐，无所事事地闲适和遐想的快乐，等等"是如何共生互通的。要答出内在联系，扣住"共生互通"。

3. 三个要点，缺一个扣 1 分

   A. 行动从容（或有休闲时间，有自我活动空间，有职业之外的活动）。

   B. 思想自由。

   C. 情感愉悦。

4. BD

（北师大二附中 2002～2003 年上学期 高二语文期中试题）

周国平评注：

1. 第 1 题，泰戈尔的观点：穷人和悲惨的人的心灵空间完全被日常生活的忧虑和身体的痛苦占据了，所以不可能有思想的自由。让学生谈是否同意这个观点并说出理由，只要言之有理、自圆其说即可。我喜欢这样的试题，鼓励独立思考。上述观点也的确是可以质疑的，或者应该追问其成立的界限。

2. 第 2 题也是好题，旨在调动学生自身的精神快乐的体验。抓住"共生互通"这个关键词，让学生仔细体会不同精神快乐的内在联系，深得吾心。这样的问题是不可能有标准答案的，而从学生的回答可以管窥全豹，看出精神世界的丰富度和深

刻度。

3. 第 3 题，是对本文主题的理解，参考答案归纳出三个要点，实际上即是意（行）、知（思）、情三个方面，我看了也是赞同的。不过，我必须承认，如果不看答案，我未必会这样来归纳。我的意思是说，在原文中这三个要点并不清晰，所以应该允许学生有不同的归纳。

4. 总之，我对这份试卷十分满意。

52 孔子的洒脱

我喜欢读闲书，即使是正经书，也不妨当闲书读。譬如说《论语》，林语堂把它当作孔子的闲谈读，读出了许多幽默，这种读法就很对我的胃口。近来我也闲翻这部圣人之言，发现孔子乃是一个相当洒脱的人。

在我的印象中，儒家文化一重事功，二重人伦，是一种很入世的文化。然而，作为儒家始祖的孔子，其实对于功利的态度颇为淡泊，对于伦理的态度又颇为灵活。这两个方面，可以用两句话来代表，便是"君子不器"和"君子不仁"。

孔子是一个读书人。一般读书人寒窗苦读，心中都悬着一个目标，就是有朝一日成器，即成为某方面的专门家，好在社会上混一个稳定的职业。说一个人不成器，就等于是说他没出息，这是很忌讳的。孔子却坦然说，一个真正的人本来就是不成器的。也确实有人讥他博学而无所专长，他听了自嘲说，那么我就以赶马车为专长罢。

其实，孔子对于读书有他自己的看法。他主张读书要从兴趣出发，不赞成为求知而求知的纯学术态度（"知之者不如好之者，好之者不如乐之者"）。他还主张读书是为了完善自己，鄙夷那种沽名钓誉的庸俗文人（"古之学者为己，今之学者为人"）。他一再强调，一个人重要的是要有真才实学，而无须在乎

235

外在的名声和遭遇，类似于"不患莫己知，求为可知也"这样的话，《论语》中至少重复了四次。

"君子不器"这句话不仅说出了孔子的治学观，也说出了他的人生观。有一回，孔子和他的四个学生聊天，让他们谈谈自己的志向。其中三人分别表示想做军事家、经济家和外交家。唯有曾点说，他的理想是暮春三月，轻装出发，约了若干大小朋友，到河里游泳，在林下乘凉，一路唱歌回来。孔子听罢，喟然叹曰："我和曾点想得一样。"圣人的这一叹，活泼泼地叹出了他的未染的性灵，使得两千年后一位最重性灵的文论家大受感动，竟改名"圣叹"，以志纪念。人生在世，何必成个什么器、做个什么家呢，只要活得悠闲自在，岂非胜似一切？

学界大抵认为"仁"是孔子思想的核心，至于什么是"仁"，众说不一，但都不出伦理道德的范围。孔子重人伦是一个事实，不过他到底是一个聪明人，而一个人只要足够聪明，就决不会看不透一切伦理规范的相对性质。所以，"君子而不仁者有矣夫"这句话竟出自孔子之口，他不把"仁"看作理想人格的必备条件，也就不足怪了。有人把"仁"归结为忠恕二字，其实孔子决不主张愚忠和滥恕。他总是区别对待"邦有道"和"邦无道"两种情况，"邦无道"之时，能逃就逃（"乘桴浮于海"），逃不了则少说话为好（"言孙"），会装傻更妙（"愚不可及"这个成语出自《论语》，其本义不是形容愚蠢透顶，而是孔子夸奖某人装傻装得高明极顶的话，相当于郑板桥说的"难得糊涂"）。他也不像基督那样，当你的左脸挨打时，要你把右脸也送上去。有人问他该不该"以德报怨"，他反问：那么用什么来报德呢？然后说，应该是用公正回报怨仇，用恩德回报恩德。

孔子实在是一个非常通情达理的人，他有常识，知分寸，丝毫没有偏执狂。"信"是他亲自规定的"仁"的内涵之一，然而他明明说："言必信，行必果"，乃是僵化小人的行径（"硁硁然小人哉"）。要害是那两个"必"字，毫无变通的余地，把这位老先生惹火了。他还反对遇事过分谨慎。我们常说"三思而后行"，这句话也出自《论语》，只是孔子并不赞成，他说再思就可以了。

也许孔子还有不洒脱的地方，我举的只是一面。有这一面毕竟是令人高兴的。研究孔子，如果顾及他的全人，对他的哲学或许也会有些新的认识吧。

试题：

1. 作者认为孔子"洒脱"表现在哪两个方面？（2分）

2. 孔子坦然说：一个真正的人本来就是不成器。那么根据全文，孔子所说的"真正的人"是什么人？（4分）

3. 如果将孔子思想的核心"仁"除外，孔子和他四个弟子聊天时表现了一种什么样的人生态度？（4分）

4. 文章结尾说：也许孔子还有不洒脱的地方，我举的只是一面。联系全文，你认为孔子"不洒脱的地方"指什么？（4分）

参考答案：

1. 对于功利的态度颇为淡泊，对于伦理的态度又颇为灵活（"君子不器"和"君子不仁"）。

   评分：本题4分，答对一个方面得2分。用自己的话回答意思对也可。

2. 孔子所说的"真正的人"是指：完善自我，性灵未染，难得糊涂，通情达理。

   评分：本题4分，答对一个方面得1分。意思对即可。

3. 融于自然，乐于自然。

   评分：本题4分，答对一个方面得2分。意思对即可。

4. 积极"入世"，关注社会生活、人伦世理。（或"重事功、重人伦"）

   评分：本题4分，答对一个方面得2分。意思对即可。

（江苏省新沂市钟吾中学 九年级 语文阅读理解专练）

周国平评注：

　　1. 第2题：根据全文，孔子所说的"真正的人"是什么人？看到这个题目，我愣住了。我在文中把"君子不器"一语意译为"一个真正的人本来就是不成器的"，但全文并没有谈"真正人"是什么人呀。看答案，说是指：完善自我，性灵未染，难得糊涂，通情达理。共四点，答对一点得1分。我赶紧去查这四点在原文中的出处，分别是：孔子主张读书是为了完善自己；孔子的这一叹活泼泼地叹出了他的未染的性灵；孔子所说"愚不可及"相当于郑板桥说的"难得糊涂"；孔子是

一个非常通情达理的人。还真的都有出处，但没有一处是对"真正的人"的界定。如果这些算是界定"真正的人"的，可以举出的何止这些！我不得不说，这个题目是凭空生造的。

2. 第3题：孔子和四个弟子聊天时表现了一种什么样的人生态度？答案：融于自然，乐于自然。评分：本题4分，答对一个方面得2分。我不明白，融于自然和乐于自然怎么算不同的方面？

3. 第4题：联系全文，你认为孔子"不洒脱的地方"指什么？看到这个题目，我又愣了一下，因为原文仅提了一句，并未展开论述。答案所示，出自文章开头部分"儒家文化一重事功，二重人伦"之语，此语是为了引出后面所云孔子对事功和人伦的洒脱态度，亦即是为了表扬而不是批评孔子。再仔细想，觉得是不错的题目，全文谈孔子的洒脱，而这个题目启发学生回过头去想，作为儒家的始祖，孔子的主要倾向仍是重事功和重人伦，因而不会陷入片面性。

4. 在"也许孔子还有不洒脱的地方，我举的只是一面。有这一面毕竟是令人高兴的"之后，我的原作的结尾是："它使我可以放心承认孔子是一位够格的哲学家了，因为哲学家就是有智慧的人，而有智慧的人怎么会一点不洒脱呢？"试卷把它修改为："研究孔子，如果顾及他的全人，对他的哲学或许也会有些新的认识吧。"我理解出题人的用心，在此指出这个修改，只是为了录此备忘。

53 灵魂的在场

　　人皆有灵魂，但灵魂未必总是在场的。现代生活的特点之一是灵魂的缺席，它表现在各个方面，例如使人不得安宁的快节奏，远离自然，传统的失落，人与人之间亲密关系的丧失，等等。因此，现代人虽然异常忙碌，却仍不免感到空虚。

　　一个人无论怎样超凡脱俗，总是要过日常生活的，而日常生活又总是平凡的。所以，灵魂的在场未必表现为隐居修道之类的极端形式，在绝大多数情形下，恰恰是表现为日常生活中的精神追求和精神享受。能够真正享受日常生活并不是一件容易的事。尤其是在今天，日常生活变成了无休止的劳作和消费，那本应是享受之主体的灵魂往往被排挤得没有容足之地了。

　　日常生活是包罗万象的，包括工作与闲暇、自然与居住、独处与交往等。在人生的所有这些场景中，生活的质量都取决于灵魂是否在场。

　　在时间上，一个人的生活可分为两部分，即工作与闲暇。最理想的工作是那种能够体现一个人的灵魂的独特倾向的工作。当然，远非所有的人都能从事自己称心的职业的，但是，一个人只要真正优秀，他就多半能够突破职业的约束，对于他来说，他的心血所倾注的事情才是他的真正的工作，哪怕是在业余所为。同时，我也赞成这样的标准：一个人的工作是否值得尊敬，取决于他完成工作的精神而非行为本身。这就好比造物主在创造万物之时，是以同样的关注之心创造一朵野花、一只小昆虫或一头巨象的。无论做什么事情，都力求尽善尽美，并从中获得极大的快乐，这样的工作态度中的确蕴涵着一种神性，不是所谓职业道德或敬业精神所能概括的。度闲的质量亦应取决于灵魂所获得的愉悦，没有灵魂的参与，再高的消费也只是低质量地虚度了宝贵的闲暇时间。

在空间上，可以把环境划分为自然和人工两种类型。如果说自然是灵魂的来源和归宿，那么，人工建筑的屋宇就应该是灵魂在尘世的家园。无论是与自然，还是与人工的建筑，都应该有一种亲密的关系。空间具有一种神圣性，但现代人对此已经完全陌生了。对于过去许多世代的人来说，不但人在屋宇之中，而且屋宇也在人之中，它们是历史和记忆、血缘和信念。正像有人诗意地表达的那样："旧建筑在歌唱。"可是现在，人却迷失在高楼的迷宫之中，不管我们为装修付出了多少金钱和力气，屋宇仍然是外在于我们的，我们仍然是居无定所的流浪者。

说到人与人的关系，则不外是独处和社会交往两种状态。交往包括婚姻和家庭，也包括友谊、邻里以及更广泛的人际关系。譬如说，论及婚姻问题，从前的大师们关注的是灵魂，现在的大师们却大谈心理分析和治疗。书信、日记、交谈——这些亲切的表达方式是更适合于灵魂需要的，现在也已成为稀有之物，而被公关之类的功利行动或上网之类的虚拟社交取代了。应该承认，现代人是孤独的。但是，由于灵魂缺席，这种孤独就成了单纯的惩罚。相反，倘若灵魂在场，我们就会体验到独处时的充实，从而把孤独也看作人生不可缺少的享受。

试题：

1. 第 1 自然段中，作者说道，"现代人虽然异常忙碌"，但为什么"却仍不免感到空虚"？请简要回答。

2. 第 3 段说"在人生的所有这些场景中，生活的质量都取决于灵魂是否在场"。结合全文，说说怎样才算"灵魂在场"，请结合在日常生活各方面的表现加以具体说明。

3. 第 5 段引用"旧建筑在歌唱"，请具体说明它在文中有什么作用。

4. 本文语言的总体特色是什么？请做简要分析。

参考答案：

1. 这是因为灵魂缺席（或灵魂不在场），失去日常生活中的精神享受。

2. 答题要点：(1) 工作与闲暇：工作追求尽善尽美，闲暇时应获得灵魂的愉悦。(2) 自然与居住：把自然当成灵魂的来源与归宿，把屋宇当成灵魂在尘世的家园。(3) 独处与交往：在交往中找到灵魂的表达方式，把孤独看成人生不可缺少的享受。（意思对即可）

3. 引用"旧建筑在歌唱"，揭示了过去人们和环境的一种和谐关系，屋宇已经成为人们生活的一部分，体现了人们的追求和理想，成为人们思想和记忆的有机组成部分（意思对即可）；同时，也反衬现代人的精神与环境的剥离，由于灵魂的缺席，高楼豪宅迷失了现代人的自我。（意思对即可）

4. 文章质朴、平实、雍容平和，深刻的哲学论述中闪耀着诗性的光华，平静的文学语言浸透了哲理的智慧。（能围绕这一特点来答即可）

（衡阳市八中 阶段考试试卷——高二语文）

周国平评注：

*1. 第2题,*结合全文谈日常生活各方面"灵魂在场"的表现。我认为这个题目应该跳出原文，让学生在工作与闲暇、自然与居住、独处与交往中选择一个方面，谈自己对怎样才是"灵魂在场"的认识。局限于原文，有的方面很难谈，比如独处与交往，参考答案的回答其实比较勉强。

2. 原文在谈交往时有这样一句话："书信、日记、交谈——这些亲切的表达方式是更适合于灵魂需要的，现在也已成为稀有之物，而被公关之类的功利行动或上网之类的虚拟社交取代了。"如果我出题，我会认为这是一个好题目：根据自己的体会，你认为网络社交和传统的书信、交谈有什么区别，各有什么利弊？

3. 第3题是好题，促使学生思考"旧建筑在歌唱"这个诗意表达的深刻内涵。

4. 本文对原作做了删减，我自己认为，无论原作还是删减后的本文，在语言艺术上都不甚高明，有概念化的毛病。因此，看到第4题及参考答案，我不禁汗颜。

苦难的价值

54

人们往往把苦难看作人生中纯粹消极的、应该完全否定的东西，我们忍受苦难总是迫不得已的。但是，作为人生的消极面的苦难，它在人生中的意义也是完全消极的吗？

苦难与幸福是相反的东西，但它们有一个共同之处，就是都直接和灵魂有关，并且都牵涉对生命意义的评价。在通常情况下，我们的灵魂是沉睡着的，一旦我们感到幸福或遭到苦难时，它便醒来了。如果说幸福是灵魂的巨大愉悦，这愉悦源自对生命的美好意义的强烈感受，那么，苦难之为苦难，正在于它撼动了生命的根基，打击了人对生命意义的信心，因而使灵魂陷入了巨大痛苦。外部的事件再悲惨，如果它没有震撼灵魂，就称不上是苦难。一种东西能够把灵魂震醒，使之处于虽然痛苦却富有生机的紧张状态，应当说必具有某种精神价值。

无人能完全支配自己在世间的遭遇，其中充满着偶然性，因为偶然性的不同，运气分出好坏。有的人运气特别好，有的人运气特别坏，大多数人则介于其间，不太好也不太坏。谁都不愿意运气特别坏，但是，运气特别好，太容易地得到了想要的一切，是否就一定好？恐怕未必。他们得到的东西是看得见的，但也许因此失去了虽然看不见却更宝贵的东西。天下幸运儿大抵浅薄，便是证明。我所说的幸运儿与成功者是两回事。真正的成功者必定经历过苦难、挫折和逆境，绝不是只靠运气好。

运气好与幸福也是两回事。一个人唯有经历过磨难，对人生有了深刻的体验，灵魂才会变得丰富，而这正是幸福的最重要源泉。如此看来，我们一生中既有运气好的时候，也有运气坏的时候，恰恰是最利于幸福的情形。现实中的幸福，应是幸运与不幸按适当比例的结合。

在设计一个完美的人生方案时，人们不妨海阔天空地遐想。可是，倘若你是一个智者，你就会知道，最美妙的好运也不该排除苦难，最耀眼的绚烂也要归于平淡。原来，完美是以不完美为材料的，圆满是必须包含缺憾的。只要没有被苦难彻底击败，苦难必将深化一个人对于生命意义的认识。

多数时候，我们忙于琐碎的日常生活，忙于工作、交际和娱乐，难得有时间想一想自己，也难得有时间想一想人生。可是，当我们遭到突如其来的灾难时，我们忙碌的身子一下子停了下来。灾难打断了我们所习惯的生活，同时提供了一个机会，迫使我们回到了自己，对人生获得一种新的眼光。一个历尽坎坷而仍然热爱人生的人，他胸中一定藏着许多从痛苦中提炼的珍宝。

古罗马哲学家认为逆境启迪智慧，佛教把对苦难的认识看作觉悟的起点，都自有其深刻之处。/对于沉溺于眼前琐屑享受的人，不足与言真正的欢乐。对于沉溺于眼前琐屑烦恼的人，不足与言真正的痛苦。/陀思妥耶夫斯基在赌场上输掉的，却在他描写赌徒心理的小说中极其辉煌地赢了回来。对于一个视人生感受为最宝贵财富的人来说，欢乐和痛苦都是收入，他的账本上没有支出。

（有删改）

试题：

1. 作者的观点是什么？

2. 第一段有什么作用？

3. 最后一段，作者举陀思妥耶夫斯基的例子想证明什么？

4. 文中有许多有道理的话，把你最喜欢的一句用波浪线画出来，说说你喜欢的理由。

参考答案：

1. 苦难具有精神价值。

2. 从人们惯常对苦难的看法与态度入手，用问句引起读者对苦难意义的进一步思考，激发读者阅读兴趣，引出下文论述。（意对即可）

3. 对于一个视人生感受为最宝贵财富的人说，欢乐和痛苦都是收入，他的账本上没有支出。

4. （1）我喜欢"现实中的幸福，应是幸运与不幸按适当比例的结合"这句话。只有经历过不幸才更能体会幸运的价值，没有经历过不幸，也很难真正认识到自己有多么幸运。它告诉我们用积极的心态面对生活中的"不幸"和珍惜"幸运"。

（2）我喜欢"一个历尽坎坷仍然热爱人生的人，他胸中一定藏着许多从痛苦中提炼的珍宝"这句话。苦难教给人的东西更加深刻而有效，是人生的珍宝，从苦难中站起来的人往往有着从容面对生活的大智慧，我懂得了每一次坎坷磨砺都会教我们成长。

（答案不唯一）

（人教版七年级语文上册 期末测试卷1）

周国平评注：

  1. 这份试卷的文本是把我的几则文章片断或随感连缀而成，段落之间没有空行。为了眉目清晰，我在不同片断或随感之间加了空行。最后一个自然段，是把选自不同文章或随感的三个句子连在了一起，我用斜杠"/"隔开。这三个句子

的意思很不连贯，读起来很别扭。出题人用括号注明"有删改"，删改是可以的，但这样删改很奇怪。

2. 第 4 题，让学生挑出文中最喜欢的一句话并说明喜欢的理由，我欣赏这样旨在调动学生自己的人生体验和思考的开放性的题型。

55

灵魂教育

　　我认为灵魂与头脑是有区别的，人对美和爱的需要，对意义的需要，这些都不能用头脑来解释，我只能说来自灵魂。灵魂的教育可以相对地区分为美育和德育。美育的目标是造就丰富的灵魂，使人有丰富的情感体验和内心生活，德育的目标是造就高贵的灵魂，使人有崇高的精神追求，二者合起来，灵魂教育的目标就是心灵的健康生长，实现灵魂的价值。

　　谈到美育，现在许多家长好像很重视孩子的艺术教育，让孩子学各种技能，弹钢琴呀，画画呀，但出发点极其功利，无非是为了孩子将来多一条路可走。这是违背了美育的本义，结果只能是败坏孩子对艺术的感觉。艺术是最自由、最没有功利性的精神活动，搀杂进功利的考虑，就不是艺术了。美育也决不限于学一点吹拉弹唱或者画画的技能，它的范围广泛得多，凡是能陶冶性情、丰富心灵的活动都是审美教育。

　　那么，怎样才能使灵魂丰富呢？欣赏艺术，欣赏大自然，情感的经历和体验。除此之外，我提两点一般性的建议。一个是要养成过内心生活的习惯。我们平时总是在和别人一起聊天、谈话、办事，但是人应该留一点时间给自己，什么事也别做，什么人也不见，和自己的灵魂在一起，这叫独处。这个时代大家都很看重交往的能力，我承认交往是一种能力，但独处是一种更重要的能力，缺乏这种能力是更大的缺陷。一个人不喜欢自己，和自己在一起就难受，这样的人肯定是没有内涵的，他对别人也不会有多大益处，他到别人那里去对别人只是一种打扰。

另一个建议是读书，读好书。不能光读专业书，还要读一些与专业无关的书，罗素所说的"无用的书"。当你读了从古希腊以来的哲学人文经典，你会发现这是莫大的享受。人类的精神宝库属于每一个人，向每一个人敞开着，你不走进去享受里面的珍宝，就等于你把自己的权利放弃了，那是何等可惜。

最后谈德育。我觉得对德育也一直有一种狭隘的理解，就是把它仅仅看成一些规范的灌输，比如集体主义、爱国主义、诚实、守纪律之类。和美育一样，德育也应该是对灵魂的教育，目标是实现灵魂的价值。

从人性看，道德有两个层次。一个是人的社会性层次，道德是维护社会秩序的手段。另一个是人的精神性层次，道德是灵魂的追求。这两个层次都不可缺少，但精神性的层次是更为根本的。人有超越于生物性的精神性，它是人身上的神性，意识到自己身上有这个神性部分，并且按照它的要求来行动，这是道德的本义，它是真正自律的。如果没有这个基础，只在社会层面上谈道德，道德就仅仅是维护社会秩序和处理人际关系的手段，是他律。我们进行道德教育，应该从根本入手，使人们意识到人的灵魂的高贵，在行为中体现出这种高贵。什么是灵魂的高贵呢？就是有做人的尊严，有做人的原则，在任何情况下都不做亵渎人身上的神性的事。

试题：

1. 下列说法，不符合文意的两项是（　　）（5分）

A. 人对美和爱的需要，对意义的需要，来自灵魂，不来自头脑。

B. 人的灵魂应该是丰富的，也应该是高贵的，前者是德育的目标，后者是美育的目标。

C. 道德有两个层次。一个是人的社会性层次，另一个是人的精神性层次，人的精神性的层次相比于人的社会性层次是更高的层次。

D. 与人交往是一种重要能力，独处（和自己在一起）也是一种重要的能力。

E. 人身上的神性就是指人具有的超越于生物性的精神性。

2. 根据文意，下列推断中不合理的一项是（　　）（3分）

A. 因为现在许多家长让其孩子学弹钢琴、学画画的出发点是极其功利的，所以其孩子接受审美教育的效果大打折扣。

B. 读古希腊以来的哲学人文经典，是莫大的享受，而如果没有读，那是蒙受了很大的损失。

C. 缺乏独处能力的人没有内涵，因此他们对别人不会有帮助，只能帮倒忙。

D. 那些做出了道德沦丧之事的人，就是其身上的神性已经泯灭，不知人的尊严为何物的人。

3. 根据文意，我们每个人应怎样进行审美教育？请分点概括。（3分）

4. 前些日子，中日因钓鱼岛争端，中国很多城市爆发了反日游行，表达了中国人民捍卫钓鱼岛主权的决心。但成都、西安、长沙等中国城市出现了这样一群"爱国者""爱国行为"和"爱国现象"——他们或闯入带有"日本元素"的店铺肆虐，或成群结队打着"抵制日货"的旗号，在街头冲砸他人的日系车辆，或对无辜的日籍华侨围攻、谩骂和侮辱，或对批评、反对、甚至仅仅不支持其行为的人极尽攻击谩骂，必打之为"汉奸卖国贼"而后快。

结合文意，分析这些行为的性质和产生的原因。（5分）

参考答案：

1. BD【B 前后内容颠倒。原文是"美育的目标是造就丰富的灵魂，使人有丰富的情感体验和内心生活，德育的目标是造就高贵的灵魂，使人有崇高的精神追求。"D 分句间的关系错了，是递进关系，不是并列关系。原文是"我承认交往是一种能力，但独处是一种更重要的能力"】

2. C【过于绝对。原文是"他对别人也不会有多大益处，他到别人那里去对别人只是一种打扰。""不会有多大益处"说明可以有一定的帮助。】

3. (3分)①欣赏艺术，欣赏大自然，情感的经历和体验。(1分)②养成过内心生活的习惯。(1分)③读书，读好书，读"无用的书"。(1分)

4. (5分)这些人的行为是缺乏自律的行为，他们借"爱国"之名，置他人的自由、尊严和生命财产于不顾。(2分)究其原因是我们对德育一直有一种狭隘的理解，就是把它仅仅看成一些规范的灌输，比如集体主义、爱国主义、诚实、守纪律之类。而人的精神性层次教育不够，没有使人们意识到人的灵魂的高贵——有做人的尊严，有做人的原则，在任何情况下都不做亵渎人身上的神性的事。(3分)(划线处是得分点)

（《语文备课大师》）

周国平评注：

1. 本文选自我的一篇讲演，文字不甚讲究，建议不选这类作品。

2. 前二题都是判断选项的对错，是我比较反对的题型，往往不是有点弱智（太简单），就是有点阴险（设陷阱）。比如第2题，答案说不合理的一项是C，即"缺乏独处能力的人对别人不会有帮助"，理由是过于绝对，原文是"对别人也不会有多大益处"，而"不会有多大益处"意味着可以有一定的帮助。这真是钻牛角尖。让我也钻一下牛角尖："不会有多大益处"有两种可能，一是很小的益处，二是零益处。零也是不大，何错之有？

3. 第4题是好题，通过对"爱国行为"的分析，深入理解文中关于道德自律、灵魂的高贵、做人的尊严之思想。

课 本 中 的
周 国 平 散 文 (选)

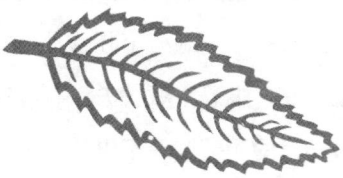

白兔和月亮

1

在众多的兔姐妹中，有一只白兔独具审美的慧心。她爱大自然的美，尤爱皎洁的月色。每天夜晚，她来到林中草地，一边无忧无虑地嬉戏，一边心旷神怡地赏月。她不愧是赏月的行家，在她的眼里，月的阴晴圆缺无不各具风韵。

于是，诸神之王召见这只白兔，向她宣布了一个慷慨的决定：

"万物均有所归属。从今以后，月亮归属于你，因为你的赏月之才举世无双。"

白兔仍然夜夜到林中草地赏月。可是，说也奇怪，从前的闲适心情一扫而光了，脑中只绷着一个念头："这是我的月亮！"她牢牢盯着月亮，就像财主盯着自己的金窖。乌云蔽月，她便紧张不安，唯恐宝藏丢失。满月缺损，她便心痛如割，仿佛遭了抢劫。在她的眼里，月的阴晴圆缺不再各具风韵，反倒险象迭生，勾起了无穷的得失之患。

和人类不同的是，我们的主人公毕竟慧心未灭，她终于去拜见诸神之王，请求他撤销了那个慷慨的决定。

一、反复朗读课文，想一想：白兔为什么请求诸神之王撤销那个"慷慨的决定"？用概括的语言说出这则寓言的寓意。

二、联系自己的生活体验讨论如下问题：白兔得到月亮后，必然会产生得失之患吗？有无得失之患的关键问题在哪里？

（人教版初中语文七年级上册）

2 落难的王子

有一个王子，生性多愁善感，最听不得悲惨的故事。每当左右向他禀告天灾人祸的消息，他就流着泪叹息道："天哪，太可怕了！这事落到我头上，我可受不了！"

可是，厄运终于落到了他的头上。在一场突如其来的战争中，他的父王被杀，母后受辱自尽，他自己也被敌人掳去当了奴隶，受尽非人的折磨。当他终于逃出虎口时，他已经身患残疾，从此以后流落异国他乡，靠行乞度日。

我是在他行乞时遇到他的，见他相貌不凡，便向他打听身世。听他说罢，我早已泪流满面，发出了他曾经发过的同样的叹息：

"天哪，太可怕了！这事落到我头上，我可受不了！"

谁知他正色道：

"先生，请别说这话。凡是人间的灾难，无论落到谁头上，谁都得受着，而且都受得了——只要他不死。至于死，就更是一件容易的事了。"

落难的王子撑着拐杖远去了。有一天，厄运也落到了我的头上，而我的耳边也响起了那熟悉的叹息：

"天哪，太可怕了……"

一、《落难的王子》这篇寓言说了个什么故事？告诉我们一个
    什么道理？"我"在情节发展中起什么作用？

二、"天哪，太可怕了！这事落到我头上，我可受不了！"这
    话在课文反复出现过三次，都是在什么情况下出现的？有
    什么意义？

三、王子落难前后性格有什么不同？生性多愁善感的王子后来
    为什么能够顽强地面对厄运？

四、"我"是王子落难全过程的见证人，然而，厄运也落到了"我"
    的头上，这一情节说明了什么？

五、文章结尾给人怎样的启示？

六、《落难的王子》这篇寓言的编写方法很特别，作者假设了一
    个极端的例子。极端表现在哪里？这么写的原因是什么？

（鲁教版初中语文六年级下册）

3 直面苦难

世上并无绝对的幸运儿，所以，不论谁想从苦难中获得启迪，该是不愁缺乏必要的机会和材料的。世态炎凉，好运不过尔尔，那种一交好运就得意忘形的浅薄者，我很怀疑苦难能否让他变得深刻些。

一个人只要真正领略了平常苦难中的绝望，他就会明白：一切美化苦难的言辞是多么的浮夸，一切炫耀苦难的姿态是多么的做作。

不要对我说：苦难净化灵魂，悲剧使人崇高。默默之中，苦难磨钝了多少敏感的心灵，悲剧毁灭了多少失意的英雄。何必用舞台上的绘声绘色来掩盖生活中的无声无息。

浪漫主义在痛苦中发现了美感，于是为了美感而寻找痛苦，夸大痛苦，甚至伪造痛苦。然而，假的痛苦有千百种语言，真的痛苦却没有语言。

望着四周依然欢快的生活着的人们，我对自己说：人类个体之间痛苦的不相通也许正是人类总体仍然快乐的前提。那么，一个人的灾难对于亲近或不亲近的人们的生活几乎不发生任何影响，这就对了。

幸运者对别人的痛苦同情，或者隔膜，但是，比两者更强烈的也许是侥幸：幸亏招灾的不是我！

不幸者对别人的幸运或者羡慕，或者冷淡，但是，比两者更强烈的也许是委屈：为何遭灾的偏是我？

不幸者需要同伴。当我们独自受难时，我们会感到不能忍受命运的不公正，甚至于不能忍受苦难的命运本身。相反，受难者人数的增加仿佛减轻了不公正的程度。我们对于个别人死于非命总是惋叹良久，对于成批杀人的战争却往往无动于衷。仔细分析起来，同病相怜的实质未必是不幸者的彼此同情，而更是不幸者各以他人的不幸为自己的安慰，甚至幸灾乐祸。这当然是愚蠢的。不过，无可告慰的不幸者有权利得到安慰，哪怕是愚蠢的安慰。

我相信人有素质的差异。苦难可以发动生机，也可以扼杀生机；可以磨炼意志，也可以摧垮意志；可以启迪智慧，也可以蒙蔽智慧；可以高扬人格，也可以贬抑人格——全看受苦者的素质如何。素质大致规定了一个人承受苦难的限度，在此限度内，苦难的锤炼或可助人成材，超出此则会把人击碎。

这个限度对幸运同样适用。素质好的人既能承受大苦难，也能承受大幸运，素质差的人则可能兼毁于两者。

佛的智慧把爱当作痛苦的根源而加以弃绝，扼杀生命的意志。我的智慧把痛苦当作爱的必然结果加以接受，化为生命的财富。

任何智慧都不能使我免于痛苦，我只愿有一种智慧足以使我不毁于痛苦。

如同肉体的痛苦一样，精神的痛苦也是无法分担的。别人的关爱至多只能转移你对痛苦的注意力，却不能改变痛苦的实质。甚至在一场共同承担的苦难中，每人也必须独自承担自己的那一份痛苦，这痛苦并不会因为有一个难友而有所减轻。

我无意颂扬苦难。如果允许选择，我宁要平安的生活，得以自由自在地创造和享受。但是，我相信苦难的确是人生的必含内容，一旦遭遇，它也的确提供了一种机会。人性的某些特质，唯有藉此机会才能得到考验和提高。一个人通过承受苦难而获得的精神价值是一笔特殊的财富，由于它来之不易，就决不会轻易丧失。而且我相信，当他带着这笔财富继续生活时，他的创造和体验都会有一种更加深刻的底蕴。

一、什么是"苦难"？结合自己的认识和体会来谈谈对这个词
　　语的理解。

二、对于"苦难"，作者在文中阐发了哪三个观点？

（高中语文苏教版必修五）

一个人和三个人称

我，你，他，这是人人皆知的三个人称代词。在一定的语境中，它们被用在不同的人身上。有的作家喜欢用不同的人称来叙述同一个主人公，不断变换视角，使得人物的形象富有立体感。我觉得，我们每一个人也可以用这种方式来看自己。

涉及自己，使用第一人称是习惯成自然的事情了，好像无须多说。我是谁，我要什么，我做了什么，我爱某某，我恨某某，如此等等，似乎一目了然。然而，真正做自己，行己胸臆，表里一致，敢作敢当，并不是容易的事。正因为如此，许多哲人把"成为你自己"看作一个很高的人生目标。另一方面呢，一个人如果只是我行我素，从来不跳出来从别的角度看一看自己，他又是活得很盲目的。所以，其他两个人称的视角也是不可缺少的。

先说第三人称。在别人的眼里，我是一个"他"（或"她"）。因此，用第三人称看自己，实际上就是用别人的或者说社会的眼光看自己，审视一下自己在别人眼里是什么样子，在社会上扮演着什么角色。人不能脱离社会而生活，所以这个视角是必要的。做自己的一个冷眼旁观者和批评者，这是一种修养，它可以使我们保持某种清醒，避免落入自命不凡或者顾影自怜的可笑复可悲的境地。当然，别人的意见只能做参考，为人处世还得自己拿主意。据我观察，在不少人身上，这个视角是过于强大了，以至于他们只是在依据别人的意见生活，陷入了另一种盲目。

如果说第一人称是做自己，第三人称是做自己的旁观者，那么，第二人称就是做自己的朋友。把一个人当作"你"对待，就意味着和这个人面对面，像朋友一样敞开心怀，诚恳交流。如果不是这样，心里仍偷偷地打量着和提防着面前的这个人，那就不是把这个人当作一个"你"，而是当作一个"他"了。与此相类似，当我们把自己看作一个"他"的时候，那眼光往往是冷静的，有时候还是很功利的，衡量的是自己在社会上的表现、作用、地位、名声之类的东西。相反，对自己以"你"相待，就需要一种既超脱又体贴的眼光，所关心的是人生中更本质的方面。这时候，我们就好像把那个在人世间活动着、快乐着、痛苦着的自己迎回家中，怀着关切和理解之情和他促膝谈心。人在世上都离不开朋友，但是，最忠实的朋友还是自己，就看你是否善于做自己的朋友了。要能够做自己的朋友，你就必须比那个外在的自己站得更高，看得更远，从而能够从人生的全景出发给他以提醒、鼓励和指导。事实上，在我们每个人身上，除了外在的自我以外，都还有着一个内在的精神性的自我。可惜的是，许多人的这个内在自我始终是昏睡着的，甚至是发育不良的。为了使内在自我能够健康生长，你必须给它以充足的营养。如果你经常读好书、沉思、欣赏艺术等等，拥有丰富的精神生活，你就一定会感觉到，在你身上确实还有一个更高的自我，这个自我是你的人生路上坚贞不渝的精神密友。

（沪教版八年级下册）

266

生命本来没有名字 5

这是一封读者来信，从一家杂志社转来的。每个作家都有自己的读者，都会收到读者的来信，这很平常。我不经意地拆开了信封。可是，读了信，我的心在一种温暖的感动中战栗了。

请允许我把这封不长的信抄录在这里——

"不知道该怎样称呼您，每一种尝试都令自己沮丧，所以就冒昧地开口了，实在是一份由衷的生命对生命的亲切温暖的敬意。

"记住你的名字大约是在七年前，那一年翻看一本《父母必读》，上面有一篇写孩子的或者是写给孩子的文章，是印刷体却另有一种纤柔之感，觉得您这个男人的面孔很别样。

"后来慢慢长大了，读您的文章便多了，常推荐给周围的人去读，从不多聒噪什么，觉得您的文章和人似乎是很需要我们安静的，因为什么，却并不深究下去了。

"这回读您的《时光村落里的往事》，恍若穿行乡村，沐浴到了最干净最暖和的阳光。我是一个卑微的生命，但我相信您一定愿意静静地听这个生命说：'我愿意静静地听您说话……'我从不愿把您想象成一个思想家或散文家，您不会为此生气吧。

"也许再过好多年之后，我已经老了，那时候，我相信为了年轻时读过的您的那些话语，我要用心说一声：谢谢您！"

信尾没有落款，只有这一行字："生命本来没有名字吧，我是，你是。"我这才想到查看信封，发现那上面也没有寄信人的地址，作为替代的是"时光村落"四个字。我注意了邮戳，寄自河北怀来。

从信的口气看，我相信写信人是一个很年轻的刚刚长大的女孩，一个生活在穷城僻镇的女孩。我不曾给《父母必读》寄过稿子，那篇使她和我初次相遇的文章，也许是这个杂志转载的，也许是她记错了刊载的地方，不过这都无关紧要。令我感动的是她对我的文章的读法，不是从中寻找思想，也不是作为散文欣赏，而是一个生命静静地倾听另一个生命。所以，我所获得的不是一个作家的虚荣心的满足。

"生命本来没有名字"——这话说得多么好！我们降生到世上，越来越深地沉溺于俗务琐事，已经很少有人能记起这个最单纯的事实了。我们彼此以名字相见，名字又与头衔、身份、财产之类相联，结果，在这些寄生物的缠绕之下，生命本身隐匿了，甚至萎缩了。无论对己对人，生命的感觉都日趋麻痹。多数时候，我们只是作为一个称谓活在世上。即使是朝夕相处的伴侣，也难得以生命的本然状态相待，更多的是一种伦常和习惯。仔细想想，我们是怎样地本末倒置，因小失大，辜负了造化的宠爱。

是的——我是，你是，每一个人都是一个多么普通又多么独特的生命，原本无名无姓，却到底可歌可泣。我、你、每一个生命都是那么偶然地来到这个世界上，完全可能不降生，却毕竟降生了，然后又将必然地离去。想一想世界在时间和空间上的无限，每一个生命的诞生的偶然，怎能不感到一个生命与另一个生命的相遇是一种奇迹呢。有时我甚至觉得，两个生命在世上同时存在过，哪怕永不相遇，其中也仍然有一种令人感动的因缘。我相信，对于生命的这种珍惜和体悟乃是一切人间之爱的至深的源泉。你说你爱你的妻子，可是，如果你不是把她当作一个独一无二的生命来爱，那么你的爱还是比较有限。你爱她的美丽、温柔、贤惠、聪明，当然都对，但这些品质在别的女人身上也能找到。唯独她的生命，作为一个生命体的她，却是在普天下的女人身上也无法重组或再生的，一旦失去，便是不可挽回地失去了。世上什么都能重复，恋爱可以再谈，配偶可以另择，身份可以炮制，钱财可以重挣，甚至历史也可以重演，唯独生命不能。愈是精微的事物愈不可重复，所以，与每一个既普通又独特的生命相比，包括名声地位财产在内的种种外在遭遇实在粗浅得很。

既然如此，当另一个生命，一个陌生得连名字也不知道的生命，远远地却又那么亲近地发现了你的生命，透过世俗功利和文化的外观，向你的生命发出了不求回报的呼应，这岂非人生中令人感动的幸遇？

所以，我要感谢这个不知名的女孩，感谢她用她的安静的倾听和领悟点拨了我的生命的性灵。她使我愈加坚信，此生此世，当不当思想家或散文家，写不写得出漂亮文章，真是不重要。我唯愿保持住一份生命的本色，一份能够安静聆听别的生命也使别的生命愿意安静聆听的纯真，此中的快乐远非浮华功名可比。

很想让她知道我的感谢，但愿她读到这篇文章。

一、从题目来看，你认为这篇散文要阐释的内容是关于什么的？

二、名字每个人都有，不知大家是否曾经把名字输入搜索引擎搜索自己的名字，结果肯定是五花八门的。"名字"是后天附加的，那么我们的名字究竟意味着什么呢？如何理解题目中的这句话呢？

三、一个作家收到读者来信是很平常的事情，为什么会有"心在一种温暖的感动中战栗了"这样强烈的情绪体验呢？作者究竟是被什么感动了？

（沪教版高中语文第一册）

6 家

如果把人生譬作一种漂流——它确实是的，对于有些人来说是漂过许多地方，对于所有人来说是漂过岁月之河——那么，家是什么呢？

一、家是一只船

南方水乡，我在湖上荡舟。迎面驶来一只渔船，船上炊烟袅袅。当船靠近时，我闻到了饭菜的香味，听到了孩子的嬉笑。这时我恍然悟到，船就是渔民的家。以船为家，不是太动荡了吗？可是，我亲眼看到渔民们安之若素，举止泰然，而船虽小，食住器具，一应俱全，也确实是个家。

于是我转念想，对于我们，家又何尝不是一只船？这是一只小小的船，却要载我们穿过多么漫长的岁月。岁月不会倒流，前面永远是陌生的水域，但因为乘在这只熟悉的船上，我们竟不感到陌生。四周时而风平浪静，时而波涛汹涌，但只要这只船是牢固的，一切都化为美丽的风景。人世命运莫测，但有了一个好家，有了命运与共的好伴侣，莫测的命运仿佛也不复可怕。

我心中闪过一句诗："家是一只船，在漂流中有了亲爱。"望着湖面上缓缓而行的点点帆影，我暗暗祝祷，愿每张风帆下都有一个温馨的家。

二、家是温暖的港湾

正当我欣赏远处美丽的帆影时，耳畔响起一位哲人的讽喻："朋友，走近了你就知道，即使在最美丽的帆船上也有着太多琐屑的噪音！"这是尼采对女人的讥评。可不是吗，家太平凡了，再温馨的家也难免有俗务琐事、闲言碎语乃至小吵小闹。那么，让我们扬帆远航。

然而，凡是经历过远洋航行的人都知道，一旦海平线上出现港口朦胧的影子，寂寞已久的心会跳得多么欢快。如果没有一片港湾在等待着拥抱我们，无边无际的大海岂不令我们绝望？在人生的航行中，我们需要冒险，也需要休憩，家就是供我们休憩的温暖的港湾。在我们的灵魂被大海神秘的涛声陶冶得过分严肃以后，家中琐屑的噪音也许正是上天安排来放松我们精神的人间乐曲。

傍晚，征帆纷纷归来，港湾里灯火摇曳，人声喧哗，把我对大海的沉思冥想打断了。我站起来，愉快地问候："晚安，回家的人们！"

三、家是永远的岸

我知道世上有一些极骄傲也极荒凉的灵魂，他们永远无家可归，让我们不要去打扰他们。作为普通人，或早或迟，我们需要一个家。

荷马史诗中的英雄奥德修斯长年漂泊在外，历尽磨难和诱惑，正是回家的念头支撑着他，使他克服了一切磨难，抵御了一切诱惑。最后，当女神卡吕浦索劝他永久留在她的小岛上时，他坚辞道："尊贵的女神，我深知我的老婆在你的光彩下只会黯然失色，你长生不老，她却注定要死。可是我仍然天天想家，想回到我的家。"

自古以来，无数诗人咏唱过游子的思家之情。"渔灯暗，客梦回，一声声滴人心碎。孤舟五更家万里，是离人几行情泪。"家是游子梦魂萦绕的永远的岸。

不要说"赤条条来去无牵挂"。至少，我们来到这个世界，是有一个家让我们登上岸的。当我们离去时，我们也不愿意举目无亲，没有一个可以向之告别的亲人。倦鸟思巢，落叶归根，我们回到故乡故土，犹如回到从前靠岸的地方，从这里启程驶向永恒。我相信，如果灵魂不死，我们在天堂仍将怀念留在尘世的这个家。

一、基础题（4分）

1. 加粗字注音完全正确的一项是（　　）（2分）

A. **漂**过（piǎo）

　　荡舟（dàng）

　　驶来（shǐ）

B. **泰**然（tài）

　　莫测（mè）

　　耳**畔**（pàn）

C. 祝**祷**（dǎo）

　　温**馨**（xīn）

　　陶**冶**（yě）

D. 琐**屑**（xiāo）

　　黯然（àn）

　　永**恒**（héng）

2. 下列句子中不是比喻句的一项是（　　）（2分）

A. 家是游子梦魂萦绕的永远的岸。

B. 家是既让你高飞又用一根线牵扯的风筝轴。

C. 小明家的房子很高大，像一座大宫殿似的。

D. 冬，像一双倦游的翅膀，悄悄地在暮色里归去。

二、整体感悟（7分）

1. "望着湖面上缓缓而行的点点帆影，我暗暗祝祷，愿每张风帆下都有一个温馨的家。"这句话中的"点点帆影"指什么？作者为什么发出这样的祝祷？（4分，每问2分）

2. "傍晚，征帆纷纷归来，港湾里灯火摇曳，人声喧哗，把我对大海的沉思冥想打断了。"这句话在文章结构上有什么作用？（3分）

三、课文阅读题（8分）

阅读课文第三节，回答下列问题。

1. 作者举英雄奥德修斯的例子，要证明文中的哪一句话？（1分）

2. 你知道"赤条条来去无牵挂"这句话出自哪一部文学名著吗？你知道它的作者是谁吗？（2分）

3. 你能举出两个描写思乡之情的古诗词中的句子吗？（2分）

4. 请你用现代汉语表述文中引用的马致远的《寿阳曲·潇湘夜雨》。（3分）

（语文版九年级语文下册）

7 消费 = 享受?

　　我讨厌形形色色的苦行主义。人活一世，生老病死，苦难够多的了，在能享受时凭什么不享受？享受实在是人生的天经地义。蒙田甚至把善于享受人生称作"至高至圣的美德"，据他说，恺撒、亚历山大都是视享受生活乐趣为自己的正常活动，而把他们叱咤风云的战争生涯看作非正常活动的。

　　然而，怎样才算真正享受人生呢？对此就不免见仁见智了。依我看，我们时代的迷误之一是把消费当作享受，而其实两者完全不是一回事。我并不想介入高消费能否促进繁荣的争论，因为那是经济学家的事，和人生哲学无关。我也无意反对汽车、别墅、高档家具、四星级饭店、KTV 包房等等，只想指出这一切仅属于消费范畴，而奢华的消费并非享受的必要条件，更非充分条件。

　　当然，消费和享受不是绝对互相排斥的，有时两者会发生重合。但是，它们之间的区别又是显而易见的。例如，纯粹泄欲的色情活动只是性消费，灵肉与共的爱情才是性的真享受；走马看花式的游览景点只是旅游消费，陶然于山水之间才是大自然的真享受；用电视、报刊、书籍解闷只是文化消费，启迪心智的读书和艺术欣赏才是文化的真享受。要而言之，真正的享受必是有心灵参与的，其中必定包含了所谓"灵魂的愉悦和升华"的因素。否则，花钱再多，

274

也只能叫作消费。享受和消费的不同，正相当于创造和生产的不同。创造和享受属于精神生活的范畴，就象生产和消费属于物质生活的范畴一样。

以为消费的数量会和享受的质量成正比，实在是一种糊涂看法。苏格拉底看遍雅典街头的货摊，惊叹道："这里有多少我不需要的东西呵！"每个稍有悟性的读者读到这个故事，都不禁要会心一笑。塞涅卡说得好："许多东西，仅当我们没有它们也能对付时，我们才发现它们原来是多么不必要的东西。我们过去一直使用着它们，这并不是因为我们需要它们，而是因为我们拥有它们。"另一方面呢，正因为我们拥有了太多的花钱买来的东西，便忽略了不用花钱买的享受。"清风朗月不用一钱买"，可是每天夜晚守在电视机前的我们哪里还想得起它们？"何处无月，何处无竹柏，但少闲人如吾两人耳。"在人人忙于赚钱和花钱的今天，这样的闲人更是到哪里去寻？

那么，难道不存在纯粹肉体的、物质的享受了吗？不错，人有一个肉体，这个肉体也是很喜欢享受，为了享受也是很需要物质手段的。可是，仔细想一想，我们便会发现，人的肉体需要是有被它的生理构造所决定的极限的，因而由这种需要的满足而获得的纯粹肉体性质的快感差不多是千古不变的，无非是食色温饱健康之类。殷纣王"以酒为池，悬肉为林"，但他自己只有一只普通的胃。秦始皇筑阿房宫，"东西五百步，南北五十丈"，但他自己只有五尺之躯。多么热烈的美食家，他的朵颐之快也必须有间歇，否则会消化不良。多么勤奋的登徒子，他的床第之乐也必须有节制，否则会肾虚。每一种生理欲望都是会餍足的，并且严格地遵循着过犹不及的法则。山珍海味，挥金如土，更多的是摆阔气。藏娇纳妾，美女如云，更多的是图虚荣。万贯家财带来的最大快乐并非直接的物质享受，而是守财奴清点财产时的那份欣喜，败家子挥霍财产时的那份痛快。凡此种种，都已经超出生理满足的范围了，但称它们为精神享受未免肉麻，它们至多只是一种心理满足罢了。

我相信人必定是有灵魂的，而灵魂与感觉、思维、情绪、意志之类的心理现象必定属于不同的层次。灵魂是人的精神"自我"的栖居地，所寻求的是真挚的爱和坚实的信仰，关注的是生命意义的实现。幸福只是灵魂的事，它是爱心的充实，是一种活得有意义的鲜明感受。肉体只会有快感，不会有幸福感。奢侈的生活方式给人带来的至多是一种浅薄的优越感，也谈不上幸福感。当一个享尽人间荣华富贵的幸运儿仍然为生活的空虚苦恼时，他听到的正是他的灵魂的叹息。

（香港朗文新高中中国语文系列课本）

8 "沉默学"导言

一个爱唠叨的理发师给马其顿王理发，问他喜欢什么发型，马其顿王答道："沉默型。"

我很喜欢这个故事。素来怕听人唠叨，尤其是有学问的唠叨。遇见那些满腹才学关不住的大才子，我就不禁想起这位理发师来，并且很想效法马其顿王告诉他们，我最喜欢的学问是"沉默学"。无论会议上，还是闲谈中，听人神采飞扬地发表老生常谈，激情满怀地叙说妇孺皆知，我就惊诧不已。我简直还有点嫉妒：这位先生（往往是先生）的自我感觉何以这样好呢？据说讲演术的第一秘诀是自信，一自信，就自然口若悬河滔滔不绝起来了。可是，自信总应该以自知为基础吧？不对，我还是太迂了。毋宁说，天下的自信多半是盲目的。唯其盲目，才拥有那一份化腐朽为神奇的自信，敢于以创始人的口吻宣说陈词滥调，以发明家的身分公布道听途说。

可惜的是，我始终无法拥有这样的自信。话未出口，自己就怀疑起它的价值了，于是嗫嚅欲止，字不成句，更谈何出口成章。对于我来说，谎言重复十遍未必成为真理，真理重复十遍（无须十遍）就肯定成为废话。人在世，说废话本属难免，因为创新总是极稀少的。能够把废话说得漂亮，岂不也是一种才能？若不准说废话，人世就会沉寂如坟墓。我知道自己的挑剔和敏感实在有悖常理，无奈改不掉，只好不改。不但不改，还要把它合理化，于自卑中求另一种自信。

好在这方面不乏贤哲之言，足可供我自勉。古希腊最早的哲人泰勒斯就说过："多说话并不表明有才智。"人有两只耳朵，只有一张嘴，一位古罗马哲人从中揣摩出了造物主的意图：让我们多听少说。孔子主张"君子欲讷于言而敏于行"，这是众所周知的了。清朝的李笠翁也认为：智者拙于言谈，善谈者罕是智者。当然，沉默寡言未必是智慧的征兆，世上有的是故作深沉者或天性木讷者，我也难逃此嫌。但是，我确信其反命题是成立的：夸夸其谈者必无智慧。

曾经读到一则幽默，大意是某人参加会议，一言不发，事后，一位评论家对他说："如果你蠢，你做得很聪明；如果你聪明，你做得很蠢。"当时觉得这话说得很机智，意思也是明白的：蠢人因沉默而未暴露其蠢，所以聪明；聪明人因沉默而未表现其聪明，所以蠢。仔细琢磨，发现不然。聪明人必须表现自己的聪明吗？聪明人非说话不可吗？聪明人一定有话可说吗？再也没有比听聪明人在无话可说时偏要连篇累牍地说聪明的废话更让我厌烦的了，在我眼中，此时他不但做得很蠢，而且他本人也成了天下最蠢的一个家伙。如果我自己身不由己地被置于一种无话可说却又必须说话的场合，那真是天大的灾难，老天饶了我吧！

公平地说，那种仅仅出于表现欲而夸夸其谈的人毕竟还不失为天真。今日之聪明人已经不满足于这无利可图的虚荣，他们要大张旗鼓地推销自己，力求卖个好价钱。于是，我们接连看到，靠着传播媒介的起哄，平庸诗人发出摘冠诺贝尔的豪言，俗不可耐的小说跃居畅销书目的榜首，尚未开拍的电视剧先声夺人闹得天下沸沸扬扬。在这一片叫卖声中，我常常想起甘地的话："沉默是信奉真理者的精神训练之一。"我还想起吉辛的话："人世一天天愈来愈吵闹，我不愿在增长着的喧嚣中加上一份，单凭了我的沉默，我也向一切人奉献了一种好处。"这两位圣者都是羞于言谈的人，看来决非偶然。当然，沉默者未免寂寞，那又有什么？说到底，一切伟大的诞生都是在沉默中孕育的。广告造就不了文豪。哪个自爱并且爱孩子的母亲会在分娩前频频向新闻界展示她的大肚子呢？

种种热闹一时的吹嘘和喝彩，终是虚声浮名。在万象喧嚣的背后，在一切语言消失之处，隐藏着世界的秘密。世界无边无际，有声的世界只是其中很小一部分。只听见语言不会倾听沉默的人是被声音堵住了耳朵的聋子。懂得沉默的价值的人却有一双善于倾听沉默的耳朵，如同纪伯伦所说，他们"听见了寂静的唱诗班唱着世纪的歌，吟咏着空间的诗，解释着永恒的秘密"。一个听懂了千古历史和万有存在的沉默的话语的人，他自己一定也是更懂得怎样说话的。

世有声学、语言学、音韵学、广告学、大众传播学、公共关系学等等，唯独没有沉默学。这就对了，沉默怎么能教呢？所以，仅存此"导言"一篇，"正论"则理所当然地将永远付诸阙如了。

（香港高中中国语文系列课本）

9

名人和明星

　　我们这个时代似乎是一个盛产名人的时代。这当然要归功于传媒的发达，尤其是电视的普及，使得随便哪个人的名字和面孔很容易让公众熟悉。风气所染，从前在寒窗下苦读的书生们终于也按捺不住，纷纷破窗而出。人们仿佛已经羞于默默无闻，争相吸引传媒的注意，以增大知名度为荣。古希腊晚期的一位喜剧家在缅怀早期的七智者时曾说："从前世界上只有七个智者，而如今要找七个自认不是智者的人也不容易了。"现在我们可以说：从前几十年才出一个文化名人，而如今要在文化界找一个自认不是名人的人也不容易了。

　　一个人不拘通过什么方式或因为什么原因出了名，他便可以被称作名人，这好像也没有大错。不过，我总觉得应该在名人和新闻人物之间做一区分。譬如说，挂着主编的头衔剽窃别人的成果，以批评的名义诽谤有成就的作家，这类行径固然可以使自己成为新闻人物，但若因此便以著名学者或著名批评家自居，到处赴宴会，出风头，就未免滑稽。当然，新闻人物并非贬称，也有光彩的新闻人物，一个恰当的名称叫作明星。在我的概念中，名人是写出了名著或者立下了别的卓越功绩因而在青史留名的人，判断的权力在历史，明星则是在公众面前频频露面因而为公众所熟悉的人，判断的权力在公众，这是两者的界限。明晰了这个界限，我们就不至于犯那种把明星写的书当作名著的可笑错误了。

不过，应当承认，做明星是一件很有诱惑力的事情。诚如杜甫所说："千秋万岁名，寂寞身后事。"做明星却能够现世兑现，活着时就名利双收，写出的书虽非名著（何必是名著！）但一定畅销。于是我们就不难理解，为何许多学者身份的人现在热衷于在电视屏幕上亮相。学者通过做电视明星而成为著名学者，与电视明星通过写书而成为畅销作家，乃是我们时代两个相辅相成的有趣现象。人物走红与商品走俏遵循着同样的机制，都依靠重复来强化公众的直观印象从而占领市场，在这方面电视无疑是一条捷径。每天晚上有几亿人守在电视机前，电视的力量当然不可低估。据说这种通过电视推销自己的做法有了一个科学的名称，叫作"文化行为的社会有效性"。以有效为文化的目标，又以在公众面前的出现率为有效的手段和标准，这诚然是对文化的新理解。但是，我看不出被如此理解的文化与广告有何区别。我也想象不出，像托尔斯泰、卡夫卡这样的文化伟人，倘若成为电视明星——或者，考虑到他们的时代尚无电视，成为流行报刊的明星——会是什么样子。

我们姑且承认，凡有相当知名度的人均可称作名人。那么，最后我要说一说我在这方面的趣味。我的确感到，无论是见名人，尤其是名人意识强烈的名人，还是被人当作名人见，都是最不舒服的事情。在这两种情形下，我的自由都受到了威胁。我最好的朋友都是有才无闻的普通人。世上多徒有其名的名人，有没有名副其实的呢？没有，一个也没有。名声永远是走样的，它总是不合身，非宽即窄，而且永远那么花哨，真正的好人永远比他的名声质朴。

（香港高中中国语文系列课本）

281

城市化：给子孙留下什么？10

中国的城市化进程正在以人类历史上空前的规模和速度向前发展。城市化是现代化的题中应有之义，不可阻挡也无可指责。但是，中国城市化现行模式的弊端十分明显，已经引起广泛议论。如何使城市化按照一种健康的可持续的方式进行，是摆在决策者和有关专家面前的严峻课题。

中国人似乎很习惯于大跃进的思维模式。一说城市化，就拼命拔高城市定位，在"大"字上做文章，无节制地扩大市区面积和人口，搞大广场、大马路、大 CBD、大豪华楼等等。一面是贪大求新，另一面就是盲目对老城区进行成片改造，城市的风貌遭到了灭绝性破坏。走遍中国的城市，到处是巨大的工地，到处标着"拆"字，在拆的热潮中，许多有历史意义和文化价值的建筑及建筑群永远消失了，无数体现各地传统生活方式和建筑特色的民居也永远消失了。

消灭了城市的传统个性，取而代之的新建街区和建筑又毫无新的个性，结果便是城市的雷同化，千篇一律，千城一面。无论到哪一座城市，除了不得不保留的若干重点文物建筑之外，你很难再找到这座城市的历史记忆，而那少数文物建筑也成了高楼密林包围中的孤零零的存在。你想逛一逛本地风味的老街，对不起，没有了，它已被中央大道和豪华商场取代。你想看一看先人建造的城墙，对不起，也没有了，它已被环城公路和立交桥取代。所谓的标志性建筑或者与城市的传统毫无联系，或者只是仓促建成的假古董，不但不能显示城市的特色，相反证明了城市的无名。事实上，当你徘徊在某一个城市的街头时，如果单凭眼前的景观，你的确无法判断自己究竟身在哪一个城市。

在城市化进程中，我们必须经常问自己一个问题：我们将给子孙留下什么？我们是否消灭了该留下的东西，又制造了不该留下的东西？我们把祖宗在这片土地上创造的宝贵遗产糟蹋掉了，把大自然赠与的肥沃田野鲸吞掉了，盖上了大批今后不得不拆的建筑，它们岂不将成为子孙的莫大难题，一份几乎无法偿还的账单？建设的错误是难以弥补的，但愿我们不要成为挨好几代子孙骂的一代人。

（香港高中中国语文系列课本）

11

愉快是基本标准

　　读了大半辈子书，倘若有人问我选择书的标准是什么，我一定会毫不犹豫地回答：愉快是基本标准。一本书无论专家们说它多么重要，排行榜说它多么畅销，如果读它不能使我感到愉快，我就宁可不去读它。

　　人做事情，或是出于利益，或是出于性情。出于利益做的事情，当然就不必太在乎是否愉快。我常常看见名利场上的健将一面叫苦不迭，一面依然奋斗不止，对此我完全能够理解。我并不认为他们的叫苦是假，因为我知道利益是一种强制力量，而就他们所做的事情的性质来说，利益的确比愉快更加重要。相反，凡是出于性情做的事情，亦即仅仅为了满足心灵而做的事情，愉快就都是基本的标准。属于此列的不仅有读书，还包括写作、艺术创作、艺术欣赏、交友、恋爱、行善等等，简言之，一切精神活动。如果在做这些事情时不感到愉快，我们就必须怀疑是否有利益的强制在其中起着作用，使它们由性情生活蜕变成了功利行为。

　　读书唯求愉快，这是一种很高的境界。关于这种境界，陶渊明做了最好的表述："好读书，不求甚解。每有会意，便欣然忘食。"不过，我们不要忘记，在《五柳先生传》中，这句话前面的一句话是："闲静少言，不慕荣利。"可见要做到出于性情而读书，其前提是必须有真性情。那些躁动不安、事事都想发表议论的人，那些渴慕荣利的人，一心以求解的本领和真理在握的姿态夸耀于人，哪里肯甘心于自个儿会意的境界。

以愉快为基本标准，这也是在读书上的一种诚实的态度。无论什么书，只有你读时感到了愉快，使你发生了共鸣和获得了享受，你才应该承认它对于你是一本好书。在这一点上，毛姆说得好："你才是你所读的书对于你的价值的最后评定者。"尤其是文学作品，本身并无实用，唯能使你的生活充实，而要做到这一点，前提是你喜欢读。没有人有义务必须读诗、小说、散文。哪怕是专家们同声赞扬的名著，如果你不感兴趣，便与你无干。不感兴趣而硬读，其结果只能是不懂装懂，人云亦云。相反，据我所见，凡是真正把读书当作享受的人，往往能够直抒己见。譬如说，蒙田就敢于指责柏拉图的对话录和西塞罗的著作冗长拖沓，坦然承认自己欣赏不了，博尔赫斯甚至把弥尔顿的《失乐园》和歌德的《浮士德》称作最著名的引起厌倦的方式，宣布乔伊斯作品的费解是作者的失败。这两位都是学者型的作家，他们的博学无人能够怀疑。我们当然不必赞同他们对于那些具体作品的意见，我只是想藉此说明，以读书为乐的人必有自己鲜明的好恶，而且对此心中坦荡，不屑讳言。

我不否认，读书未必只是为了愉快，出于利益的读书也有其存在的理由，例如学生的做功课和学者的做学问。但是，同时我也相信，在好的学生和好的学者那里，愉快的读书必定占据着更大的比重。我还相信，与灌输知识相比，保护和培育读书的愉快是教育的更重要的任务。所以，如果一种教育使学生不能体会和享受读书的乐趣，反而视读书为完全的苦事，我们便可以有把握地判断它是失败了。

（香港初中中国语文系列课本）

12

己所欲，勿施于人

中外圣哲都教导我们："己所不欲，勿施于人。"这是要我们将心比心，不把自己视为恶、痛苦、灾祸的东西强加于人。己所不欲却施于人，损人利己，把自己的快乐建立在别人的痛苦之上，这种行径当然是对别人的严重侵犯。然而，这只是事情的一个方面。

另一方面，自己视为善、快乐、幸福的东西，难道就可以强加于人了吗？要是别人并不和你一样认为它们是善、快乐、幸福，这样做岂不也是对别人的一种严重侵犯？在实际生活中，更多的纷争的确起于强求别人接受自己的趣味、观点、立场等等。大至在信仰问题上，试图以自己所信奉的某种教义统一天下，甚至不惜为此发动战争。小至在思维方式上，在生活习惯上，在艺术欣赏上，在文学批评上，人们很容易以自己所是为是，斥别人所是为非。即使在一个家庭的内部，夫妇间改造对方趣味的斗争也是屡见不鲜的。

事情的这一个方面往往遭到了忽视。人们似乎认为，以己不欲施于人是明显的恶，出发点就是害人，以己所欲施于人的动机却是好的，是为了助人、救人、造福于人。殊不知在人类历史上，以救主自居的世界征服者们造成的苦难远远超过普通的歹徒。我们应该记住，己所欲未必是人所欲，同样不可施于人。

如果说"己所不欲，勿施于人"是一个文明人的起码品德，它反对的是对他人的故意伤害，主张自己活也让别人活，那么，"己所欲，勿施于人"便是一个文明人的高级修养，它尊重的是他人的独立人格和精神自由，进而提倡自己按自己的方式活，也让别人按别人的方式活。

现代社会是一个价值多元的社会，在遵守法律的前提下，人们在精神信仰领域和私生活领域都享有了越来越多的自由。在我看来，这是一个合理化的进程，而那些以己所欲施于人者则是这个进程中的消极因素，倘若他们被越来越多的人们宣布为不受欢迎的人，我是丝毫不会感到意外的。

（香港朗文综合中国语文课本第二版）

13

旅 + 游 = 旅游?

一、旅 + 游 = 旅游?

从前，一个"旅"字，一个"游"字，总是单独使用，凝聚着离家的悲愁。"山晓旅人去，天高秋气悲。""浮云蔽白日，游子不顾反。"孑然一身，隐入苍茫自然，真有说不出的凄凉。

另一方面，庄子"游于壕梁之上"，李白"一生好入名山游"，"游"字又给人一种逍遥自在的感觉。

也许，这两种体验的交织，正是人生羁旅的真实境遇。我们远离了家、亲人、公务和日常所习惯的一切，置身于陌生的事物之中，感到若有所失。这"所失"使我们怅然，但同时使我们获得一种解脱之感，因为我们发现，原来那失去的一切非我们所必需，过去我们固守着它们，反倒失去了更可贵的东西。在与大自然的交融中，那狭隘的乡恋被净化了。寄旅和漫游深化了我们对人生的体悟：我们无家可归，但我们有永恒的归宿。

不知从什么时候起，"旅""游"二字合到了一起。于是，现代人不再悲愁，也不再逍遥，而只是安心又仓促地完成着他们繁忙事务中的一项——"旅游"。

那么，请允许我说：我是旅人，是游子，但我不是"旅游者"。

二、现代旅游业

旅游业是现代商业文明的产物。在这个"全民皆商"、涨价成风的年头，也许我无权独独抱怨旅游也纳入了商业轨道，成了最昂贵的消费之一。可悲的是，人们花了钱仍得不到真正的享受。

平时匆忙赚钱，积够了钱，旅游去！可是，普天下的旅游场所，哪里不充斥着招揽顾客的吆喝声、假冒险的娱乐设施、凑热闹的人群？可怜在一片嘈杂中花光了钱，拖着疲惫的身子回家，又重新投入匆忙的赚钱活动。

一切意义都寓于过程。然而，现代文明是急功近利的文明，只求结果，藐视过程。人们手捧旅游图，肩挎照相机，按图索骥，专找图上标明的去处，在某某峰、某某亭"咔嚓"几下，留下"到此一游"的证据，便心满意足地离去。

每当我看到举着小旗、成群结队、掐着钟点的团体旅游，便生愚不可及之感。现代人已经没有足够的灵性独自面对自然。在人与人的挤压中，自然消隐不见了。

是的，我们有了旅游业。可是，恬静的陶醉在哪里？真正的精神愉悦在哪里？与大自然的交融在哪里？

三、名人与名胜

赫赫有名者未必优秀，默默无闻者未必拙劣。人如此，自然景观也如此。

人怕出名，风景也怕出名。人一出名，就不再属于自己，慕名者络绎来访，使他失去了宁静的心境以及和二三知友相对而坐的情趣。风景一出名，也就沦入凡尘，游人云集，使它失去了宁静的环境以及被真正知音赏玩的欣慰。

当世人纷纷拥向名人和名胜之时，我独爱潜入陋巷僻壤，去寻访不知名的人物和景观。

（香港新高中综合中国语文课本）

14 怎样做到从小见大

世界文学宝库中，有许多名篇是通过描叙日常小事阐明大道理的。即使那些宏大叙事的巨著，比如曹雪芹的《红楼梦》，托尔斯泰的《战争与和平》，占据大量篇幅的也是日常生活中的细节。人在一生中也许会遭遇大事，但遭遇最多的还是日常小事，不论伟大平凡，概莫例外。因此，对于写作者来说，从小见大是一项重要的功夫。

怎样做到从小见大？我的回答是，第一在平时练就"见"的眼力，第二在写作时如实写出所"见"。

大道理往往寓于小事之中，小事中却未必都蕴含大道理，因此首先就有一个选材的问题。硬从鸡零狗碎中开发出高论大言，牵强附会，这样的文章最讨人嫌。那么，怎样才能捕捉住真正值得"小题大做"的小事，并且做得恰到好处呢？"功夫在诗外。"陆游此言说出了写作的普遍真理。意义只向有心人敞开，你唯有平时就勤于思考宇宙、社会、人生的大道理，又敏于感受日常生活中的细小事物，才会有一副从小见大的好眼力。泰戈尔从一朵野花看到了造物主创造的耐心，敬畏之心油然而生，如此写道："我的主，你的世纪，一个接着一个，来完成一朵小小的野花。"同样的一朵野花，一个对宇宙和生命的真理毫无思考的人看见了，是什么感想也不会有的。

写作不是写作时才发生的事情，平时的积累最重要。心灵始终保持一种活泼的状态，如同一条浪花四溅的溪流，所谓好文章不过是被抓到手的其中一朵浪花罢了。长期以来，我养成了一个习惯，在生活中每遇到触动我的心灵的事，不论悲喜苦乐，随时记录下来，包括由之产生的思考。越是使我快乐或痛苦、感动或愤怒的事，我越不轻易放过，但也不沉溺其中，而是把它们当作认识人生和人性的宝贵材料。这样做的结果是，久而久之，我感到小与大之间的道路是畅通的，从小见大就不是什么难事了。

当然，具体写作时，是要有技巧的，但技巧并不复杂，我认为主要是两条。第一，对于所写的这件小事，要抓住它真正使你被触动的情境和细节，这实际上是小和大之间的关联点，着重加以描叙，尽可能写得准确、细致、具体、生动，让读者感到，你被触动是多么自然的事情，他们在此情境中同样会被触动。在这样的描叙中，已经隐含大道理了。因此，第二，对于从小事中体悟到的大道理，只需做画龙点睛的表述，语言要简洁，切忌长篇大论，要质朴，切忌豪言壮语，最好还要独特，切忌老生常谈。最佳的效果是，读者从你所描叙的小中已经隐约见出了大，而在读到你的点睛之句时，仿佛刹那间被点破，发出了会心的微笑。

（香港中国语文初中课本"语文经验谈"栏目特邀稿）

怎样通过叙事来说理 15

通过叙事来说理，是常用的作文方式。这样的文章容易写得概念化、一般化，究其原因，往往因为所说之"理"并非作者从亲历之"事"中感悟，而是一个抽象的东西，于是只好概念先行，根据概念编造或推演出"事"来，然后贴上"理"的标签。结果，所叙之"事"必定显得假或者空，成为所说之"理"的生硬的图解。

其实，在生活中，人人都不缺乏由"事"悟"理"的机会，就看是否有心。请看《习惯说》，刘蓉就是一个有心人。书房的地上有一个坑，开始时，他踩到那里就别扭，觉得被绊了一下，久了便习惯了，好像坑不复存在。后来，坑被填平，开始时，他踩到那里又别扭，觉得隆起了一个坡，也是久了便习惯了。一般人如果经历这样的"事"，恐怕都会有所触动，但往往不去细想。刘蓉不然，他认真思考被触动的缘由，就是习惯的力量之大，可以使人觉得坑是平地，平地是坡，于是找出了寓于"事"中的"理"，即"君子之学贵慎始"。

所以，经历某件事，如果你被触动，若有所悟，这时候就要留心。你不要停留在若有所悟的状态，而要把若有所悟变成确有所悟，想清楚所悟的究竟是什么。某个"理"业已寓于"事"之中，你要把它找出来，而且要找得准，真正是这件"事"使你所悟的那个"理"。一个人养成了这样由"事"悟"理"的习惯，借"事"说"理"就不是难事了。

第一要选取真正触动你的"事"，第二要找准你在"事"中悟到的"理"，在此前提下，写作的艺术在于"叙"。"叙"无定规，最能显出作者的水平。"叙"的关键是细节的处理，要把握好"叙"的节奏，有节制，有起伏，不妨还有悬念。"叙"好比演剧，此时"理"并不出场，但它却是始终在引导着"叙"的导演。最佳效果是，通篇是"叙"，却已经不露痕迹地把那个尚未"说"出的"理"呈现出来了，因此只须在最后"说"一句点睛的话就可以了，甚至连这句话也不必"说"了，这就好比导演只须在最后谢一下幕或者连谢幕也不必了。

（香港中国语文初中二年级课本"语文经验谈"特邀稿）

周国平论语文

平文
国语
周论

如果我是语文教师

我问自己一个问题：如果我是中学语文教师，我会怎么教学生？

对这个问题不能凭空回答，而应凭借切身的经验。我没有当过中学教师，但我当过中学生。让我回顾一下，在我的中学时代，什么东西真正提高了我的语文水平，使我在后来的写作生涯中受益无穷。我发现是两样东西，一是读课外书的爱好，二是写日记的习惯。

那么，答案就有了。

如果我是语文教师，我会注意培养学生对书籍的兴趣，鼓励他们多读好书，多读好的文学作品。所谓多，就要有一定的阅读量，比如说每个学期至少读三本好书。我也许会开一个推荐书目，但不做统一规定，而是让每个学生自己选择感兴趣的书。兴趣尽可五花八门，趣味一定要正，在这方面我会做一些引导。我还会提倡学生写读书笔记，形式不拘，可以是读后的感想，也可以只是摘录书中自己喜欢的语句。

如果我是语文教师，我会鼓励学生写日记。写日记第一贵在坚持，养成习惯，第二贵在真实，有内容。写日记既能坚持又写得有内容，即已证明这个学生在写作上既有兴趣又有能力，我会保证给予优秀的语文成绩。

　　我主要就抓这两件事。所谓语文水平，无非就是这两样东西，一是阅读的兴趣和能力，二是写作的兴趣和能力。当然要让学生写作文，不过，我会采取不命题为主的方式，学生可以把自己满意的某一篇读书笔记或日记交上来，作为课堂作文。总之，我要让学生知道，上我的语文课，无论阅读还是写作，最重要的是要有自己的真实感受和独立见解。

　　我最不会做的事情，就是让学生分析某一篇范文的所谓中心思想或段落大意。据我所知，我的文章常被用作这样的范文，让学生们受够了折磨。有一回，一个中学生拿了这样一份卷子来考我，是我写的《面对苦难》。对于所列的许多测试题，我真不知该如何解答，只好蒙，她对照标准答案批改，结果几乎不及格。由此可见，这种有所谓标准答案的测试方式是多么荒谬。

2008．1

母语是教育的起点
——《咬文嚼字》2012 年合订本序

尼采曾经指出：母语是"真正的教育由之开始的最重要、最直接的对象"，良好的母语训练是"一切后续教育工作"的"自然的、丰产的土壤"；教师应当使学生从少年时代起就严肃地对待母语，"对语言感到敬畏"，最好还"对语言产生高贵的热情"。我完全赞同他的见解。

教育是心智成长的过程，而母语是心智成长最重要的环境之一。母语就好比文化母乳，我们在母语的滋养下学会了思考、表达和交流。虽然后续教育有不同领域和学科之分，但一切教育的基本要求是正确地读、想和写，而这种正确性正是通过良好的母语训练打下基础的。认真对待语言，力求准确地使用每一个词，这不仅是为了避免他人的误解，更是对待心智生活的严肃态度。不能想象，一个对写给别人看的文字极其马虎的人，自己思考时会非常认真。事实上，这种马虎恰恰暴露了他自己也不在乎所要传达的东西。相反，凡是呕心沥血于精神劳动的人，因为珍惜劳动成果，在传达时对文字往往都近乎怀有一种洁癖。

如果说文化是一种教养，那么，母语就是教养的基本功，教养上的缺陷必定会在语言上体现出来。一个语言粗鄙的人，我们会立刻断定他没文化。一个语言华而不实的人，我们也可以立刻断定他伪文化。举止上的高贵风度来自平时最一丝不苟的训练和自我训练，语言上的良好作风也是如此。不用说写公开发表的文章，哪怕是写只给某一个人看的信，只给自己看的日记，都讲究用词和语法的正确，文风的端正，不肯留下一个不修边幅的句子，如此持之以恒，良好的文字习惯就化作本能了，而这便是文字上的教养，因为教养无非是化作本能的良好习惯罢了。

各民族都拥有优秀母语写作的传统，这个传统存在于本民族的经典作品之中，它们理应成为母语学习的范本。一百多年前，尼采已经埋怨德国青少年不是向德语经典作家、而是从媒体那里学习母语，使得他们"尚未成型的心灵被印上了新闻审美趣味的野蛮标记"。如果尼采生活在今天这个网络时代，真不知他会作何感想。我本人认为，网络语文的繁荣极大地拓宽了写作普及的范围和发表自由的空间，诚然是好事，但也因此更应该警惕尼采所说的"新闻审美趣味"的蔓延。网络语文往往是急就章，因此可能导致两个后果，一是内容上的浅薄，缺乏酝酿和积累，成为即兴发泄和时尚狂欢的娱乐场；二是语言上的粗率，容易滋生马虎对待母语的习气，成为错别字和语病的重灾区。内容浅薄，语言粗率，这正是"新闻审美趣味"的两大特征，所以尼采说它"野蛮"。

当然，语言是约定俗成的，必然会在使用中有发展、有更新。我丝毫不反对语言上的创新，但是，第一，创新必须是合乎母语本身规律的，一个词的新的用法，一个句子的新的组织法，应该是对原有词法和句法的推陈出新，而非凭空生造；第二，创新能否被接受成为新的约定俗成，有待于时间的检验。有一点可以肯定，创新的前提是敬畏母语，因而对母语十分用心，有敏锐而细腻的感觉，那种哗众取宠的起哄式的所谓"创新"是闹剧，今天一哄而起，明天就会一哄而散。

"咬文嚼字"这个成语原是贬义词，把它用来做一本刊物的名字，变成了褒义词，这何尝不是一个创新呢。是的，我们不要那种脱离文本内涵死抠字眼的"咬文嚼字"，但是，讲究文字的规范性，文字对应所表达内容的准确性，为此而"咬嚼"文字，这样的"咬文嚼字"好得很，是保护母语纯洁性的善举。

2012.12

基础教育和语文教学

——在北京西城区教育局的讲演

今天在座的都是语文老师，我知道语文老师里面有很多我的知音，很多孩子告诉我，他们开始读我的书是因为语文老师的推荐和介绍。今天趁这个机会，我要向你们表示深深的感谢。杨美俊老师给我出了两个题目，一个是让我谈谈对基础教育的看法，另外一个是谈谈对语文教学的看法。我就谈这两个问题。

一、基础教育

在基础教育阶段，智育的主要任务是两个，一是培育良好的一般智力品质，二是牢固掌握基础知识。

我一向认为，最重要的智力品质是好奇心和独立思考的能力。具体到学习上，好奇心表现为对知识的强烈兴趣，喜欢学习；独立思考表现为钻研和探索的能力，能够自主学习。在小学和中学阶段，首先应该让学生喜欢学习，感受到智力活动的快乐，这是教育成败的第一条标准。如果学生把学习看作一件痛苦的事情，对知识没有兴趣，我们就应该判定这个教育已经是失败了。对知识没有兴趣，学习没有了内在动力，基本上就完蛋了，不可能有进一步的发展。

喜欢学习是前提，在这个基础上，培养学生初步具备自主学习的能力，发挥主动性，有一定的自学能力。学习是一辈子的事情，不要说小学和中学，大学也只是一个开端，以后日子长了。我自己体会，真正大量学到东西，是走出校门以后的事情，是靠自学，但是中学和大学打基础很重要，我在学校阶段最大的收获是学会了自学，知道怎么自己安排自己的学习。

一个人智力生活始终处于活跃的状态，才能真正有所作为。这是一种内在的自由，教育的任务就是培育内在的自由，让人们爱动脑筋，善动脑筋，能够独立思考，有精神追求。对于一个国家来说，如果人们普遍具有这种内在自由，这个国家就大有希望。一个国家也应该有外在自由，就是政治自由、民主政治，但是，在很大程度上，只有具有内在自由的人多了，这个外在自由才可能实现，才是可靠的。所以，教育状况实际上影响到一个国家的政治状况，其作用不可小看。

外在自由还有一个含义，就是自由时间，也就是一个人可以自由支配的时间。在教育中，这个意义上的外在自由对于培育内在自由就非常重要了，是不可缺少的环境条件。所以，不可以把课程排得太满，要让学生有自由时间。现在的中小学生都那么忙，全部时间被功课和作业占据，我女儿现在上小学，回家后的时间基本用来做作业，我想上中学一定会更忙。需要这样吗？应该这样吗？我自己上中学的时候，有大量时间可以用来读课外书，现在的孩子基本上不可能了。我在这里大谈好奇心和独立思考，我自己觉得是一种讽刺，是在画饼充饥。在自由时间被剥夺殆尽的情况下，快乐和自主的学习无从谈起，学习成了让人疲于应付的繁忙事务，这当然是违背教育的本义的。

除了自由时间，学生成长还有一个重要的环境条件，就是教师。教师自己应该是具有内在自由的人，有活泼的智力生活，在他们的引导和熏陶下，学生最容易也成为这样的人。教师当然要传授知识，但是更重要的作用是育人，就是用你的人格、你的优良心智去影响孩子们。熏陶是不教之教，好的素质是熏陶出来的，你没有刻意去教，但是实际上起的效果是最好的，是最有效又似乎最省力的教育，好像没有费什么力气，实际上最有效。事实上，如果老师的素质足够好，即使在应试体制下，他们也会努力实施素质教育，找窍门对付应试，尽量少花时间，为孩子们争取更多的自由时间。

上面我讲的是一般智力品质的培育。毫无疑问，在基础教育阶段，掌握基础知识也非常重要。事实上，在智力教育的问题上，最艰难的就是中学，中学是矛盾的焦点。英国哲学家怀特海有一个观点，他说智力发展是分阶段的。从幼儿期到小学是一个阶段，他称之为浪漫阶段，特点是自由，对孩子不要给负担，就是好玩，让他们在游戏中学习，趣味性为主。然后是中学阶段，他称之为精确阶段，相对来说，知识的接受比小学时重要，甚至比大学阶段重要，要精确地掌握，打基础要扎实，这个阶段自由不是主旋律，自由要服从于纪律。到了大学阶段，是综合运用阶段，自由又成为主旋律了，他说学生们在中学阶段伏案于课业，进大学后就要站起来环顾世界了。现在大学生也比中学生自由得多，不过他们不是环顾世界，而是谈恋爱和玩电脑游戏。中学里太紧张了，好不容易熬过去了，要好好轻松一下了。

按照怀特海的说法，小学是自由，大学也是自由，唯独中学是自由服从于纪律，要强调纪律。这是有道理的，原因就在于中学是学习基础知识的阶段，为了精确地、牢固地掌握基础知识，不得不花很多时间，这是必要的。中学生是最累的，即使不是应试教育，情况也是如此。但是，如果我们把重点放在素质教育上，使得学生真正热爱学习，热爱智力生活，觉得学习是快乐的事情，有了内在的动力，学习基础知识一定会更容易。所以，培养一般智力品质和精确掌握基础知识并不矛盾。

怀特海说，中学里完美的教育是使得纪律成为自由选择的结果，也就是说，中学是打基础的时候，功课要扎实，基本的科目一样少不了，学习任务最繁重，这个时候必须有纪律，但是要让学生乐于遵守这种纪律，而不是靠强迫。这就要看老师的本事了，这个本事包括课程安排的水平、授课的艺术等，善于让孩子们对必须学的知识产生浓厚的兴趣。这是很高的要求，我觉得当中学老师要比当大学老师难多了，大学老师自己编教材，可以比较自由洒脱，中学老师必须用统一教材，又要教出水平来，是戴着镣铐跳舞。

中学阶段开了许多基础课程，主要是数理化和文史哲两大类，这些课程大抵是必要的，是要让孩子们对于人类知识的范围有一个基本的了解，就好像有了一张知识地图。有了这张地图以后，可以胸中有数，逐渐明确自己对哪个领域感兴趣，想去哪个地方旅游乃至定居，不会盲目地选择。中学阶段应该对人类知识的基本状况有一个了解，在这个基础上，初步形成自己的兴趣方向，为上大学选择专业做准备。同时，基础知识学习也是基本素质的训练。数理化是思维的训练，尤其数学，对于训练逻辑思维特别有益。我在中学时酷爱数学，解题其乐无穷，我自己感觉对我后来学哲学也大有帮助。文史哲是人文的熏陶和修养，即使你以后学理工科，也是不可缺少的。

二、语文教学

在整个基础教育阶段，语文都是主课。语文课应该培养什么？我认为主要是两个东西，一是心灵的感受能力，二是语言的表达能力。

语文教学不只是教读和写，它应该也是情感教育，心灵教育，是人文熏陶，要培育学生的感受能力，拥有丰富的心灵，这是更重要的目标。德智体三育中的美育，实际上主要是通过语文教学进行的。明确了这一点，你教学就不会局限于语法之类了。

泰戈尔说过，如果他小时候没有听过童话故事，没有看过《鲁宾逊漂流记》和《一千零一夜》，现在他眼中的世界就不会这么美好。他说的其实也是语文学习应该有的效果。一个人的内心受过文学的熏陶，被文学敞开了，和那些没有受过熏陶的人相比，他眼中的世界是完全不一样的。许多人对于自然的美、艺术的美、文化的美是没有任何感觉的，他这一辈子多可怜啊，人生最美好的东西没有享受到。物质上吃亏我们都很在乎，斤斤计较，其实精神上吃亏损失更大，最可悲的是自己还不知道。

当然，语文教学不只是心灵教育，你内心有了丰富的感受，还要能够表达出来，语文课还应该教你如何准确地表达。我们从小使用母语，在语文课上，我们要学习准确地使用母语，这是一种基本功。尼采非常重视母语学习在全部教育中的意义，他说母语是真正的教育由之开始的最重要、最直接的对象，良好的母语训练是一切后续教育工作的基础。事实上，不管学生上大学后学什么专业，一个基本要求是能够正确地读、想和写，而这种正确性正是通过中学语文课打下基础的。

具体怎么教，我也说不好，我没有当过语文老师，但是我当过学生，我可以说一说作为学生的体会。我在语文学习上应该说是基本过关的，现在有一定的写作能力，我的体会是，对于我的写作起最大作用的是两个东西，一个是大量阅读，一个是勤于动笔。从中学到大学，实际上我的主课是两门，一个是看课外书，另一个是写日记，大量时间都花在了这两件事上，真正课内花的时间很少。回想起来，如果说我的语文水平真正有所提高，主要是通过这两件事。当然，语文课也有作用，但是，如果没有这两个爱好，我相信语文课对我的作用就会非常有限。

这给了我一个启发。语文课上教的是课内的阅读和写作，就是赏析课文和写作文，但是目的不在这些课文和作文本身，而是为了培养学生对阅读的兴趣和能力，以及对写作的兴趣和能力。那么，功夫就不能只下在课内，课内只起一个引路的作用，学生的兴趣真正激发起来以后，他们也不会把自己限制在课内。所以，我就有一个标准，看这个语文老师的课上得好不好，我要看是不是有很多学生喜欢课外阅读和写作，如果形成了这样的氛围，这个班的普遍语文水平一定差不了。

从培养阅读的兴趣和能力来说，首先要有一定的阅读量，不能光是课文，提倡兴趣阅读，让每个学生一个学期读几本自己喜欢的书，十来本就更好。当然，这就要给学生时间。读完以后，鼓励他们写读书笔记，选择自己最有体会的书，这个笔记可以当作文交上来，真有体会就会写得不错的。增加阅读量还有一个办法，叫指导性的拓展阅读，是我前不久在苏州中学看到的。语文课本里面收录了很多作家的作品，他们的语文老师就根据自己的研究和学生的反馈，每个学期选择一个作家，很不好意思，上个学期选的是我，把这个作家的作品基本买齐，在阅览室里设专架，供学生自由借阅。同时，让每个学生自购这个作家的一本书。然后，在学期末，每人写一篇相关的读书笔记。我觉得这是一个好办法，当然不要选我的，应该选择更经典的作家，让学生对他的作品有比较系统的了解。这样六个学期下来，就有一定的积累了。

在兴趣阅读、拓展阅读之外，当然还必须有深度阅读。一般来说，用于深度阅读的是课文，就是选定的范文。范文应该是真正的好作品，选那些在文学上和精神内涵上都有质量的优秀作品。现行教材里的作品未必都是好作品，有的很平庸，有的意识形态色彩很浓，我认为语文教材是需要改革的。我主张多选经典作品，各民族都拥有优秀母语写作的传统，这个传统存在于本民族的经典作品之中，它们理应成为语文学习的主要范本。

在阅读过程中，最需要培养的是鉴赏力、判断力和理解力，有自己的真实感受和独立思考。这个东西怎么培养，很难有统一的方法，就看老师的水平了。你自己有这个水平，才能引导学生，也才能对学生的这些能力做出正确的判断。我只强调一点，对课文的理解一定不要用固定模式，不要有标准答案。我特别反对现在流行的范文分析方式，基本上都是分析主题思想、段落大意，摘出几段话来，让你分析这几个句子是什么含义，这种测试方式对真正提高阅读能力毫无益处。据我所知，我的文章经常被用于这种测试。有一次，我的一个朋友的孩子正上初中，她把这样一份卷子拿给我，是我的一篇文章，我记得是《人的高贵在于灵魂》，她让我自己做一下，然后按照标准答案给我打分。我得了69分，她很得意，她还得了71分呢。我真觉得可笑又可悲，一篇文章有什么标准答案？根本不存在标准答案。这种做法实际上是让学生按照固定的模式去揣摩，可能的答案是什么，这样做并不是让他们真正去理解课文，反而是阻碍了他自己的理解。

现代哲学有一个流派叫作解释学，代表人物是德国哲学家伽达默尔，他的主要著作是《真理与方法》，里面讲了解释学的基本原理，我给大家介绍一下。我们读一个文本，往往想知道它的原意是什么，伽达默尔就问，你用什么来判断原意？是用作者自己写作时的意图吗？第一作者自己也未必清楚，第二即使他自以为清楚，和写成的文本也是两回事，文本会偏离这个所谓原意。所以，作者的意图绝不能成为标准。

另一方面，你作为读者去读一个文本的时候，你不可能是脑子一片空白，你有自己在知识上和经验上的积累，你有自己对事物的理解，在哲学上叫作前理解。在读一个文本的时候，你不可避免地会带进你的前理解。而且，这还是你能够理解这个文本的前提，如果你把自己的积累全部抛开，脑子一片空白，那是什么也读不懂的。

根据这两个方面，伽达默尔提出一个概念，叫作视域融合。一方面，文本有它的一个视域，也就是文本自身的涵义，这个涵义并非清晰的，除了作者的表达外，还包含了在流传过程中人们加入的诸多理解和解释，你无法把它们精确地区分开来。另一方面，作为读者、接受者，你也有你的一个视域，就是你的前理解，由你以往的经历、阅读、体验、思考积累而成，对这个东西也是无法做精确分析的。那么，阅读的过程就是两个视域融合的过程，最后得出的东西既不是你的，也不是文本的，而是二者的融合。对一个文本根本不存在所谓绝对客观的理解，因为文本本身并不存在一个可以对应地把握的绝对客观的涵义。

不但文本是这样，现代哲学对世界、对一切事物都是这样看的。当你认识一个事物的时候，你必定会有一个角度，不可能有撇开任何角度的认识。比如说一张桌子，你可以从物理学的角度说它的材料是木头，形状是四个立柱上一个平面，质地是光滑的或粗糙的，也可以从用途说它是课桌或饭桌，只要你去说它，就一定是从某一个角度去说的，你无法说桌子本身是什么。对整个世界也是如此，在现代哲学看来，所谓世界的本来面目是什么，这是一个伪问题，伽达默尔的解释学正是以现代哲学的这个反本体论立场为大背景的。

通俗地说，理解一个文本是什么意思呢？就是你这个接受者在和文本对话，理解是一个对话的过程。好的理解就是有效的对话，一方面文本是好的文本，涵义丰富并且具有开放性，另一方面接受者是好的接受者，有足够的前理解，二者之间能够发生充分的相互作用，能够进行深入的、生动的、有内容的对话，二者的视域能够得到最大限度的融合。所以，现在谈理解一个文本，立足点已经不是要挖掘文本本来的涵义，而是强调文本和阅读者之间的互相作用。在这个过程中，文本的意义在增长，一个文本在流传过程中涵义越来越丰富了，已经超出作者写它的时候的涵义了。同时，接受者的精神也在生长，新吸取的营养也化为了他的血肉，也加入了他以后阅读别的文本时的前理解。总之，两方面都在生长，这是最有效的阅读。

用这个观点来看，对于同一篇范文，不同的学生是可以而且应该做出不同的理解的，因为每个学生的视域不同，得出的视域融合也就必然不同。所以，不应该让学生回答这篇范文或者其中某几句话本来的意思是什么这种问题，应该鼓励他们有自己的理解。当然不是可以乱说，标准是有独立思考，又能够言之成理。要考查学生对课文的理解，我认为最好的办法是写读后感，这应该成为一个主要的测试方式。对课文的理解程度如何，有没有收获，读后感最能说明问题。现在那种主题思想、段落大意的方式，最多是浅层次的理解，而且有标准答案，压制了独立思考。无论是阅读还是写作，我认为都应该最看重有没有真实感受和独立见解。

下面我说一说写作。要培养写作的兴趣和能力，关键是勤写，不能光靠写几篇作文。所以，我特别鼓励中学生写日记，从中学就养成这个习惯，对写作的好处太大。我从来没有刻意练习过写作，我的写作能力真的就是通过写日记练出来的。好文章首先要有真情实感，其实人人都有喜怒哀乐，都有真实的情绪和感受，但是，人们往往懒于捕捉和反省自己的真情实感，听任它们稍纵即逝，不留痕迹。因此，在写作的时候，就没有东西可写，就只好模仿和编造，这样当然写不出好文章。写日记是一个办法，它的作用实际上是督促你留心自己的真情实感，随时记录下来，同时也在反思。养成了这个习惯，也就积累了大量的好素材，真正写作的时候你就不愁没东西可写了。

当然，写日记要认真，不是记流水账。你珍惜自己的真实感受，就不但会勤快地记录，而且一定也会力求准确地表达它们，在寻求准确的表达的过程中，写作能力不知不觉就得到了提高。事实上，写日记的时候你是最自由的，没有任何条条框框，你是写给自己看的，你对自己不用说假话，你只是要表达自己的心情。在这种情况下，反而更容易产生一种好的表达，一种准确的而且有个性的表达，这本身就是锤炼语言艺术的过程。

当然，我的意思不是只让学生写日记，作文还是要写的。关于作文，我主张不命题作文的比例尽可能高一点，让学生写自己感兴趣的题目，写自己真正有体会的内容，然后把自己觉得满意的文章交上来。这实际上也是日记的一种形式，是公开的日记。也可以写一篇读书感想，看了一本书特别喜欢，就把这篇读后感当作作文。当然也要有一些命题作文，命题要宽泛一点，避免学生没有感觉而硬写。

不管命题还是不命题，在判卷子的时候，我强调不要太看重语句通顺与否，当然这是基本的要求，但不是最重要的要求，一篇文章并不因为语句通顺、结构完整就是一篇好文章了。一篇文章在这方面有一点毛病，但是有独特的感受、思考和表达，我认为更是一篇好文章。有水平的老师应该不拘一格，鼓励不同的闪光点。我看孩子的作文，有的真的是大师的表达，一般大人写不出来。这种闪光的，有个人风格的，蕴含着将来的文学风格的，这样的东西要看重，我当老师的话，会把这种东西挑出来大大地表扬，给他高分。语文课应该重点鼓励真正有文学的和精神的含量的东西，不要把语法的东西看得太重要，这是我的看法。

2010.2

309

附录

周国平作品入选语文教材篇目
（不完全）

一、入选大陆语文课本：

《人生寓言》（节选）：人教版初中语文七年级上册；鲁教版初中语文六年级下册；沪教版六年级上册。

《人的高贵在于灵魂》：鄂教版九年级下册；苏教版八年级下册。

《直面苦难》：苏教版高中语文第四册。

《一个人和三个人称》：沪教版八年级下册。

《生命本来没有名字》：沪教版高中语文第一册。

《家》：语文版九年级语文下册。

二、入选香港语文教材：

《孔子的洒脱》：香港高中中国语文系列课本、教师用书及辅助教材。

《消费＝享受？》：香港朗文新高中中国语文系列课本及辅助教材。

《"沉默学"导言》：香港高中中国语文系列课本、教师用书及辅助教材；香港高中文凭考试中国语文科模拟试卷系列。

《名人和明星》：香港高中中国语文系列课本、教师用书及辅助教材。

《城市化：给子孙留下甚么？》：香港高中中国语文系列课本、教师用书及辅助教材。

《愉快是基本标准》：香港初中中国语文系列课本、教师用书及辅助教材。

《天才》：香港高中中国语文系列课本、教师用书及辅助教材。

《己所欲，勿施于人》：香港朗文综合中国语文课本第二版。

《旅 + 游 = 旅游？》：香港新高中综合中国语文课本。

《电脑：现代文明的陷阱？》：香港高中中国语文课本。

《怎样做到从小见大》（即《写作上的从小见大》）：香港朗文初中中国语文课本"语文经验谈"特邀稿。

《怎样通过叙事来说理》：香港朗文初中中国语文课本"语文经验谈"特邀稿。

《报应》：香港高中中国语文系列课本辅助教材。

《对自己的人生负责》：香港高中中国语文教学支持网站。

（以上皆由香港培生教育出版亚洲有限公司出版）

三、入选大陆语文辅助教材：

《人的高贵在于灵魂》：配人教版统编高中语文教材《高中语文读本·高中三年级下》2006；徐国英主编《新课标语文高效阅读·九年级》2004。

《家》：徐国英主编《新课标语文高效阅读·高中一年级》2004。

《被废黜的国王》：徐国英主编《新课标语文高效阅读·高中二年级》2004。

《面对苦难》：梁开喜编《初中语文读本七年级上册》2008。

《孔子的洒脱》：董琨等主编《新课标语文读本·高一现代文》2003。

《人文精神的哲学思考》：董琨等编《新课标语文读本·高三现代文》2003。

《自我二重奏》：董琨等主编《新课标语文读本·高二现代文》2003。

《发现的时代》：王尚文等主编《新语文读本·高中卷6》2003。

《青春不等于文学》：孙亮主编苏教版《语文读本·九年级下》2006。

《给成人的童话》：左普主编《高中语文自读课本第2册》2004。

《车窗外》：温彭年主编《小学语文读本六年级下册》2006。

《珍爱生命》：温彭年主编《初中语文读本七年级上册》2008。

《失去的岁月》：武汉市教育科学研究院编《语文读本第五册》。

图书在版编目（ＣＩＰ）数据

对标准答案说不：试卷中的周国平 / 周国平著 .−− 武汉：长江文艺出版社，
2017.4

ISBN 978-7-5354-9557-0

I.①对… II.①周… III.①随笔—作品集—中国—当代 IV.① I267.1

中国版本图书馆 CIP 数据核字 (2017) 第 052683 号

对标准答案说不：试卷中的周国平

周国平　著

选题产品策划生产机构 | 北京长江新世纪文化传媒有限公司
选题策划 | 金丽红　黎　波　安波舜
项目监制 | 罗小洁　　　　责任编辑 | 葛　钢　　　　　　特约编辑 | 傅　可
封面设计 | 郭　璐　　　　媒体运营 | 张　坚　符青秧
内文制作 | 张景莹　　　　责任印制 | 张志杰
法律顾问 | 张艳萍
总 发 行 | 北京长江新世纪文化传媒有限公司
电　　话 | 010-58678881　　　　　传　真 | 010-58677346
地　　址 | 北京市朝阳区曙光西里甲 6 号时间国际大厦 A 座 1905 室　　　邮　编 | 100028

出　　版 | 长江出版传媒　长江文艺出版社
地　　址 | 湖北省武汉市雄楚大街 268 号湖北出版文化城 B 座 9-11 楼　　　邮　编 | 430070
印　　刷 | 三河市百盛印装有限公司
开　　本 | 710 毫米 ×1000 毫米　 1/16　　　　印　张 | 20.25
版　　次 | 2017 年 04 月第 1 版　　　　　　　印　次 | 2017 年 04 月第 1 次印刷
字　　数 | 200 千字
定　　价 | 39.80 元
盗版必究（举报电话：010-58678881）
（图书如出现印装质量问题，请与选题产品策划生产机构联系调换）